Sir Arthur Conan Doyle

Sir Arthur Conan Doyle

Sherlock Holmes und der bleiche Soldat

Kriminalerzählungen
Herausgegeben von Nino Erné

Ullstein

Verlag Ullstein GmbH, Frankfurt/M – Berlin
Deutsche Rechte beim Verlag Ullstein GmbH,
Frankfurt/M – Berlin
Übersetzt von Beatrice Schott und Tanja Terek
Umschlagentwurf: Hansbernd Lindemann
Illustration: Art & Co
Printed in Germany 1991
Gesamtherstellung: Ebner Ulm
ISBN 3 550 06543 4

Inhalt

Shoscombe Old Place

Sherlock Holmes stand schon seit einiger Zeit über ein Mikroskop gebeugt; nun richtete er sich auf und sah mich triumphierend an.

»Leim, Watson«, sagte er. »Ohne Frage, das ist Leim! Sieh dir mal diese verstreuten Teilchen im Feld an!«

Ich beugte mich über das Objektiv und stellte es auf meine Sehschärfe ein.

»Diese Haare sind Fasern von einem Tweedmantel, die unregelmäßigen grauen Flecken Staub. Links Hautzellen. Und die braunen Klümpchen in der Mitte sind zweifellos Leim.«

»Schön«, sagte ich lachend, »ich will dir ja gern glauben. Und was hat das alles zu bedeuten?«

»Es liefert einen sehr schönen Beweis«, antwortete er. »Du wirst dich erinnern – in dem St.-Pancras-Fall wurde eine Mütze neben dem toten Polizisten gefunden. Der Angeklagte bestreitet, daß sie ihm gehört. Aber er stellt Bilderrahmen her, hat also täglich mit Leim zu tun.«

»Hattest du diesen Fall übernommen?«

»Nein, mein Freund Merivale von Scotland Yard bat mich, mir die Sache einmal anzuschauen. Seit ich damals diesen Falschmünzer aufgrund der Zink- und Kupferspäne in seinem Manschettenaufschlag überführte, haben sie langsam die Bedeutung des Mikroskops begriffen.« Er blickte ungeduldig auf seine Uhr. »Ich erwarte einen neuen Klienten, er ist überfällig. Nebenbei, Watson, kennst du dich bei Pferderennen aus?«

»Das sollte ich wohl. Ich gebe dafür ungefähr meine halbe Verwundetenrente aus.«

»Dann ernenne ich dich zu meinem ›Handbuch für den Rennplatz‹. Was weißt du über Sir Robert Norberton? Sagt dir der Name etwas?«

»Nun, das will ich wohl meinen. Er lebt in Shoscombe Old Place, und ich kenne die Gegend gut, denn ich habe einmal meine Sommerferien dort verbracht. Norberton wäre um ein Haar in deinen Bereich geraten.«

»Wieso denn das?«

»Er hat Sam Brewer, den bekannten Geldverleiher von der

Curzon Street, auf der Newmarket Heath, mit seiner Reitgerte derartig bearbeitet, daß der Mann fast umkam.«

»Klingt interessant! Hat er öfter solche Anwandlungen?«

»Nun, er gilt allgemein als gefährlicher Kerl. So ziemlich der waghalsigste Reiter in England – wurde vor ein paar Jahren Zweiter beim Großen Preis der Nation. Er ist einer von den Männern, die im falschen Jahrhundert geboren wurden; hätte ein Lebemann zur Zeit Georgs IV. sein sollen, dieser Boxer, Athlet, Spekulant auf dem Rennplatz, Liebhaber des schönen Geschlechts ... Jedenfalls steckt er so tief in Geldschwierigkeiten, daß er kaum je den Weg aus dem Schlamassel herausfinden dürfte.«

»Köstlich, Watson! Eine treffende Skizze, ich sehe den Mann förmlich vor mir. Kannst du mir nun auch noch eine Schilderung von Shoscombe Old Place geben?«

»Es liegt mitten im Shoscombe-Park, du findest dort die berühmten Shoscombe-Gestüte und -Trainingsgelände.«

»Und der Cheftrainer«, sagte Holmes, »ist John Mason. Du brauchst mich nicht so verwundert anzustarren, Watson, dies hier ist ein Brief von ihm. Ich mache ihn gerade auf. Erzähl noch mehr über Shoscombe. Ich scheine ja auf eine ergiebige Ader gestoßen zu sein.«

»Es gibt dort auch die Shoscombe-Spaniels«, fuhr ich fort. »Du kannst sie auf jeder Hundeschau sehen. Die exklusivste Zucht in ganz England. Sie sind der besondere Stolz der Lady von Shoscombe Old Place.«

»Sir Roberts Gattin, nehme ich an?«

»Sir Robert war nie verheiratet. In Anbetracht seiner Aussichten wohl sehr weise, scheint mir. Er lebt mit seiner verwitweten Schwester zusammen, Lady Beatrice Falder.«

»Du meinst, sie lebt bei ihm?«

»Nein, nein! Das Ganze gehörte ihrem verstorbenen Mann, Sir James. Norberton hat keinerlei Anspruch darauf. Es handelt sich um eine Nutznießung auf Lebenszeit und fällt nach ihrem Tod an den Bruder ihres Mannes zurück. In der Zwischenzeit kassiert sie die Eingänge.«

»Und Bruder Robert gibt diese Einkünfte wieder aus?«

»Du sagst es. Er ist ein Teufelskerl und muß ihr das Leben ziemlich sauer machen. Trotzdem, ich habe gehört, daß sie sehr an ihm hängt. Aber was stimmt denn nun eigentlich nicht in Shoscombe?«

»Das ist's ja gerade, was ich wissen will. Und hier, scheint mir, kommt auch schon der Mann, der es uns erzählen kann.«

Die Tür wurde geöffnet und Billy, der Junge, ließ einen großen, glattrasierten Mann herein. Er zeigte die bestimmte, nüchtern-strenge Art, wie sie Menschen eigen ist, die über Pferde oder Knaben zu wachen haben. Mr. John Mason hatte von beiderlei eine Menge unter seiner Aufsicht und schien dieser Aufgabe gewachsen zu sein. Er verbeugte sich kurz und nahm auf dem Stuhl Platz, den Holmes ihm angeboten hatte.

»Sie haben meinen Brief bekommen, Mr. Holmes?«

»Ja, aber er besagt wenig.«

»Die Sache schien mir zu heikel, um die Einzelheiten zu Papier zu bringen. Und auch zu kompliziert. Ich kann sie nur persönlich vortragen.«

»Bitte, wir stehen zu Ihrer Verfügung.«

»Zuallererst, Mr. Holmes: Ich glaube, Sir Robert, mein Arbeitgeber, ist verrückt geworden.«

Holmes zog die Augenbrauen hoch. »Sie sind hier in der Baker Street und nicht in der Harley Street[1]«, sagte er. »Aber warum glauben Sie das?«

»Nun, Sir, wenn ein Mann sich einmal etwas seltsam benimmt und auch noch ein zweitesmal, da mag ja noch ein Sinn drin sein, aber wenn alles, was er tut, verrückt ist, dann fragt man sich doch langsam, was eigentlich mit ihm los ist. Ich denke mir, Shoscombe Prince und das Derby haben ihn um den Verstand gebracht.«

»Handelt es sich um den Einjährigen, den Sie ins Rennen bringen wollen?«

»Der beste in ganz England, Mr. Holmes. Wenn's einer wissen kann, dann bin ich's. Nun, ich will offen zu Ihnen sein, denn ich weiß, daß Sie Gentlemen sind und kein Wort aus diesem Zimmer hinausdringen wird. Sir Robert hat beschlossen, dies Derby zu gewinnen. Er steckt bis zum Hals in Schulden, und das hier ist seine letzte Chance. Alle Gelder, die er flüssig machen oder leihen konnte, setzte er auf das Pferd – und das bei ganz

[1] Straße in London, in der berühmte Ärzte wohnen und praktizieren.

saftigen Wetten. Jetzt steht die Quote zu vierzig, aber am Anfang, als er die Sache anpackte, näher an hundert.«

»Aber warum denn, wenn das Pferd so gut ist?«

»Die Leute wissen eben nicht, wie gut es ist. Sir Robert hat den Schnüfflern ein Schnippchen geschlagen. Für die Übungsläufe hat er Princes Halbbruder genommen. Sie würden sie nicht auseinanderhalten. Aber bei einem Galopp auf zweihundert Meter bleiben sie um zwei Längen auseinander. Er hat nichts mehr im Kopf als das Pferd und das Rennen. Seine ganze Existenz hängt davon ab. Die Wucherer hält er noch so lange hin, aber wenn Prince versagt, ist er erledigt.«

»Das sieht mir nach einem ziemlich verzweifelten Spiel aus, aber wo zeigt sich dabei der Irrsinn?«

»Na, zunächst müßten Sie ihn bloß mal sehen. Ich glaube nicht, daß er auch nur eine Nacht schläft. Tag und Nacht ist er bei den Ställen. Seine Augen sind irre. Das alles war zuviel für seine Nerven. Und dann sein Benehmen Lady Beatrice gegenüber!«

»Aha! Was ist denn damit?«

»Früher waren sie immer die besten Freunde, hatten denselben Geschmack, die beiden, und sie liebte die Pferde genau wie er. Jeden Tag fuhr sie zur selben Zeit 'raus, um nach ihnen zu sehen – und vor allem: Sie liebte Prince. Er spitzte die Ohren, wenn er die Räder über den Kiesweg rollen hörte, und kam jeden Morgen zum Wagen getrabt, um sein Stück Zucker in Empfang zu nehmen. Aber das ist nun alles vorbei.«

»Wieso?«

»Tja, sie scheint jedes Interesse an den Pferden verloren zu haben. Seit einer Woche schon fährt sie hinter den Ställen vorbei, und nicht mal ein ›Guten Morgen‹ ist von ihr zu hören.«

»Sie meinen, es hat einen Streit gegeben?«

»Und ob. Einen bösen, häßlichen, wilden Streit. Warum sonst hätte er ihren Lieblingsspaniel weggebracht, den sie wie ihr eigenes Kind liebte! Vor ein paar Tagen hat er ihn dem alten Barnes gegeben, der hat in Crendall, so an die drei Meilen von uns, den Gasthof ›Zum Grünen Drachen‹.«

»Das hört sich allerdings seltsam an.«

»Freilich, mit ihrem schwachen Herzen und der Wassersucht konnte ja kein Mensch erwarten, daß sie viel mit ihm 'rumlief, aber Sir Robert kam abends immer auf zwei Stunden in ihr

Zimmer. Er durfte sich wohl schon Mühe geben, denn sie war ihm ein guter Freund, wie's wenige gibt. Aber das alles ist auch vorbei. Er geht nicht mehr in ihre Nähe. Und sie nimmt's sich zu Herzen. Brütet vor sich hin, ist mürrisch und — trinkt. Mr. Holmes, sie säuft wie ein Loch!«

»Hat sie schon vor diesem Streit getrunken?«

»Nun ja, sie nahm schon mal ein Gläschen, aber jetzt kommt's oft auf eine ganze Flasche an einem Abend. Das weiß ich von Stephens, dem Butler. Alles hat sich geändert, Mr. Holmes, und irgendwas ist verdammt faul dran. Und dann: Was treibt sich der Herr nachts bei der alten Gruft herum? Und wer ist der Mann, den er dort trifft?«

Holmes rieb sich die Hände. »Fahren Sie fort, Mr. Mason, es wird immer interessanter.«

»Der Butler hat ihn weggehen sehen. Um zwölf Uhr nachts, und es goß in Strömen. So hab' ich am nächsten Abend vor dem Haus gewartet, und — wie zu erwarten — der Herr ging wieder weg. Stephens und ich hinter ihm her, aber es war verdammt gefährlich, denn es wär' uns schlimm bekommen, hätte er was gemerkt. Er kann ganz schön zuschlagen, wenn er gereizt wird, und dann kennt er keine Rücksicht. So paßten wir auf, nicht zu nah an ihn heranzukommen, behielten ihn aber trotzdem die ganze Zeit über im Auge. Er ging zu der alten Spukgruft, und dort erwartete ihn ein Mann.«

»Was meinen Sie mit dieser Spukgruft?«

»Nun, Sir, im Park gibt es eine alte zerfallene Kapelle. Sie ist so alt, daß keiner genau sagen kann, wie alt. Darunter befindet sich eine Gruft, die bei uns hier einen schlechten Ruf hat. Schon bei Tag ist's ein finstrer, dumpfer, verlassener Ort, und die, die's wagen würden, nachts in die Nähe zu kommen, die kann man an den Fingern einer Hand abzählen. Aber der Herr ist nicht ängstlich. Nie im Leben hat er sich vor irgend etwas gefürchtet. Die Frage ist bloß: Was treibt er dort mitten in der Nacht?«

»Warten Sie einen Augenblick«, unterbrach ihn Holmes. »Sie sagen, Sie sahen noch einen anderen Mann. Das muß einer Ihrer eigenen Leute sein, von den Stallungen, oder jemand aus dem Haus. Sie brauchen sich bestimmt nur genau umzuschauen, um festzustellen, um wen es sich handelt, und ihn dann ins Verhör zu nehmen.«

»Das ist keiner, den ich kenne.«

»Wie wollen Sie das so genau wissen?«

»Weil ich ihn gesehen habe, Mr. Holmes. Es war in dieser zweiten Nacht. Sir Robert machte kehrt und kam an uns vorbei – an mir und Stephens, die wir in den Büschen hockten wie zwei Karnickel. Der Mond kam nämlich gerade 'raus in der Nacht. Aber wir konnten auch den anderen hören, wie er hinter ihm herschlich. Vor dem hatten wir keine Angst. So kamen wir aus dem Hinterhalt, sobald Sir Robert weg war, taten, als gingen wir nur mal eben im Mondschein spazieren und stießen geradewegs, völlig natürlich und unschuldig auf ihn. ›He, Kumpel, wer bist du denn?‹ red' ich ihn an. Ich glaube, er hat uns nicht kommen hören, denn er drehte sich um, mit einem Ausdruck auf dem Gesicht, als wär' der Teufel persönlich aus der Hölle auf ihn zugefahren. Er stieß einen gellenden Schrei aus und rannte davon, so schnell er's in der Dunkelheit eben konnte. Der rannte, sag' ich Ihnen, das muß man ihm wirklich lassen! Im Handumdrehen war er uns aus den Augen und außer Hörweite, und wer oder was er war, haben wir nicht feststellen können.«

»Aber Sie konnten ihn im Mondlicht doch genau sehen?«

»Ja, ich möchte schwören, daß ich seine gelbe Fratze wiedererkenne – ein schäbiger Kerl, wenn Sie mich fragen. Was hat er bloß mit Sir Robert zu schaffen?«

Holmes blieb eine Zeitlang schweigsam und nachdenklich.

»Wer kümmert sich um Lady Beatrices Felder?« fragte er schließlich.

»Ihr Mädchen, Carrie Evans. Sie ist schon fünf Jahre bei ihr.«

»Und ihr zweifellos ergeben?«

Mr. Mason rutschte unbehaglich auf seinem Sitz hin und her. »Ergeben ist sie schon«, sagte er endlich. »Ich kann nur nicht so leicht sagen, wem.«

»Ah!« rief Holmes.

»Ich darf hier nicht aus der Schule plaudern.«

»Das verstehe ich durchaus, Mr. Mason. Allerdings ist die Situation eindeutig genug. Nach Dr. Watsons Beschreibung von Sir Robert kann ich mir vorstellen, daß keine Frau vor ihm sicher ist. Glauben Sie nicht, daß der Streit zwischen Bruder und Schwester darin seinen Grund hat?«

»Nun, von dem Skandal wußte man schon längere Zeit.«

»Vielleicht hatte sie davon keine Ahnung. Lassen Sie uns mal annehmen, sie hätte es ganz plötzlich herausbekommen. Jetzt will sie die Frau loswerden. Ihr Bruder will davon nichts hören. Die Kranke mit dem schwachen Herzen, unfähig, von hier wegzuziehen, hat keine Möglichkeit, ihren Willen durchzusetzen. Dieses verhaßte Mädchen bleibt weiterhin bei ihr. Die Lady weigert sich zu reden, versteift sich in Trotz, fängt an zu trinken, Sir Robert nimmt ihr in seinem Ärger den Lieblingsspaniel weg. Kann das alles nicht so zusammenhängen?«

»Tja, so könnte es sein – zumindest soweit.«

»Sehr richtig – zumindest soweit. Wie paßt das aber zu den nächtlichen Besuchen bei der alten Gruft? Das läßt sich in unserem Schema nicht unterbringen.«

»Nein, Sir, und da ist noch etwas, das ich nicht unterbringen kann. Warum sollte Sir Robert Interesse daran haben, eine Leiche auszugraben?«

Holmes richtete sich auf.

»Wir haben's erst gestern festgestellt, nachdem ich Ihnen schon geschrieben hatte. Gestern war Sir Robert nach London gefahren, und da sind Stephens und ich zu der Gruft gegangen. Soweit war sonst alles in Ordnung, Sir, außer daß in einer Ecke Teile von einer menschlichen Leiche lagen.«

»Sie haben doch sicher die Polizei informiert?«

Unser Besucher lächelte grimmig.

»Nun, Sir, ich glaube, die hätten sich kaum dafür interessiert. Es waren nur ein Kopf und ein paar Knochen von einem Skelett. Könnte leicht tausend Jahre alt sein. Aber früher hat's nicht an der Stelle gelegen. Das kann ich beschwören und Stephens ebenfalls. Das Gerippe hat man in einer Ecke verstaut und mit einem Brett verdeckt, aber vorher war die Ecke immer frei gewesen.«

»Was haben Sie mit Ihrem Fund gemacht?«

»Tja, wir haben halt alles genauso gelassen.«

»Das war sehr klug von Ihnen. Sie sagten, Sir Robert war gestern auswärts. Ist er inzwischen zurückgekommen?«

»Wir erwarten ihn heute.«

»Wann gab Sir Robert den Hund seiner Schwester weg?«

»Genau vor einer Woche. Das Tier heulte draußen vor dem alten Brunnenhaus, und Sir Robert hatte einen seiner Wutanfälle. Er griff sich den Spaniel, und ich dachte schon, er bringt ihn um. Doch dann gab er ihn Sandy Bain, dem Jockei, und sagte ihm, er soll den Hund zu dem alten Barnes vom ›Grünen Drachen‹ bringen, er will ihn nie wieder sehen.«

Holmes blieb eine Weile schweigsam. Er hatte die älteste und verschmutzteste seiner Pfeifen in Gang gebracht.

»Mir ist bisher trotzdem nicht klar, was Sie eigentlich von mir in dieser Angelegenheit erwarten, Mr. Mason«, sagte er. »Könnten Sie sich etwas präziser äußern?«

»Vielleicht wird das hier als Antwort dienen, Mr. Holmes«, sagte unser Besucher. Er zog einen Bogen aus seiner Tasche, und indem er ihn sorgfältig auseinanderfaltete, enthüllte er einen verkohlten Knochenrest.

Holmes untersuchte ihn interessiert.

»Wo haben Sie das her?«

»Im Keller, unter Lady Beatrices Zimmer, gibt es einen Zentralheizungsofen. Er war eine Zeitlang nicht in Betrieb, aber Sir Robert klagte über die Kälte und ließ ihn wieder anmachen. Bedienen tut ihn Harvey – einer meiner Jungs. Und heute morgen kam er zu mir mit dem hier, er hat's aus der Asche 'rausragen sehen. Der Anblick hat ihm nicht gerade gefallen.«

»Mir auch nicht«, sagte Holmes. »Was hältst du davon, Watson?«

Es war zu schwarzer Schlacke abgebrannt, aber seine anatomische Bedeutung ließ keinen Zweifel offen.

»Es handelt sich um den oberen Teil eines menschlichen Oberschenkelgelenks«, sagte ich.

»Jawohl!« Holmes war sehr ernst geworden. »Wann besorgt dieser Junge die Heizung?«

»Er bringt sie jeden Abend in Gang und überläßt sie dann sich selbst.«

»Demnach könnte also jedermann sich nachts daran zu schaffen machen?«

»Ja, Sir.«

»Kann man von außen in den Heizungskeller gelangen?«

»Es gibt eine Außentür und dann eine zweite, die über eine Treppe in den Flügel führt, in dem Lady Beatrices Zimmer liegt.«

»Das sind tiefe Wasser, Mr. Mason, tief und ziemlich schmutzig. Sie sagten vorhin, Sir Robert sei letzte Nacht nicht im Haus gewesen?«

»So ist es, Sir.«

»Nun, wer auch immer den Knochen verbrannt haben mag, er war's jedenfalls nicht.«

»Das ist richtig, Sir.«

»Wie hieß noch dieser Gasthof, den Sie erwähnten?«

»Der ›Grüne Drache‹.«

»Findet man in diesem Teil von Berkshire gute Angelgründe?«

Das Gesicht des Trainers spiegelte deutlich, daß der rechtschaffene Mann nun fürchtete, noch ein zweiter Irrer werde sein gequältes Dasein belasten.

»Nun, Sir, ich habe gehört, im Mühlenbach soll es Forellen geben und im Herrenhaussee Hechte.«

»Das genügt vollauf. Watson und ich sind berühmte Angler – nicht wahr, Watson? Von nun ab können Sie uns im ›Grünen Drachen‹ erreichen. Wir treffen heute abend dort ein. Ich brauche wohl nicht zu erwähnen, Mr. Mason, daß wir Ihnen persönlich nicht zu begegnen wünschen, aber eine Nachricht kann uns dort erreichen, und zweifellos werde ich Sie treffen können, sollte ich Sie brauchen. Sobald wir etwas weitergekommen sind, hören Sie wieder von mir.«

So kam es, daß Holmes und ich an einem strahlenden Maiabend allein in einem Abteil Erster Klasse saßen und uns unterwegs nach der kleinen Bedarfshaltestelle von Shoscombe befanden. Das Gepäcknetz über uns war mit einer beachtlichen Ansammlung von Angelruten, Angelschnüren und Körben beladen. Nachdem wir an unserem Bestimmungsort angelangt waren, brachte uns eine kurze Fahrt zu einem altmodischen Gasthaus, wo der sportbegeisterte Wirt, Josiah Barnes, eifrig an unseren Plänen Anteil nahm. Offenbar wollten wir den Fischen in den Nachbargewässern den Garaus machen.

»Wie steht's mit dem Herrenhaussee? Gibt's Aussicht, einen Hecht zu erwischen?« fragte Holmes.

Das Gesicht des Wirtes lief rot an.

»Das würde ich an Ihrer Stelle nicht tun, Sir. Es sei denn, Sie nehmen in Kauf, daß Sie selbst, ehe Sie sich's versehen, im See liegen.«

»Was soll denn das heißen?«

»Das ist wegen Sir Robert, Sir. Er ist ganz komisch mit seinen Forellen. Und wenn zwei Fremde wie Sie so nah an sein Trainingsfeld herankommen, wird er so sicher wie unser aller Tod hinter Ihnen her sein. Er will da nämlich kein Risiko eingehen, nein, das tut unser Sir Robert nicht.«

»Ich habe gehört, daß er ein Pferd für das Derby angemeldet hat.«

»Jawohl, und einen verdammt guten Einjährigen. Er trägt all unser Geld in den Beinen, und auch alles von Sir Robert. Dabei fällt mir ein« – er schaute uns prüfend an –, »Sie selbst haben doch wohl keinen Rennstall?«

»Nein, bestimmt nicht. Wir sind lediglich zwei müde Londoner, die dringend eine Mütze voll von der guten Luft Berkshires nötig haben.«

»Na, dann sind Sie hier richtig. Davon ist 'ne Menge von zu haben bei uns. Aber vergessen Sie nicht, was ich Ihnen über Sir Robert gesagt hab'. Er ist von der Sorte, die erst zuschlägt und dann den Mund aufmacht. Um den Park machen Sie mal besser einen Bogen.«

»Bestimmt, Mr. Barnes, wir werden dran denken. Aber sagen Sie, was ist das für ein herrlicher Spaniel, der da eben in der Halle gejault hat?«

»Ha, das will ich wohl meinen, Sir! Sir Robert höchstpersönlich hat mir den gebracht. Deshalb muß ich ihn auch an der Leine halten. Wie der Blitz wär' er im Herrenhaus, wenn ich ihn freilassen tät'.«

»Langsam sammeln wir Pluspunkte, Watson«, sagte Holmes, sobald uns der Wirt allein gelassen hatte. »Es ist zwar keine leichte Partie, aber in ein, zwei Tagen dürften wir wohl weiter sehen. Übrigens, Sir Robert ist noch in London, habe ich gehört. Vielleicht können wir heute abend das geheiligte Gelände betreten, ohne gleich Gefahr laufen zu müssen, zusammengeschlagen zu werden. Es gibt da ein paar Dinge, über die ich mich vergewissern möchte.«

»Hast du schon eine Theorie, Holmes?«

»Nur, daß vor etwa einer Woche etwas geschehen ist, das einen tiefen Einschnitt im Leben von Shoscombe bedeutet. Aber was ist dieses ›etwas‹? Uns bleibt nur, von seinen Auswirkungen darauf zu schließen. Und diese scheinen aus einer seltsamen Mischung zusammengesetzt zu sein. Doch gerade das kann uns helfen. Einzig der ganz farblose, ereignislose Fall ist hoffnungslos. Betrachten wir doch einmal, was wir wissen. Der Bruder besucht nicht mehr die geliebte, kränkelnde Schwester. Er gibt ihren Lieblingshund weg. Ihren Hund, Watson! Bringt dich das nicht auf einen Gedanken?«

»Lediglich, daß der Bruder wütend war.«

»Gut, das könnte der Grund sein. Nur – es gibt auch eine andere Möglichkeit. Aber laß uns zunächst unsere Bestandsaufnahme vom Augenblick des Streits an – wenn es ihn überhaupt gab – erst einmal fortführen. Die Lady bleibt in ihrem Zimmer, ändert ihre Gewohnheiten, läßt sich nicht blicken, außer sie fährt mit ihrem Mädchen aus, weigert sich, bei den Ställen anzuhalten und ihr Lieblingspferd zu begrüßen, und fängt offensichtlich an zu trinken. So ist doch der Tatbestand, nicht wahr?«

»Bis auf die Geschichte mit der Gruft.«

»Das gehört in ein anderes Kapitel. Es gibt nämlich zwei, und ich bitte dich, sie nicht durcheinanderzuwerfen. Nummer eins, das Lady Beatrice betrifft, hat einen unbestimmbar unheilvollen Beigeschmack, findest du nicht?«

»Ich schau' da nicht durch.«

»Nun, dann laß uns Nummer zwei in Augenschein nehmen. Hier geht es um Sir Robert. Er setzt alles auf eine Karte, das Derby zu gewinnen. Er ist in den Händen der Wucherer und kann jeden Augenblick in Konkurs gehen; dann fallen seine Gestüte den Gläubigern zu. Er ist ein verwegener und zu allem entschlossener Mann. Sein Einkommen verdankt er seiner Schwester. Die Zofe seiner Schwester ist sein williges Werkzeug. Soweit scheinen wir uns auf dem Boden ziemlich sicherer Tatsachen zu bewegen. Stimmst du mir zu?«

»Und die Gruft?«

»Ja, die Gruft! Laß uns mal annehmen, Watson – es ist lediglich eine schimpfliche Vermutung, eine Hypothese, die nur der Beweisführung nachhelfen soll –, Sir Robert hätte seine Schwester umgebracht.«

»Mein lieber Holmes, das geht nun wirklich zu weit!«

»Aber sehr gut möglich, Watson. Sir Robert ist der Sproß einer hochachtbaren Familie. Nur: Meistens findet man einen Aasgeier unter den Adlern. Laß uns einen Augenblick über diese Möglichkeit diskutieren. Er kann das Land nicht verlassen, ehe er nicht zu Geld gekommen ist, und dieses Geld kann er nur bekommen, wenn er mit Shoscombe Prince als Erster durchs Ziel geht. Folglich muß er noch hierbleiben. Weiterhin: Er muß die

Leiche seines Opfers beseitigen und gleichzeitig eine Person finden, die die Rolle der Toten spielt. Mit dem Mädchen als seiner Vertrauten an der Seite ist das nicht unmöglich. Die Leiche der alten Dame hätte in die Gruft geschafft – ein Ort, der kaum einmal aufgesucht wird – und nachts heimlich im Zentralheizungsofen verbrannt werden können: Kein anderer Beweis wäre geblieben als der, den wir bereits gesehen haben. Was sagst du dazu, Watson?«

»Nun, das alles ist möglich, wenn du den ursprünglichen gräßlichen Verdacht erst einmal beweist.«

»Ich glaube, wir werden morgen ein kleines Experiment anstellen. Inzwischen jedoch, wenn wir unsere Rollen glaubhaft spielen wollen, sollten wir mit unserem Wirt ein Gläschen seines selbstgebauten Weins trinken und ein kluges Gespräch über Aale und Hechte führen, denn das scheint der direkteste Weg zu seiner Wertschätzung zu sein. Vielleicht haben wir Glück und angeln etwas Nützliches aus dem örtlichen Klatschreich.«

Am nächsten Morgen stellte Holmes fest, daß wir die Köder für die Hechte zu Hause gelassen hatten, was uns folglich an diesem Tag vom Fischen befreite. Gegen elf Uhr brachen wir zu einem Spaziergang auf, und mein Freund erreichte es, daß man den schwarzen Spaniel mit uns gehen ließ.

»Hier ist es«, sagte Holmes, als wir an einem hohen Parktor angelangt waren, auf dessen Flügeln heraldische Greife angebracht waren. »Barnes erzählte, daß die alte Dame gegen Mittag ihre Ausfahrt macht; der Wagen muß seine Geschwindigkeit verlangsamen, wenn das Tor geöffnet wird. Ehe er sein Tempo wieder steigert, möchte ich, daß du, Watson, den Kutscher mit irgendeiner Frage aufhältst. Achte überhaupt nicht auf mich. Ich werde hinter dieser Stechpalme stehen und beobachten, was es zu beobachten gibt.«

Wir brauchten nicht lange zu warten. Nach einer Viertelstunde sahen wir den offenen gelben Landauer die lange Allee herunterkommen, zwei herrliche, glänzend-graue Pferde im Geschirr. Holmes duckte sich mit dem Hund hinter den Busch. Ich stand, meinen Spazierstock schwingend, scheinbar uninteressiert auf dem Torweg. Ein Diener kam heraus, und die Torflügel schwangen auf.

Der Wagen fuhr jetzt im Schrittempo, und so konnte ich die

Insassen deutlich erkennen. Links saß eine junge Frau, blond, stark geschminkt und dem Aussehen nach ziemlich unverschämt. An ihrer rechten Seite befand sich eine ältere Person mit gekrümmtem Rücken, Gesicht und Schultern in einem Wust von Schals vermummt, was auf eine Kranke hindeutete. Sobald die Pferde den Hauptweg erreichten, hob ich mit autoritärer Geste die Hand, und als der Kutscher anhielt, fragte ich, ob Sir Robert in Shoscombe Old Place sei.

Im selben Augenblick tauchte Holmes auf und machte den Spaniel los. Der Hund stürzte mit freudigem Bellen auf den Wagen zu und sprang auf das Trittbrett. Aber gleich darauf wandelte sich das Begrüßungsgekläff in wütendes Toben, und der Hund schnappte nach dem schwarzen Rock über ihm.

»Fahr weiter! Fahr weiter!« kreischte eine rauhe Stimme. Der Kutscher schlug auf die Pferde ein, und wir standen allein am Torweg.

»Nun, Watson, das genügt«, sagte Holmes, während er die Leine am Halsband des aufgeregten Hundes befestigte. »Er glaubte, es wäre seine Herrin, und stellte fest, daß es ein Fremder war. Hunde irren sich nicht.«

»Aber das war doch die Stimme eines Mannes!« rief ich.

»Eben. Dieser Stich gehört uns, Watson; aber wir müssen unsere Karten trotzdem auch weiterhin sehr vorsichtig ausspielen.«

Mein Freund schien keine weiteren Pläne für diesen Tag zu haben, und so kamen wir tatsächlich dazu, unsere Angelgeräte beim Mühlenfluß zu benutzen, und zwar mit dem Ergebnis eines Forellengerichts zum Mittagessen. Erst nach dieser Mahlzeit zeigte Holmes Ansätze wiedererwachender Aktivität. Zum zweitenmal befanden wir uns – wie am Vormittag – auf dem Weg, der uns zum Parktor führte. Eine große, dunkle Gestalt erwartete uns dort, die sich als unser Londoner Besucher entpuppte: Mr. Mason, der Trainer.

»Guten Abend, die Herren«, sagte er. »Ich habe Ihre Nachricht bekommen. Sir Robert ist noch nicht zurück, aber ich hörte, daß man ihn noch heute spät erwartet.«

»Wie weit ist diese Gruft vom Haus entfernt?« fragte Holmes.

»Eine gute Viertelmeile.«

»Ich glaube, dann brauchen wir uns allesamt nicht weiter um ihn zu kümmern.«

»Ich kann mir das nicht erlauben, Mr. Holmes. Sobald er ankommt, wird er von mir die letzten Neuigkeiten über Shoscombe Prince hören wollen.«

»Ich verstehe. Dann müssen wir eben ohne Sie arbeiten, Mr. Mason. Vielleicht führen Sie uns zu der Gruft und kehren dann wieder um.«

Es war stockdunkel, und kein Mond schien, aber Mason dirigierte uns sicher über das Wiesengelände, bis eine dunkle Masse sich vor uns erhob: die alte Kapelle.

Wir traten durch die zerfallene Pforte ein, die ehemals zum Säulengang gehört hatte; unser Führer, über Haufen von losem Mörtelwerk stolpernd, tastete sich seinen Weg bis zu der Ecke des Gebäudes, von wo eine steile Treppe hinunter zur Gruft führte. Er riß ein Streichholz an und beleuchtete den traurigen Ort – düster und übelriechend, mit alten, abbröckelnden Wänden aus rohbehauenen Steinen und aufgestapelten Särgen, manche aus Blei, andere aus Stein, in einer Ecke. Sie reichten bis zur Deckenwölbung empor, die sich über uns im Dunkeln verlor. Holmes hatte seine Laterne angezündet, deren Schein einen schmalen gelben Lichttunnel in die Düsternis fraß. Das Licht wurde von den Sargplatten reflektiert, von denen viele die Insignien der alten Adelsfamilie – Greif und Krone – trugen, als wollten sie ihren Ruhm noch bis ans Tor des Todes mitnehmen.

»Sie sprachen von irgendwelchen Knochen, Mr. Mason. Würden Sie sie uns zeigen, ehe Sie gehen?«

»Das war hier in dieser Ecke.« Der Trainer durchquerte den Raum und stand sprachlos erstaunt da, als unser Licht auf den bezeichneten Platz fiel. »Sie sind weg«, brachte er schließlich hervor.

»Das habe ich erwartet«, meinte Holmes lächelnd. »Und ich vermute, man wird die Asche in demselben Ofen finden können, der bereits einen Teil davon verzehrt hat.«

»Aber warum um alles in der Welt sollte jemand die Knochen eines Menschen, der seine tausend Jahre tot ist, verbrennen?« fragte John Mason.

»Eben um das herauszufinden, sind wir hier«, sagte Holmes. »Es kann allerdings länger dauern, und wir wollen Sie nicht aufhalten. Ich glaube, wir werden vor morgen früh die Antwort wissen.«

Sobald John Mason uns verlassen hatte, machte Holmes sich

an die Arbeit und untersuchte gründlich die Särge, beginnend bei einem sehr alten, der sächsischen Ursprungs zu sein schien; er stand in der Mitte, dann weiter über eine Reihe von normannischen Hugos und Odos, bis wir die von Sir William und Sir Dennis Falder aus dem 18. Jahrhundert erreicht hatten. Es verstrich eine Stunde oder noch mehr, bis Holmes an einen Bleisarg stieß, der ganz am Ende, vor dem Eingang zur Gruft, stand. Ich hörte, wie er befriedigt pfiff, und merkte an seinen eiligen, aber genauen Bewegungen, daß er dem Ziel nahe war. Er untersuchte eifrig mit einer Lupe die Kanten des schweren Sargdeckels. Dann zog er ein kurzes Stemmeisen aus seiner Tasche, trieb es in einen Spalt und stemmte damit den Deckel hoch, der nur durch wenige Zwingen gesichert zu sein schien. Es entstand ein durchdringendes, heftiges Geräusch, als der Deckel nachgab. Doch kaum war er aufgeklappt und ließ einen Blick in sein Inneres frei, als uns etwas Unvorhergesehenes unterbrach.

Jemand ging oben durch die Kapelle. Es war der feste, entschlossene Schritt eines Menschen, der mit einer bestimmten Absicht gekommen ist und sich gut auf dem Terrain auskennt. Ein Lichtstrahl wanderte die Treppe hinunter, und einen Augenblick später stand der Mann unter dem gotischen Torbogen. Es war eine furchteinflößende Erscheinung: riesig von Gestalt und vor Wut bebend. Die große Stallaterne, die er vor sich hielt, beschien sein strenges Gesicht mit dem schweren Schnurrbart und den zornigen Augen, die in jeden Winkel der Gruft spähten und sich schließlich mit einem tödlichen Blick auf meinen Freund und mich richteten.

»Wer, zum Teufel, sind Sie?« brüllte er los. »Und was haben Sie hier auf meinem Grund und Boden zu schaffen?«

Darauf, als Holmes nicht antwortete, stieg er ein paar Stufen herab und hob den schweren Stock, den er ebenfalls bei sich trug.

»Können Sie nicht hören?« schrie er. »Wer sind Sie? Was tun Sie hier?« Sein Knüppel schwankte in der Luft.

Doch statt zurückzuweichen, ging Holmes ihm entgegen.

»Auch ich habe eine Frage an Sie, Sir Robert«, sagte er sehr ernst. »Was bedeutet dies? Was hat das hier zu suchen?«

Er drehte sich um und schlug den Sargdeckel hoch. Im Schein der Laterne sah ich eine Leiche, von Kopf bis Fuß in ein Laken gehüllt, mit furchtbarem, hexenähnlichem Gesicht – nur aus

Nase und Kinn bestehend, mit hervortretenden Augen, die trübglasig in dem verrunzelten Gesicht staken.

Der Baronet war mit einem Schrei zurückgetaumelt und suchte nun an einem steinernen Sarkophag Halt.

»Wie haben Sie davon erfahren?« rief er, und dann – wieder in seine grobe Art zurückfallend –: »Was geht Sie das überhaupt an?«

»Mein Name ist Sherlock Holmes«, sagte mein Freund. »Vielleicht ist er Ihnen bekannt. Jedenfalls, das hier geht mich ebensoviel an wie jeden guten Bürger – es handelt sich um Recht und Gesetz. Mir scheint, Sie haben allerlei zu verantworten.«

Sir Robert starrte einen Augenblick vor sich hin, aber Holmes' ruhige Stimme und seine kühle, bestimmte Art verfehlten nicht ihre Wirkung.

»Weiß Gott, Mr. Holmes, das ist nur zu wahr«, sagte er. »Der Augenschein spricht gegen mich, das gebe ich zu, aber mir blieb kein anderer Weg.«

»Ich wäre glücklich, dasselbe glauben zu können, aber ich fürchte, diese Erklärungen müssen Sie der Polizei machen.«

Sir Robert hob seine mächtigen Schultern.

»Gut, was sein muß, muß sein. Kommen Sie mit ins Haus, dann können Sie selbst beurteilen, wie die Dinge liegen.«

Eine Viertelstunde später befanden wir uns in einem Raum, der – wie ich nach den vielen blankgeputzten Gewehrläufen hinter den Glasvitrinen annehmen muß – das Waffenzimmer des alten Hauses war. In dieser prächtigen und gemütlich eingerichteten Umgebung ließ uns Sir Robert für einige Minuten allein. Als er wiederkam, hatte er zwei Begleiter bei sich: die blühende junge Frau, die wir bereits im Wagen gesehen hatten, und dann einen kleinen, rattengesichtigen Mann, der einen ausgesprochen gemeinen und hinterlistigen Eindruck machte. Die beiden wirkten furchtbar verstört; offenbar hatte der Baronet noch keine Zeit gehabt, ihnen zu erklären, was inzwischen geschehen war.

»Dies«, sagte Sir Robert, »sind Mr. und Mrs. Norlett. Mrs. Norlett war, noch unter ihrem Mädchennamen Evans, mehrere Jahre die vertraute Zofe meiner Schwester. Ich habe beide hierhergeholt, weil ich glaube, es ist für mich das Beste, Ihnen die ganze Geschichte zu erzählen, und diese beiden Menschen allein können bestätigen, was ich sage.«

»Muß das denn sein, Sir Robert?« rief die Frau. »Wissen Sie auch, was Sie tun?«

»Also ich lehne jede Verantwortung ab«, sagte der Ehemann.

Sir Robert bedachte ihn mit einem verächtlichen Blick. »Ich übernehme sie«, sagte er. »Und nun hören Sie bitte den lückenlosen Bericht über alles Vorgefallene, Mr. Holmes.

Offenbar haben Sie sich schon sehr weitgehend mit meinen Angelegenheiten befaßt, sonst hätte ich Sie wohl kaum dort antreffen können. So werden Sie aller Wahrscheinlichkeit nach auch wissen, daß ich einen Rappen ins Rennen führe, und daß für mich alles vom Sieg abhängt. Wenn ich gewinne, ist alles in Ordnung. Wenn ich verliere – nun, ich wage gar nicht daran zu denken!«

»Ich begreife«, sagte Holmes.

»In allem und jedem bin ich von meiner Schwester, Lady Beatrice, abhängig. Aber es ist ein offenes Geheimnis, daß sie nur auf Lebzeiten die Nutznießung des Grundstücks hat. Ich selbst stecke bis zum Hals in Schulden. Es war mir immer schon klar, daß, sollte meine Schwester sterben, die Gläubiger wie ein Schwarm Geier über mich herfallen würden. Alles müßte dann daran glauben – meine Ställe, meine Pferde, einfach alles. Tja, Mr. Holmes: Und meine Schwester *ist* vor einer Woche gestorben.«

»Und Sie haben es niemandem gesagt.«

»Was hätte ich tun sollen? Im Augenblick, wo es bekannt wurde, stand ich vor dem völligen Ruin. Falls es mir aber gelang, den Tod für drei Wochen geheimzuhalten, war alles gerettet. Der Mann ihrer Zofe – dieser Herr hier – ist Schauspieler. Es kam uns die Idee – mir kam die Idee –, er könnte diese kurze Zeit die Rolle meiner Schwester spielen. Es brauchte dazu nicht mehr, als einmal täglich im Wagen gesehen zu werden, denn niemand außer dem Mädchen durfte ihr Zimmer betreten. Keine Schwierigkeit, das zu arrangieren. Meine Schwester ist an Wassersucht gestorben, an der sie schon lange litt.«

»Das festzustellen, wird Sache des amtlichen Leichenbeschauers sein.«

»Der Arzt kann bestätigen, daß ihre Symptome seit Monaten auf ein solches Ende hindeuteten.«

»Schön, was unternahmen Sie also?«

»Die Leiche konnte hier nicht bleiben. In der ersten Nacht

trugen Norlett und ich sie zum alten Brunnenhaus, das nicht mehr benutzt wird. Aber irgendwie kam's, daß uns ihr Lieblingshund folgte und unaufhörlich an der Tür heulte; ich sah ein, daß wir einen besseren Ort brauchten. Den Spaniel wurde ich los, und wir brachten die Leiche zu der Kirchengruft. Daran war nichts, was man unwürdig oder unehrerbietig nennen müßte, Mr. Holmes. Ich glaube nicht, daß ich die Tote beleidigt habe.«

»Ihr Vorgehen erscheint mir unverzeihlich, Sir Robert.«

Der Baronet schüttelte ungeduldig den Kopf. »Es ist leicht, Moral zu predigen«, sagte er. »Vielleicht würden Sie's anders sehen, wären Sie an meiner Stelle. Man kann nicht alle Hoffnungen, alle Erwartungen im letzten Moment in die Brüche gehen sehen, ohne den Versuch zu machen, sie doch noch zu retten. Es schien mir nicht pietätlos, wenn wir sie für kurze Zeit in einen der Särge legten, in denen die Vorfahren ihres Gatten ruhten; schließlich war es ja geweihter Boden. Wir öffneten einen Sarg, nahmen den Inhalt heraus und betteten sie so, wie Sie's selbst gesehen haben. Was nun die alten Überreste anging, so konnten wir sie nicht gut in der Gruft auf dem Boden herumliegen lassen. Norlett und ich schafften sie fort, und nachts ging er in den Keller und verbrannte sie in dem großen Ofen. Das ist meine Geschichte, Mr. Holmes, aber wie Sie mich dazu brachten, sie zu erzählen, kann ich beim besten Willen nicht sagen.«

Holmes saß eine Zeitlang in Gedanken verloren.

»Ihre Geschichte hat einen schwachen Punkt, Sir Robert«, sagte er schließlich. »Ihre Rennwetten und damit Ihre Gewinnchancen würden doch auch dann noch gelten, wenn die Gläubiger Ihren Besitz bekämen.«

»Das Pferd ist Teil des Besitzes. Was kümmern die sich schon um meine Wetten? Wahrscheinlich würden sie es gar nicht laufen lassen. Mein Hauptgläubiger ist unglücklicherweise mein größter Feind – ein wilder Bursche, Sam Brewer. Einmal mußte ich ihn auf der Newmarket Heath mit der Reitpeitsche verprügeln. Glauben Sie etwa, er würde einen Finger krümmen, um mich zu retten?«

»Nun, Sir Robert«, sagte Holmes, indem er aufstand, »dieser Fall muß natürlich der Polizei gemeldet werden. Meine Pflicht war es, die Dinge ans Licht zu bringen, und damit ist meine Aufgabe erfüllt. Was die moralische oder ethische Seite Ihres

Vorgehens betrifft, so möchte ich mich dazu nicht äußern. Es ist gleich Mitternacht, Watson. Ich glaube, wir sollten uns auf den Weg zu unserem bescheidenen Quartier aufmachen.«

Heute weiß jedermann, daß diese Geschichte glücklicher ausgegangen ist, als Sir Robert es verdient hätte. Shoscombe Prince gewann das Derby, der Eigentümer kassierte 80 000 Pfund aus den Wetten; die Gläubiger zeigten Geduld, bis das Rennen vorbei war, und wurden dann voll ausgezahlt; für Sir Robert verblieb noch genug, um auf einer gesicherten Basis neu zu beginnen. Sowohl die Polizei als auch der Leichenbeschauer drückten gnädig ihre Augen zu, und der glückliche Gewinner kam mit dem milden Verweis, das Hinscheiden der Lady nicht rechtzeitig gemeldet zu haben, davon. Wie man hört, verspricht sein Dasein, befreit von düsteren Schatten, in einem ehrenvollen Lebensabend zu enden.

Chinesisches Porzellan

»Meinetwegen! Jetzt wird es keinem mehr schaden«, bemerkte Sherlock Holmes, als ich wohl zum zehntenmal im Verlauf von ebenso vielen Jahren seine Einwilligung erbat, die folgende Geschichte niederzuschreiben, die von dem berichtet, was in mancher Hinsicht den Höhepunkt seiner Laufbahn bedeutete.

Wir beide, Holmes und ich, hatten eine Schwäche für das türkische Bad[1]. In der behaglichen Entspannung einer Rauchpause im Trockenraum erlebte ich ihn menschlicher, gelöster und weniger schweigsam als irgendwo sonst. Im oberen Stock der Badeanstalt in der Northumberland Avenue gibt es eine abgesonderte Ecke, wo zwei Ruhebetten nebeneinander stehen. Darauf lagen wir am 3. September 1902, und an diesem Tag beginnt auch die folgende Erzählung. Ich hatte meinen Freund gefragt, ob sich etwas Interessantes ereigne, und statt jeder Antwort streckte er seinen langen dünnen Arm aus den Leintüchern, die ihn umhüllten, und zog einen Umschlag aus der Innentasche seiner Jacke, die neben ihm hing.

»Ob das nun nur ein selbstgefälliger Wichtigtuer ist – oder eine Angelegenheit, bei der es um Leben und Tod geht«, sagte er, indem er mir den Brief herüberreichte – »ich weiß bis jetzt nicht mehr, als diese Botschaft mir mitteilt.«

Sie war aus dem Carlton Club und am vorhergehenden Abend geschrieben. Ich las wie folgt:

Sir James Damery empfiehlt sich Mr. Sherlock Holmes und wird ihn morgen um 16.30 Uhr aufsuchen. Er bittet, davon Kenntnis zu nehmen, daß die Angelegenheit, in der er Mr. Holmes um Rat fragen möchte, sehr heikel und von äußerster Wichtigkeit ist. Sir James vertraut daher auf Mr. Holmes' Bemühen um das Zustandekommen dieser Unterredung und erwartet seine Bestätigung durch telefonischen Anruf im Carlton Club.

»Daß ich mich einverstanden erklärt habe, brauche ich dir

[1] Siehe *Sherlock Holmes u. d. Teufelsfuß: Das geheimnisvolle Verschwinden der Lady Frances Carfat.*

kaum zu sagen«, bemerkte mein Freund, als ich ihm das Papier zurückgab. »Weißt du irgend etwas über diesen Herrn?«

»Nur, daß sein Name in der Gesellschaft sehr bekannt ist.«

»Schön, ich kann dir noch ein bißchen mehr von ihm erzählen. Er steht in dem Ruf, bedenkliche Situationen, die nicht in die Zeitung kommen sollen, diskret zu glätten. Vielleicht erinnerst du dich an seine Verhandlungen mit Sir George Lewis über den Hammerford-Will-Fall. Ein Mann von Welt und ein diplomatisches Naturtalent. Ich darf daher hoffen, daß dies kein blinder Alarm ist und er unseren Beistand wirklich dringend braucht.«

»*Unseren?*«

»Gewiß, wenn du die Freundlichkeit hättest, Watson.«

»Ist mir eine Ehre.«

»Dann also – um 16.30 Uhr. Bis dahin können wir die Angelegenheit vergessen.«

Ich hatte damals meine eigene Wohnung in der Queen Ann Street, fand mich aber schon vor der verabredeten Zeit in der Baker Street ein. Genau um 16.30 Uhr wurde Colonel Sir James Damery gemeldet. Sein Äußeres zu beschreiben, erübrigt sich fast, denn viele Leser werden sich dieser stattlichen, aufrechten und ehrbaren Persönlichkeit entsinnen. Man behält das breite, glattrasierte Gesicht, vor allem jedoch seine angenehme, weiche Stimme im Gedächtnis. Offenheit strahlte aus den grauen irischen Augen, und echter Humor umspielte seine beweglichen, meist lächelnden Lippen. Der glänzende Zylinder in Verbindung mit dem dunklen Gehrock, in der Tat jede Einzelheit, angefangen von der Perlnadel in der schwarzen Seidenkrawatte bis zu seinen lavendelfarbenen Gamaschen über den Lackschuhen, legte von der berühmten minuziösen Sorgfalt seiner Kleidung Zeugnis ab. Unser kleines Zimmer wurde von der gebieterischen Erscheinung des Aristokraten sozusagen beherrscht.

»Versteht sich, daß ich darauf vorbereitet war, auch Dr. Watson anzutreffen«, bemerkte er mit höflicher Verbeugung. »Seine Mitarbeit könnte notwendig werden, Mr. Holmes. Wir haben es bei dieser Gelegenheit mit einem Menschen zu tun, für den Gewalttätigkeit zur Tagesordnung gehört und der buchstäblich vor nichts zurückschreckt. Ich würde zu behaupten wagen, daß es keinen gefährlicheren Menschen in ganz Europa gibt.«

»Ich habe schon mehrfach Gegner gehabt, auf die dieses

schmeichelhafte Attribut angewendet wurde«, gab Holmes lächelnd zurück. »Rauchen Sie? Nein? Aber Sie werden entschuldigen, wenn ich mir eine Pfeife anzünde ... Wenn Ihr Mann gefährlicher ist als der verstorbene Professor Moriarty oder der noch immer lebende Oberst Sebastian Moran[1], dann ist er in der Tat des Kennenlernens wert. Darf ich fragen, wie er heißt?«

»Haben Sie je von Baron Gruner gehört?«

»Sie meinen den Mörder aus Österreich?«

Lachend hob Colonel Damery seine wildlederbekleideten Hände zur Zimmerdecke. »Ihnen kommt keiner bei, Mr. Holmes. Wundervoll! Dann schätzen Sie ihn also bereits als Mörder ein?«

»Es gehört zu meinem Beruf, auch die Verbrechen auf dem Kontinent in ihren Einzelheiten zu verfolgen. Wer könnte beispielsweise gelesen haben, was da in Prag geschehen ist, und noch an der Schuld dieses Mannes zweifeln? Ihn rettete doch nur ein rein juristischer Schachzug und der verdächtige Tod eines Zeugen! Ich weiß so genau, daß er seine Frau getötet hat, als der sogenannte ›Unglücksfall‹ am Splügenpaß sich ereignete, als hätte ich ihm dabei zugeschaut. Daß er nach England gekommen war, wußte ich auch und hatte schon ein Vorgefühl, er werde mir früher oder später zu schaffen machen. Nun denn, was hat besagter Baron sich wieder geleistet? Ich nehme doch an, es wurde nicht diese alte Tragödie aufgegriffen?«

»Nein, es handelt sich um Ernsteres. Ein Verbrechen zu rächen, ist zwar wichtig, wichtiger jedoch, ein neues zu verhindern. Eine verteufelte Sache, Mr. Holmes, wenn sich eine furchtbare Begebenheit anbahnt, eine geradezu grauenhafte Situation, und das vor Ihren Augen. Sie wissen, wohin das führen muß, und sind doch gänzlich außerstande, das Übel abzuwenden. Kann ein Mensch in eine mißlichere Lage geraten? Gewiß werden Sie dem Klienten, dessen Interessen ich vertrete, Ihr Mitgefühl nicht versagen.«

»Es war mir noch nicht klar, daß Sie nur Vermittler sind. Wer ist der Auftraggeber?«

»Ich muß Sie bitten, Mr. Holmes, diese Frage nicht zu stellen. Es ist für mich von wesentlicher Bedeutung, ihm die Versicherung geben zu können, daß sein geschätzter, erlauchter Name

[1] Siehe unter *Der letzte Fall* sowie die Bände *Sherlock Holmes und der verschwundene Bräutigam* und *Sherlock Holmes und die gefährliche Erbschaft*.

nicht in die Angelegenheit mit hineingezogen wird. Seine Beweggründe sind im höchsten Grade ehrenvoll und ritterlich, aber er möchte anonym bleiben. Ich brauche nicht zu betonen, daß Ihnen ein angemessenes Honorar zugesichert wird und daß Sie vollkommen freie Hand haben. Dann tut doch der wirkliche Name Ihres Mandanten nichts zur Sache.«

»Bedaure«, erwiderte Holmes, »ich bin zwar daran gewöhnt, daß am einen Ende meiner Fälle das Geheimnis steht, aber nicht an beiden. Das ist mir zu verwirrend. Unter diesen Voraussetzungen fürchte ich, ablehnen zu müssen, Sir James.«

Dies traf unseren Besucher hart. Sein großes, empfindsames Gesicht umdüsterte sich vor Enttäuschung. »Sie sind sich schwerlich der Tragweite Ihrer Handlungsweise bewußt, Mr. Holmes«, sagte er, »noch, in welch schwerwiegendes Dilemma Sie mich versetzen. Dabei bin ich vollkommen sicher, Sie wären stolz darauf, den Fall zu übernehmen, wenn ich Ihnen die betreffenden Angaben nicht verweigern müßte. Aber ich bin an mein Versprechen gebunden. Darf ich Ihnen wenigstens all das, was mir auszusagen erlaubt ist, unterbreiten?«

»Durchaus, solange Sie damit einverstanden sind, daß ich mich vorläufig zu nichts verpflichte.«

»Gut, ich werde mich daran halten. Punkt eins: Zweifellos haben Sie schon von General de Merville gehört?«

»De Merville von Khyber? Gewiß, der Name ist mir bekannt.«

»Er hat eine Tochter, Violet. Jung, reich, schön, gebildet – eine wunderbare Frau in jeder Hinsicht. Dieses liebliche Mädchen aus den Klauen eines Teufels zu retten, sind wir bemüht.«

»Dann hat also Baron Gruner besonderen Einfluß auf sie?«

»Er besitzt über sie die stärkste aller Gewalten, was Frauen betrifft – Liebe. Der Kerl sieht, wie Sie schon gehört haben werden, blendend aus, hat eine faszinierende Art, sich zu benehmen, und eine klangvolle Stimme. Dazu weiß er diesen Nimbus von Romantik und Geheimnis um sich zu verbreiten, der Frauen so viel bedeutet. Es heißt, das ganze Geschlecht sei ihm auf Gnade oder Ungnade verfallen, und er habe weidlich Gebrauch davon gemacht.«

»Aber wie kommt solch ein Kerl dazu, einer Dame vom Stand und Ansehen der Miß Violet überhaupt zu begegnen?«

»Es war auf einer Mittelmeerreise, an Bord einer Jacht. Obwohl es sich um eine geschlossene Gesellschaft handelte, bezahlte jedes der Mitglieder seine Fahrt. Wahrscheinlich wußten die Veranstalter über den Charakter des Barons wenig Bescheid. Und schon war es zu spät. Der Schurke machte sich an die Lady heran, mit dem Ergebnis, daß er ganz und ausschließlich ihr Herz gewann. Zu sagen, daß sie ihn liebt, würde ihre Gefühle nur unvollständig ausdrücken. Sie ist in ihn vernarrt, schlechthin besessen von diesem Menschen. Neben ihm gibt es für sie nichts mehr auf Erden. Sie will kein Wort gegen ihn hören. Alles wurde schon unternommen, sie von ihrem Wahn zu heilen. Vergebens. Sie will ihn nächsten Monat heiraten. Da sie volljährig ist und einen eisernen Willen hat, sind wir ratlos, wie wir sie davon abhalten sollen.«

»Weiß sie von der österreichischen Episode?«

»Der listige Teufel hat ihr jeden schmutzigen Skandal seiner Vergangenheit erzählt, allerdings mit umgekehrten Vorzeichen und so, als sei er ein unschuldiger Märtyrer. Sie nimmt seine Version vollkommen ernst und will von keiner anderen etwas wissen.«

»Du lieber Himmel! Aber sicher haben Sie nun doch ohne besonderen Hinweis den Namen Ihres Klienten geäußert. Es ist wohl General de Merville selbst?«

Etwas nervös zappelte unser Besucher bei diesen Worten in seinem Sessel hin und her.

»Ich könnte Sie ja täuschen, indem ich es zugäbe, Mr. Holmes, aber es wäre nicht die Wahrheit. De Merville ist ein gebrochener Mann. Der tapfere Soldat in ihm wurde durch diesen Vorfall gänzlich demoralisiert. Er hat die Nerven, die ihn während der Schlacht nie im Stich ließen, verloren. Er wäre vollkommen unfähig, es mit einem so brillanten, rücksichtslosen Schurken, wie es dieser Österreicher ist, aufzunehmen. Mein Klient indessen, ein alter Freund des Hauses, kennt den General seit vielen Jahren sehr gut und nimmt ein väterliches Interesse an dem jungen Mädchen, schon seit es noch kurze Röckchen trug. Er kann nicht mit ansehen, wie diese Tragödie ihren Verlauf nimmt, ohne den Versuch zu machen, sie aufzuhalten. Für Scotland Yard sehe ich hier keine Möglichkeiten. Es war des Generals eigener Vorschlag, sie hinzuzuziehen, Mr. Holmes. Aber, wie ich schon erwähnte, unter der ausdrücklichen Bedingung, daß er persönlich nicht in die Sache verwickelt wird. Dank Ihren vielseitigen Fähigkeiten wüßten Sie ohne weiteres meinen Klienten ausfindig zu machen, daran zweifle ich nicht, Mr. Holmes. Gleichwohl bitte ich Sie nochmals, ehrenhalber davon Abstand zu nehmen und nicht in dieses Inkognito einzubrechen.«

Holmes lächelte hintergründig.

»Das glaube ich nun ganz sicher versprechen zu können«, erwiderte er. »Hinzufügen möchte ich, daß Ihr Problem mich gefesselt hat und ich bereit bin, mich damit zu befassen. Wie soll ich mit Ihnen in Verbindung bleiben?«

»Der Carlton Club weiß immer, wo ich zu finden bin. Aber für den Dringlichkeitsfall gebe ich Ihnen noch eine private Telefonnummer XX 31.«

Holmes schrieb sie sich auf und saß noch immer lächelnd da mit dem offenen Notizbuch auf den Knien.

»Die gegenwärtige Adresse des Barons, bitte?«

»Vernon Lodge, bei Kingston, eine Prunkvilla. Er hatte Glück bei irgendeiner ziemlich finsteren Spekulation und ist nun ein schwerreicher Mann, was ihn natürlich zu einem um so gefährlicheren Gegner macht.«

»Trifft man ihn gegenwärtig zu Hause an?«

»Ja.«

»Können Sie, abgesehen von dem, was Sie mir soeben mitteilten, noch weitere Auskünfte über den Mann geben?«

»Er hat teure Neigungen – ist Pferdezüchter. Für kurze Zeit spielte er Polo in Hurlingham, aber dann wurde etwas von der Prager Affäre dort laut, und er mußte wegziehen. Er sammelt kostbare Bücher und Bilder, hat eine beträchtliche künstlerische Ader. Ich glaube, er weiß eine Menge über chinesische Keramik, hat sogar ein Buch darüber geschrieben und gilt als Autorität auf diesem Gebiet.«

»Ein vielfältiger Geist«, bekräftigte Holmes. »Fast alle großen Kriminellen sind so veranlagt. Mein alter Freund Charlie Peace war ein Violinvirtuose, Wainwright kein übler Maler. Ich könnte noch andere aufzählen. Nun, Sir James, Sie werden Ihren Mandanten davon unterrichten, daß ich vorhabe, mein Interesse auf Baron Gruner zu lenken. Mehr will und darf ich noch nicht sagen. Einige Informationsquellen besitze ich selbst. Und ich hoffe, es werden sich Mittel und Wege finden, an den Kern der Sache heranzukommen.«

Als unser vornehmer Gast uns verlassen hatte, saß Holmes so tief in Gedanken versunken, daß er meine Gegenwart vergessen zu haben schien. Auf einmal war er jedoch wieder ganz da und erkundigte sich lebhaft:

»Na, Watson, hast du irgendwelche Vorschläge?«

»Ich dächte, du solltest dir am besten erst einmal die junge Lady ansehen.«

»Mein lieber Watson, wenn ihr armer alter und gebrochener Vater sie nicht umzustimmen weiß, wie sollte ich es erreichen? Und doch hat der Gedanke etwas für sich, wenn alles übrige fehlschlägt. Nur glaube ich, wir müssen von einer anderen Ecke aus beginnen. Ich könnte mir recht gut vorstellen, daß Shinwell Johnson zunächst eine Hilfe wäre.«

Ich hatte in diesen Memoiren noch keine Gelegenheit, Shinwell Johnson zu erwähnen, weil ich meine Berichte selten den letzten Phasen in der Laufbahn meines Freundes entnahm. Zu Anfang dieses Jahrhunderts wurde Johnson ihm ein wertvoller Assistent. Es ist mir peinlich, sagen zu müssen, daß er sich zuerst als sehr gefährlicher Halunke einen Namen machte und zweimal in Parkhurst Zwangsarbeit tun mußte. Schließlich bereute er seine Missetaten und schloß sich an Holmes an, ja, er arbeitete für ihn in der weitverzweigten Londoner Unterwelt und verschaffte ihm mitunter äußerst wichtige Informationen. Wäre Johnson ein Polizeispitzel geworden, hätten die Ganoven ihn bald als solchen entlarvt und hinausgeworfen. Aber da er sich mit Fällen befaßte, die nicht unmittelbar vor Gericht endeten, haben seine Gefährten sein eigentliches Betätigungsfeld nie entdeckt. Mit dem Glanz zweier Zuchthausstrafen hinter sich hatte er ›entrée‹ in sämtlichen Nachtklubs, Gangsterbars und Spielhöllen der Stadt. Seine rasche Beobachtungsgabe und sein lebendiger Verstand machten aus ihm einen idealen Kundschafter.

Die Schritte, die mein Freund zunächst unternahm, konnte ich nicht verfolgen; dringende Berufsarbeit hielt mich in Atem. Aber ich traf ihn unserer Verabredung gemäß eines Abends bei Simpson[1], wo wir an einem kleinen Fenstertisch saßen und dem Verkehr auf dem ›Strand‹ zusahen. Und hier erzählte er mir einiges von dem, was inzwischen geschehen war.

[1] *Simpson* in der Londoner City ist eines der berühmtesten und typischsten englischen Restaurants.

»Johnson grast Pubs und Nachtlokale ab«, begann er. »Er wird sicher irgend etwas aufstöbern. Denn da unten, bei den schwarzen Wurzeln des Verbrechens, müssen wir nach den Geheimnissen dieses Mannes jagen.«

»Aber wenn Lady Violet sich von dem, was bereits bekannt ist, nicht abschrecken läßt, warum sollte eine neue Enthüllung sie von ihrem Vorhaben abbringen?«

»Wer weiß, Watson? Herz und Hirn der Frau sind unlösbare Puzzlespiele für die männliche Logik. Sie mögen Verständnis, ja Verzeihung für einen Mord aufbringen, ein geringeres Vergehen dagegen ihren bittersten Groll erregen. Baron Gruner sagte zu mir . . .«

»*Er* sagte zu dir?«

»Ach so, natürlich. Ich hatte dir ja von meinen Plänen nichts mitgeteilt. Es dürfte dir mehr als bekannt sein, Watson, daß ich es liebe, selbst in die Höhle des Löwen zu gehen, meinem Gegner Aug' in Auge gegenüberzutreten und festzustellen, was an ihm dran ist. Als ich Johnson alles Nötige mitgeteilt hatte, fuhr ich mit einer Droschke nach Kingston und fand den Baron in höchst aufgeräumter Stimmung vor.«

»Hat er dich erkannt?«

»Die Mühe ersparte ich ihm, sandte ihm einfach meine Karte. Er ist ein hervorragender Kämpfer, kalt wie Eis, mit einer seidenweichen Stimme und einschmeichelnd wie nur je einer von deinen elegantesten Patienten, dabei giftig wie eine Kobra. Er hat Rasse: ein Aristokrat des Verbrechens. Bietet dir eine Tasse Vier-Uhr-Tee an, und hinter ihm lauert die Grausamkeit des Grabes. Ja, ich bin richtig froh darüber, dem Freiherrn Adelbert Gruner begegnet zu sein.«

»Du sagst, er war ›aufgeräumter‹ Stimmung?«

»Ein schnurrender Kater, der Mäuse riecht. Die Freundlichkeit mancher Leute ist tödlicher als die Heftigkeit rauherer Seelen. Schon seine Begrüßung war charakteristisch:

›Ich habe mir immer gedacht, daß ich früher oder später mit Ihnen zusammentreffen würde, Mr. Holmes. Wahrscheinlich sind Sie von General de Merville beauftragt, meine Heirat mit seiner Tochter Violet zu unterbinden. Ist es so?‹

Ich bejahte.

›Mein lieber Herr!‹ fuhr er fort, ›Sie werden sich dabei nur Ihren wohlverdienten guten Ruf verderben. Denn in diesem Fall werden Sie keinen Erfolg verzeichnen. Ein fruchtloses Unterfangen! Von der damit verbundenen Gefahr ganz zu schweigen. Ich möchte Ihnen dringend raten, sich zurückzuziehen!‹

›Komisch‹, antwortete ich, ›aber genau den gleichen Rat wollte eigentlich ich Ihnen geben. Ich habe entschieden Achtung vor Ihrem Verstand, Baron, und das Wenige, was ich in diesen kurzen Minuten von Ihrer Persönlichkeit kennenlernen durfte, hat meine gute Meinung nicht geschmälert. Reden wir doch von Mann zu Mann miteinander! Niemand will Ihre Vergangenheit ausgraben und Ihnen über Gebühr Unannehmlichkeiten verursachen. Das ist vorbei, die Wellen haben sich beruhigt. Aber wenn Sie auf dieser Heirat bestehen, scheuchen Sie einen Schwarm von mächtigen Feinden auf, die Sie nicht mehr in Ruhe lassen, bis Ihnen in England der Boden unter den Füßen zu heiß geworden ist. Lohnt sich dieses Spiel? Bestimmt würden Sie klüger handeln, wenn Sie die Lady unbehelligt ließen. Sie möchten doch sicher nicht, daß man ihr gewisse Tatsachen aus Ihrer Vergangenheit zur Kenntnis bringt!‹

Der Baron trägt ein kleines gewichstes Bärtchen unter der Nase, das wie die Antenne eines Insekts aussieht. Es zitterte vor Vergnügen, als er mir zuhörte, bis er schließlich in leises Lachen ausbrach.

›Entschuldigen Sie meine Erheiterung, Mr. Holmes‹, sagte er. ›Es ist wirklich zu drollig, wie Sie ausspielen wollen, ohne Karten in der Hand. Ich gebe zu, niemand würde das so gut machen wie Sie. Aber es hat doch etwas Rührendes. Nicht eine einzige Trumpfkarte, kaum Siebener und Achter, Mr. Holmes!‹

›Das denken Sie!‹

›Das weiß ich. Lassen Sie mich offen reden, denn mein eigenes Blatt ist so stark, daß ich mir leisten kann, es zu zeigen. Ich war glücklich genug, die Zuneigung jener Dame zu gewinnen. Sie wandte sich mir uneingeschränkt zu, trotz der Tatsache, daß ich ihr sehr deutlich all die unglückseligen Zwischenfälle meiner Vergangenheit enthüllte. Ich bereitete sie auch darauf vor, daß bösartige Ränkeschmiede – ich hoffe, Sie erkennen sich selbst wieder – zu ihr kommen würden, um ihr diese Dinge mit umgekehrten Vorzeichen noch einmal zu erzählen. Und ich habe sie davor gewarnt, auf solche Leute einzugehen. Sie haben sicherlich von posthypnotischer Suggestion schon etwas gehört, Mr. Holmes? Nun, Sie werden sehen, wie sie wirkt. Ein Mensch, der

Persönlichkeit besitzt, macht von der Hypnose Gebrauch ohne Einschläferungssprüchlein, entsprechende Handbewegungen und all den vulgären Firlefanz. Miß Violet, wohlvorbereitet auf Ihren Besuch, wird Ihnen, daran zweifle ich nicht, eine Zusammenkunft gewähren, denn sie gehorcht ihrem Vater – außer freilich in dieser einen kleinen Sache.‹

Du siehst, Watson, mir blieb eigentlich nichts mehr zu sagen übrig. So verabschiedete ich mich mit soviel kalter Würde, als ich nur aufbringen konnte. Aber als meine Hand die Türklinke niederdrücken wollte, hielt er mich zurück mit den Worten:

›Haben Sie übrigens den französischen Spitzel Le Brun gekannt, Mr. Holmes?‹

›Natürlich‹, antwortete ich.

›Wissen Sie auch, was ihm zustieß?‹

›Ich hörte, daß er auf dem Montmartre von einigen Apachen angefallen und für sein Lebtag zum Krüppel geschlagen wurde.‹

›Sehr richtig, Mr. Holmes. Wie das manchmal seltsam zusammentrifft! Er hatte nämlich genau eine Woche vorher versucht, sich in meine Angelegenheiten einzudrängen. Tun Sie so etwas lieber nicht, Mr. Holmes! Es bringt kein Glück. Das haben schon verschiedene Leute herausgefunden. Ich sage es Ihnen ein für allemal: Gehen Sie Ihrer Wege und lassen Sie mich die meinen gehen. Grüß Gott!‹

So, nun bist du im Bilde, Watson!«

»Scheint ein gefährlicher Bursche zu sein.«

»Und wie! Angebern schenke ich keine Beachtung. Aber der gehört zu denen, die eher weniger sagen, als sie tatsächlich vorhaben.«

»Mußt du denn unbedingt eingreifen? Hat es wirklich soviel zu besagen, ob er das Mädchen nun heiratet oder nicht?«

»Wenn ich in Betracht ziehe, daß ohne jeden Zweifel er seine letzte Frau ermordet hat, würde ich doch denken, es hat sehr viel zu besagen. Außerdem sind wir schließlich unserem Klienten verpflichtet. Nein, wir wollen darüber nicht streiten. Wenn du deinen Kaffee getrunken hast, kommst du am besten mit mir nach Hause. Dieser helle Kopf, der Shinwell, wird mit seinem Bericht dort vielleicht schon warten.«

Er war da. Ein riesiger Bursche, mit grobem, rotem Gesicht,

schlechten Zähnen und einem Paar lebhafter schwarzer Augen, die das einzige äußere Zeichen für seine Gerissenheit waren. Anscheinend hatte er bei seinen Ausgrabungen ein Musterexemplar entdeckt: Neben ihm auf dem Sofa saß eine zierliche, temperamentvolle Rothaarige mit blassem, wachem Gesicht. Sie war noch jung, aber von Laster und Sorge schon so mitgenommen, daß die Spuren der furchtbaren Jahre ihre Züge prägten.

»Das ist Miß Kitty Winter«, erklärte Shinwell Johnson und stellte sie mit einem Schwenken seiner fleischigen Hand vor. »Was ihr unbegreiflich ist ... na ja, sie wird schon selber den Mund aufmachen. Ich hab' sie gleich herausgefischt, Mr. Holmes, eine Stunde, nachdem Ihr Brandbrief kam.«

»Bin ja leicht zu finden«, bestätigte seine Partnerin. »Verdammt, London macht mich jedesmal fertig. Selbe Adresse wie Porky Shinwell. Wir sind alte Genossen, Porky, was, wir zwei? Aber zum Henker! Da gibt's einen, der soll in einer viel tieferen Hölle braten wie wir, wenn's Gerechtigkeit gäbe auf dieser Welt! Und das ist der, hinter dem Sie jetzt her sind, Mr. Holmes.«

Mein Freund lächelte. »Ich glaube, alle Ihre guten Wünsche begleiten uns, Miß Winter.«

»Wenn ich Ihnen helfen kann, ihn dahin zu schaffen, wo er hingehört, machen Sie mit mir, was Sie wollen«, beteuerte unsere Besucherin, von wildem Tatendrang beseelt. Eine Intensität des Hasses flammte aus den Augen dieses bleichen, entschlossenen Gesichts, die man bei Frauen nur selten und bei Männern wohl niemals findet. »Brauchen nich' in meiner Vergangenheit 'rumzuwühlen, Mr. Holmes. Die is' nich' hier und nich' da. Aber was ich bin, das hat dieser Gruner auf'm Konto. Wenn ich ihn erledigen könnte, den Kerl!« Wie im Wahnsinn krampfte sie die Hände zusammen. »Wenn ich ihn nur mal selber in den Dreck trete, wo er so viele 'reingestoßen hat!«

»Sie wissen über den Stand der Dinge Bescheid?«

»Porky hat mir alles geflüstert. Der Gruner is' hinter einer anderen her, und die will er diesmal heiraten. Armes Huhn. Und Sie, Mr. Holmes, wollen dazwischenhauen. Na, wissen ja genug von dem Schuft, daß Sie 'n anständiges Mädchen, wenn's noch bei Sinnen is', davon abbringen wer'n, mit dem Subjekt in ein und dieselbichte Kirche zu gehen.«

»Sie ist aber nicht bei Sinnen, sondern verrückt vor Liebe. Man hat ihr alles über ihn gesagt, es kümmert sie nicht im geringsten.«

»Auch von dem Mord?«

»Ja.«

»Gott, die hat Nerven!«

»Sie tut alles als Verleumdungen ab.«

»Können Sie ihr nich 'n Beweisstück vor die dämlichen Augen bringen?«

»Nun, vielleicht möchten Sie uns dabei helfen?«

»Bin ich nich' selbst 'n Beweisstück? Wenn ich mich vor sie hinstelle und auspacke, was er mit mir gemacht hat ...«

»Das würden Sie tun?«

»Klar, Mann!«

»Gut, vielleicht lohnt sich ein solcher Versuch. Allerdings hat er ihr fast all seine Sünden gebeichtet und Vergebung von ihr erhalten. Anscheinend will sie nichts mehr davon hören, jedenfalls hält sie an ihm fest.«

»Jede Wette, der hat nich' alles auf 'n Tisch gelegt«, meinte Miß Winter. »Ich hab' noch einen oder den anderen Mord mitgekriegt – nich' bloß den, wo sie so viel drüber gequatscht haben. Guckte mir starr in die Pupille und sagte mit seiner Plüschstimme: ›Er ist innerhalb eines Monats gestorben!‹ Das war kein leeres Gerede! Na, mir war's egal! Ich war ja damals selber in ihn verknallt. Konnte anstellen, was er wollte, mir ging's wie dieser armen Irren. Nur eine Sache, die hat mir gereicht. Verflucht noch mal! Wenn er nich' immer so fabelhaft gequatscht hätte – konnte einfach alles wieder hindrehen, der Kerl –, dann wär' ich noch in derselben Nacht auf und davon gegangen. Er hat da so ein Buch – ein dickes braunes Lederbuch, mit 'nem Schloß dran und seinem Wappen auf dem Deckel ... Ich glaube, er war blau wie'n Veilchen an dem Abend, sonst hätt' er mir das nie gezeigt ...«

»Was hat er Ihnen gezeigt?«

»Also wissen Sie, Mr. Holmes, dieser Kerl sammelt Frauen, wie andere Leute Motten sammeln oder Schmetterlinge. Da is' der richtig stolz drauf. Alles hat er drin in dem Buch! Schnappschüsse, Namen, Sondersachen, wie's eben jede machte. Ein hundsgemeines Buch, kein anderer Mann, auch nich' aus der

Gosse, bringt so was fertig. Aber er, Adelbert Gruner, dem sah das ähnlich. ›Seelen, die ich zugrunde richtete‹, das hätt' er auf den Deckel schreiben können. Na ja, das gehört nich' zur Sache. Das Buch nutzt Sie nix – und wenn, Sie kriegen's doch nich'.«

»Wo ist es?«

»Weiß ich? 's is' über 'n Jahr her, seit ich abhaute. Wo er's damals aufhob, kann ich mich erinnern. Is' ja ein geleckter, geschniegelter Pedant. Warum nich'? Vielleicht steckt's noch in dem Mittelfach von seinem alten Schreibtisch. Kennen Sie seine Wohnung?«

»Ich war in seinem Arbeitszimmer«, erwiderte Holmes.

»Ach nee! Da sind Sie aber or'ntlich 'rangegangen, wo Sie doch erst heut früh losgelegt haben. Vielleicht zieht der liebe Adelbert diesmal doch den kürzeren! Sein Arbeitszimmer, da is' erst mal das Porzellan, ein ganzer Schrank zwischen den Fenstern, hinter dem Schreibtisch geht 'ne Tür in ein kleines Kabinettchen, wo er Papiere und so was aufhebt.«

»Hat er keine Angst vor Einbrechern?«

»Feige is' er nich'. Sein ärgster Feind könnt' ihm das nicht nachsagen. Er braucht keinen, der auf ihn aufpaßt. Für die Nacht hat er eine Alarmglocke. Und sonst, was soll 'n Dieb schon finden? Das ulkige Geschirr vielleicht?«

»Mist!« mischte sich Shinwell Johnson mit der entschiedenen Stimme des Fachmannes ein. »Keiner nimmt ein'm so 'n Zeug ab, das du nich' einschmelzen oder zu Mäusen machen kannst.«

»Sehr richtig«, bestätigte Holmes. »Also Miß Winter, wollen Sie sich morgen um 17 Uhr wieder hier einfinden? Ich werde inzwischen überlegen, ob man nicht tatsächlich eine Begegnung zwischen Ihnen und der Lady, wie sie Ihnen vorschwebt, arrangieren sollte. Für Ihre Mitarbeit bin ich Ihnen außerordentlich verbunden. Ich brauche nicht darauf hinzuweisen, daß meine Mandanten großzügig . . .«

»Hörnse auf, Mr. Holmes!« wehrte die junge Frau ab. »Ich bin hier nich' auf Arbeit. Wenn ich nur den Kerl in der . . . ich meine im Dreck sitzen sehe, is' alles bestens. Ja, im Dreck – und mein Fuß auf seiner verdammten Fresse. Das is mein Preis. Ich mache mit – morgen oder sonst wann, solange Sie hinter ihm her sind. Porky weiß immer, wo ich stecke.«

Ich sah Holmes erst am nächsten Abend, als wir wieder in unserm Restaurant am Strand zu Abend aßen. Als ich ihn fragte, ob er bei seinem Interview Glück gehabt habe, zuckte er die Achseln. Dann erzählte er mir, wie sich alles abgespielt hatte. Ich will seinen knappen, trockenen Bericht hier in etwas abgerundeter Form wiedergeben, damit mehr Leben hineinkommt.

»Die Verabredung zustande zu bringen, war weiter nicht schwer«, begann er, »denn das Mädchen trägt unterwürfigsten Gehorsam zur Schau – in allen nebensächlichen Dingen. Sie versucht damit ihre brüske Auflehnung in der Liebesaffäre wieder wettzumachen. Der General rief mich an: man sei bereit. Und die hitzige Miß Winter rückte vereinbarungsgemäß ins Feld. Um 17.30 Uhr setzte uns eine Kutsche vor den Toren von 104, Berkeley Square, ab, wo der alte Offizier seinen Wohnsitz hat. Es ist eine jener schrecklichen düstergrauen Londoner Burgen, neben denen eine Kirche sich noch frivol ausnähme. Ein Diener führte uns in ein großes Wohnzimmer mit gelben Vorhängen. Und dort erwartete uns bereits die Lady: spröde, blaß, selbstbeherrscht, so unbeugsam und entrückt wie eine Schneestatue auf einem Berg.

Wie ich sie dir schildern soll, Watson, weiß ich nicht. Vielleicht wirst du ihr einmal begegnen, ehe wir diese Sache durchgefochten haben, und kannst dann von deiner Gabe des Wortes Gebrauch machen. Ja, sie ist schön; aber von jener ätherischen Schönheit aus der Welt einiger Fanatiker, die hoch über dem Erdboden wandeln. Ich habe solche Gesichter auf den Gemälden mittelalterlicher Meister gesehen. Wie dieses Vieh von Mann seine geilen Klauen auf solch ein jenseitiges Wesen legen konnte, bleibt mir schleierhaft. Aber du wirst ja auch schon bemerkt haben, daß Gegensätze einander anziehen, das Geistige und das Animalische, der Höhlenmensch und der Engel. So etwas, du wirst nie einem schlimmeren Beispiel begegnen als diesem hier.

Sie wußte natürlich, weshalb wir gekommen waren. Der Schurke hatte keine Zeit verloren und ihren Sinn gegen uns vergiftet. Miß Winters Ankunft verwunderte sie allerdings ein wenig, glaube ich. Gleichwohl bot sie uns mit hoheitsvoller Geste Stühle an, wie eine ehrwürdige Äbtissin zwei räudige Bettler empfangen würde. Wenn du wieder einmal einen heißen Kopf bekommen solltest, Watson, nimm dir ein Beispiel an Violet de Merville! ›Ihr Name‹, begrüßte sie mich mit einer Stimme, die mich wie Wind von einem Eisberg anwehte, ›ist mir geläufig.

Sie suchen mich hier auf, wenn ich recht verstehe, um meinen Verlobten, Baron Gruner, anzuschwärzen. Nur aus Rücksicht auf meinen Vater empfange ich Sie überhaupt, und ich warne Sie im voraus: Alles, was Sie vorbringen, wird auf meine Einstellung nicht die geringste Wirkung ausüben!‹

Sie tat mir leid, Watson. Ich empfand in diesem Augenblick für sie wie für eine eigene Tochter. Beredt bin ich nicht gerade oft. Ich gebrauche meinen Kopf, nicht mein Herz. Aber ich redete ihr ins Gewissen mit einer warmen Flut von Worten, wie sie meine Natur kaum jemals findet. Ich schilderte ihr die furchtbare Lage der Frau, die den Charakter ihres Mannes erst nach der Heirat durchschaut; einer Gattin, die sich den Liebkosungen blutiger Hände und verderbter Lippen unterwerfen muß. Ich ersparte ihr nichts: die Schande, die Qual, die Todesangst, die Hoffnungslosigkeit. Doch meine glühenden Schilderungen riefen nicht die leiseste Färbung ihrer Elfenbeinwangen noch einen Funken von Anteilnahme in ihren abwesenden Augen hervor. Ich mußte an das denken, was der Schurke über nachträgliche Wirkung der Hypnose geäußert hatte. Tatsächlich hätte man glauben können, daß sie sich in einem ekstatischen Traum und nicht auf dieser Erde befand. Trotzdem war keinerlei Unklarheit in ihren Antworten.

›Ich habe Sie geduldig angehört, Mr. Holmes‹, erklärte sie. ›Der Einfluß auf meinen Geist ist genauso, wie ich es vorhersagte. Ich bin mir bewußt, daß Adelbert, daß mein Verlobter, ein stürmisches Leben hinter sich hat, in dem er sich bitteren Haß und die ungerechtesten Verleumdungen zuzog. Sie sind nur der Letzte einer ganzen Reihe, die ihre Schmähreden gegen ihn bei mir vorgebracht haben. Möglicherweise war es sogar gut von Ihnen gemeint, obwohl ich höre, daß Sie ein bezahlter Agent sind, der genauso eingewilligt hätte, für den Baron zu arbeiten wie gegen ihn. Aber wie dem auch sei, ich möchte, daß Sie sich ein und für allemal klar darüber werden: Ich liebe diesen Mann, und er liebt mich. Die Meinung der ganzen Welt ist für mich nicht mehr als das Gezwitscher der Vögel draußen vorm Fenster. Wenn sein nobler Charakter je auch nur einen Augenblick schwankte, dann wäre es wohl erst recht meine Aufgabe, ihn wieder auf seine eigentliche Höhe emporzutragen ... Übrigens ist mir nicht recht erfindlich‹, fuhr sie mit hoheitsvoller Kühle fort, während ihr unbeteiligter Blick zu meiner Gefährtin hinüberglitt, ›wer dieses Fräulein hier ist?‹

Ich wollte eben antworten, als die Betroffene wie ein Wirbelwind dazwischenfuhr. Wenn du je Feuer und Eis hast aufeinanderprallen sehen, dann bei diesen zwei Frauen.

›Das kann ich Ihnen sagen, wer ich bin‹, schrie Miß Winter und sprang von ihrem Stuhl auf; ihr Mund war von Leidenschaft verzerrt. ›Sein letztes Liebchen bin ich, ja! Eine von Hunderten, die er ausprobiert, auf die schiefe Bahn gebracht und dann auf den Müllhaufen geschmissen hat. Genauso wird's Ihnen gehen. Das heißt, Ihr Mülleimer is' wahrscheinlich 'n Grab. Und da könn' Sie noch von Glück sagen. Hörnse auf mich, Sie arme Irre, wenn Sie den Mann heiraten, sind Sie in Null Komma nichts 'ne Leiche. Ob Ihr Herzchen bricht oder Ihr Hals, ganz egal, irgendwie erledigt er Sie schon. Hören Sie, ich red' nich' wegen Ihrer schönen Augen so. Is' mir doch wurst, ob Sie am Leben bleiben oder nich'. Es is' bloß, weil ich ihn hasse, weil ich's ihm heimzahlen will, was er mit mir gemacht hat. Und so hochmütig brauchen Sie mich gar nich' anzusehen, meine Gnädigste! Kann nämlich leicht sein, daß Sie noch tiefer absacken als ich, eh' der Spaß zu Ende is'!«

›Ich lehne es ab, mit Ihnen über derlei zu verhandeln‹, entgegnete Miß de Merville kalt. ›Lassen Sie sich gesagt sein, es ist mir durchaus bekannt, daß mein Verlobter dreimal in seinem Leben in Beziehungen zu intriganten Frauenzimmern verstrickt war. Aber ich weiß auch ebenso sicher, daß er alles Schlechte, was er unter ihrem Einfluß vielleicht getan hat, aufrichtig bereut.‹

›Dreimal in seinem Leben!‹ Meine Gefährtin lachte schrill auf. ›Ihnen is' einfach nich' zu helfen!‹

›Ich ersuche Sie, Mr. Holmes, die Zusammenkunft jetzt zu beenden‹, sagte die eisige Stimme. ›Ich habe meines Vaters Wunsch respektiert, indem ich Sie empfing. Aber ich bin nicht verpflichtet, die Tobsuchtsanfälle dieser Person über mich ergehen zu lassen.‹

Mit einem Fluch stürzte Miß Winter vorwärts. Und hätte ich sie nicht am Handgelenk festgehalten, sie wäre der aufreizenden Lady mit allen zehn Fingern ins Haar gefahren. Ich zerrte sie zur Tür und kann von Glück sagen, daß es mir gelang, sie ohne Aufsehen wieder in die Droschke zu setzen. Sie kochte vor Wut. Und sogar ich ärgerte mich auf meine kühle Weise nicht wenig,

Watson, denn es lag etwas unbeschreiblich Provozierendes in der unbeteiligten Ruhe und überlegenen Selbstgefälligkeit dieser Frau, die wir retten wollten ... So, nun bist du wieder ganz auf dem laufenden, Freund. Es ist klar, daß ich eine neue Eröffnung planen muß, denn dieses Gambit bringt uns nicht weiter. Ich bleibe mit dir in Verbindung, Watson; es ist mehr als wahrscheinlich, daß du deine Rolle noch zu spielen hast. Trotzdem halte ich es für gut möglich, daß der nächste Schachzug eher von ihnen als von uns ausgeführt wird.«

Und genauso war es. Ihr Schlag fiel oder vielmehr Gruners Schlag, denn daß die Lady davon wußte, kann ich nicht glauben. Aber ich könnte noch heute genau den Pflasterstein bezeichnen, auf dem ich stand, als mein Blick auf die ausgehängte Anzeige fiel und der Schreck mich wie ein Stich mitten ins Herz traf.

Es war zwischen dem Grand Hotel und dem Charing-Cross-Bahnhof, wo ein einbeiniger Zeitungsverkäufer seine Abendausgabe verteilte.

Das Datum war genau der dritte Tag nach unserer letzten Unterhaltung.

Da stand sie in fetten Buchstaben, schwarz auf gelb, die schlimme Schlagzeile:

MORDÜBERFALL AUF SHERLOCK HOLMES

Ich glaube, ich blieb einige Augenblicke wie betäubt stehen. Dann folgte, so erinnere ich mich undeutlich, mein Griff nach einer Zeitung, die Mahnung des Mannes, weil ich zu zahlen vergessen hatte, und schließlich die Torfahrt einer Apotheke, in der ich die verhängnisvolle Spalte aufschlug.

Sie lautete:

Mit tiefem Bedauern hören wir, daß Mr. Sherlock Holmes, der bekannte Privatdetektiv, heute vormittag das Opfer eines Mordüberfalls wurde und in eine höchst bedenkliche Lage geriet. Genaue Einzelheiten über seinen Befund liegen nicht vor, aber der Vorfall scheint sich gegen 12 Uhr in der Regent Street, vor dem Café Royal, ereignet zu haben. Der Angriff erfolgte durch zwei Männer, die mit Stöcken bewaffnet waren. Mr. Holmes erhielt Schläge auf Kopf und Körper, wodurch ihm Verletzungen zugefügt wurden, die der Arzt als sehr ernst bezeichnet. Der

Verletzte wurde in das Charing Cross Hospital gebracht. Später bestand er darauf, daß man ihn in seine Wohnung in der Baker Street fuhr. Es heißt, die niederträchtigen Angreifer seien gut und herrenmäßig gekleidet gewesen. Sie entwischten nach der Tat in das Café und tauchten dann in der dahinterliegenden Glasshouse Street unter. Zweifellos gehören sie einer Verbrecherclique an, die schon mehrmals Gelegenheit hatte, die Tatkraft und geniale Findigkeit des Verletzten zu beklagen.

Kaum hatte ich den Bericht auch nur überflogen, als ich – das brauche ich wohl nicht zu betonen – auch schon in eine Droschke sprang, um in die Baker Street zu fahren. Auf dem Vorplatz begegnete ich Sir Leslie Oakshott, dem berühmten Wundarzt, dessen Brougham ich schon an der Ecke hatte warten sehen.

»Keine unmittelbare Gefahr«, berichtete er. »Zwei Platzwunden in der Schädeldecke und einige beträchtliche Quetschungen. Ich mußte an mehreren Stellen nähen, ihm eine Morphiuminjektion geben. Die Hauptsache ist jetzt Ruhe. Aber wenn Sie zu ihm hineinschauen wollen, nicht länger als ein paar Minuten, so habe ich nicht unbedingt etwas dagegen.«

Mit dieser Erlaubnis schlich ich mich in das abgedunkelte Zimmer. Der Patient war hellwach, und ich hörte ihn heiser meinen Namen flüstern. Die Jalousie hatte man zu drei Vierteln heruntergelassen, aber ein Sonnenstrahl brach sich Bahn zu dem verbundenen Kopf des Verletzten. Ein karminroter Fleck durchtränkte die weiße Mullkompresse. Mit gesenktem Kopf setzte ich mich an sein Bett.

»Alles in Ordnung, Watson. Sieh nicht so verstört drein!« murmelte er mit recht schwacher Stimme. »Ist nicht so schlimm, wie es aussieht.«

»Gott sei Dank!«

»Du weißt doch, ich bin so etwas wie ein Knüppelabwehrfachmann. Ich hab' die meisten Schläge ganz schön gebremst. Nur der zweite Halunke auch noch, der war mir zuviel.«

»Was kann ich für dich tun, Holmes? Natürlich hat sie der verdammte Gruner auf dich gehetzt. Gleich geh' ich und zieh' ihm das Fell ab, wenn es dir recht ist!«

»Guter alter Watson! Nein, in der Richtung können wir jetzt wenig unternehmen, es sei denn, die Polizei kriegt die zwei Männer in die Finger. Aber sie hatten gut vorgesorgt und sich aus dem Staube gemacht. Sicher ist ihr Alibi tadellos. Ich habe jetzt andere Pläne. Zunächst muß ich meine Verletzungen übertreiben. Sie werden dir das Haus einrennen, um zu hören, wie's um mich steht. Dann bausche nur tüchtig auf, Watson! Etwa: ein Glück, wenn ich diese Woche noch überlebe – Schädelbruch – Delirium schlimmster Sorte und so weiter, was dir eben einfällt. Du kannst es nicht schaurig genug darstellen.«

»Aber Sir Leslie Oakshott?«

»Ach, mit dem fädele ich das schon ein. Er wird nur die schlimmste Seite von mir zu sehen bekommen.«

»Sonst noch was?«

»Ach richtig. Sag Shinwell Johnson, er soll das Mädchen aus dem Weg schaffen, auf's Land oder irgendwohin. Diese sauberen Brüder werden jetzt nämlich hinter ihr her sein. Natürlich wissen sie, daß die Kleine gesungen hat. Wenn die gewagt haben, mich anzufallen, werden sie das arme Ding kaum ungeschoren lassen, und das könnte sehr unangenehm für sie werden. Das wäre dringend. Sag's ihm heute noch!«

»Ich gehe schon. Noch einen Wunsch?«

»Leg mir die Pfeife auf den Tisch – und den Tabakspantoffel. So – fein, danke. Schau jeden Vormittag hier herein, damit wir unseren Schlachtplan entwerfen, ja?«

Mit Johnson kam ich noch am gleichen Abend überein, er solle Miß Winter in einem ruhigen Vorort unterbringen und dafür sorgen, daß sie sich still verhielt, bis die Gefahr vorüber war.

Sechs Tage lang lebte die Öffentlichkeit unter dem Eindruck, Holmes befinde sich an der Schwelle des Todes. Die Bulletins waren sehr ernst, und unheilschwangere Artikel standen in der Zeitung. Indessen unterrichteten mich meine täglichen Besuche, daß es so schlimm nicht war. Die drahtige Konstitution dieses Mannes und seine entschlossene Willenskraft wirkten Wunder. Seine Genesung schritt rasch fort. Bisweilen hatte ich sogar die Vermutung, er erhole sich noch schneller, als er selbst mir eingestand. Seine sonderbare Verschlossenheit hatte schon manchen dramatischen Effekt gezeitigt, ließ jedoch auch seine nächsten Freunde gern im unklaren, was er wirklich plante. Bis zum Äußersten handelte er nach dem Grundsatz, daß nur der sicher plant, der allein plant. War ich auch vertrauter mit ihm als irgend jemand sonst, so spürte ich doch immer wieder den Abgrund zwischen uns.

Am siebenten Tag nahm man die Fäden heraus.

Trotzdem erschien im Abendblatt ein Bericht über eine Gesichtsrose.

In derselben Zeitung fand ich eine Anzeige, die ich meinem Freund überbringen mußte, ob er nun krank oder gesund war. Es drehte sich einfach darum, daß Baron Gruner sich in die Fahrgastliste des Passagierdampfers RURITANIA eingetragen hatte. Und dieser sollte am Freitag von Liverpool aus in See stechen. Der Baron habe noch dringende Finanzgeschäfte in den Staaten abzuwickeln, ehe seine Heirat mit Miß Violet de Merville, der einzigen Tochter des Generals usw.

Mit geballter Konzentration auf seinem bleichen Gesicht hörte Holmes sich diese Neuigkeit an, was mich durchaus darüber belehrte, wie schwer er davon getroffen wurde.

»Freitag!« rief er aus. »Nur noch drei Tage! Ich glaube, der Wicht will lediglich aus der Gefahrenzone verduften. Aber das wird ihm nicht so ohne weiteres glücken, Watson. Beim Zeus, das wird es nicht! So, und jetzt darfst du einiges für mich tun, mein Lieber!«

»Dazu bin ich ja da, Holmes.«

»Gut, dann beschäftige dich die nächsten vierundzwanzig Stunden mit chinesischem Porzellan!«

Nähere Erklärungen gab er nicht ab, und ich bat ihn auch nicht darum. Durch lange Erfahrung war mir die Weisheit des Gehorsams in Fleisch und Blut übergegangen. Als ich sein Zimmer verlassen hatte, wanderte ich die Baker Street entlang und wälzte in meinem Hirn die Überlegung, wie ich um alles in der Welt nur diesen sonderbaren Befehl ausführen sollte. Schließlich fuhr ich zu der Londoner Bibliothek am St.-James-Platz, unterbreitete die Angelegenheit dem zweiten Bibliothekar, meinem Freund Lomax, und kehrte mit einem ansehnlichen Folianten unterm Arm in meine Wohnung zurück. Ein Advokat, heißt es, paukt übers Wochenende mit solcher Gewissenhaftigkeit einen Fall ein, daß er jeden gewandten Zeugen montags auf Herz und Nieren prüfen kann – und hat doch all die Kenntnisse, die er sich so gewaltsam aneignete, schon vor dem Samstag wieder vergessen. Ebenso würde ich zur Zeit gewiß nicht als Fachmann auf dem Gebiet des Porzellans gelten wollen. Und doch habe ich damals einen Abend lang und die ganze Nacht hindurch, mit einer kurzen Ruhepause nur, und dann wieder den ganzen nächsten Vormittag mir alles Wissenswerte darüber einverleibt und zahllose Namen auswendig gelernt. Ich bildete mich über die Echtheitsstempel der großen Kunsthandwerker, vom Geheimnis zyklischer Daten und Signaturen des Hung Wu bis zu den besonderen Schönheiten der Yung-Lo-Periode, von den Beschriftungen aus dem Tang Ying bis zur Glanzherrschaft der Primitiven des Sung und des Yuan. Vollgestopft mit all diesen Errungenschaften suchte ich Holmes am nächsten Abend auf. Er war jetzt außer Bett, obwohl man das aus den öffentlichen Berichten nicht hätte schließen können. Seinen dickvermummten Kopf in die Hand gestützt, saß er in der Tiefe seines geliebten Ohrensessels.

»Na, Holmes«, begrüßte ich ihn, »wenn man den Zeitungen glauben darf, liegst du im Sterben.«

»Das«, sagte er, »ist ja der Eindruck, den ich erwecken will. Und du, Watson, hast du deine Lektion gelernt?«

»Wenigstens versucht.«

»Gut. Du könntest demnach eine kluge Plauderei über dieses Thema durchhalten?«

»Ich glaube schon.«

»Dann reich mir mal die kleine Schachtel dort vom Kaminsims herüber!«

Er lüftete den Deckel und nahm einen kleinen, sorgfältig in orientalische Seide gewickelten Gegenstand heraus. Als er das Tuch entfaltete, brachte er einen allerliebsten kleinen Teller von einem wundervollen tiefen Blau zum Vorschein.

»Du mußt sehr vorsichtig damit umgehen, Watson. Das ist echte Eierschalenkeramik der Ming-Dynastie. Kein schöneres Stück ist je durch die Hände eines Sammlers gegangen. Ein vollständiges Service wäre ein Vermögen wert. Tatsächlich ist zu bezweifeln, ob es außerhalb des kaiserlichen Palastes in Peking überhaupt noch eines gibt. Allein der Anblick macht den Kenner verrückt darauf.«

»Und was soll ich damit tun?«

Holmes händigte mir eine Karte aus, auf die gedruckt war: ›Dr. Hill Barton, 369 Half Moon Street.‹

»Das ist dein Name für heute abend, Watson. Du wirst Baron Gruner aufsuchen. Ich weiß einiges über seine übliche Tageseinteilung. Um 8.30 Uhr wird er voraussichtlich seiner Verpflichtungen ledig und zu Hause anzutreffen sein. Durch eine kurze

Nachricht wollen wir ihn im voraus von deiner Visite in Kenntnis setzen. Und du sagst dann, daß du ein Muster von einem ganz einzigartigen Chinaservice der Ming-Periode bringst. Von Beruf kannst du ruhig Arzt sein, da das eine Rolle ist, die du nicht erst einstudieren mußt. Du bist Sammler und auf dieses seltene Stück gestoßen. Du hast von des Barons Interesse auf diesem Gebiet gehört und bist nicht abgeneigt, den Teller zu angemessenem Preis zu verkaufen.«

»Zu welchem Preis?«

»Gut gefragt, Watson! Du würdest erheblich an Ansehen einbüßen, wenn du den Wert deiner eigenen Ware nicht kenntest. Das Tellerchen hat Sir James für mich besorgt. Es entstammt, soviel ich weiß, der Sammlung seines Klienten. Du übertreibst nicht, wenn du andeutest, daß sich seinesgleichen kaum in der Welt finden dürfte.«

»Vielleicht könnte ich vorschlagen, das Stück von einem Experten schätzen zu lassen.«

»Ausgezeichnet, Watson! Du sprühst heute von Geist. Schlag Christie oder Sotheby vor. Deine Vornehmheit hält dich davon ab, selbst einen Preis anzusetzen.«

»Aber wenn er mich gar nicht sehen will?«

»Oh, er will bestimmt. Er hat die Sammlermanie in ihrer ausgeprägtesten Form – und ganz besonders auf diesem Sektor, wo er auch eine anerkannte Autorität ist. Setz dich, Watson! Ich diktiere dir jetzt den Brief. Antwort ist nicht erforderlich. Du kündigst einfach dein Kommen und den Grund dafür an.«

Es wurde ein bewunderungswürdiges Dokument. Kurz, höflich, die Neugier des Kenners reizend. Ein Stadtbote wurde mit der Beförderung des Schreibens beauftragt. Am selben Abend noch machte ich mich als Dr. Hill Barton, mit der kostbaren Untertasse ausgerüstet, zu meinem eigenen Abenteuer auf den Weg.

Das prächtige Haus und Grundstück bezeugten, daß Baron Gruner zu Recht von Sir James als ziemlich vermögend dargestellt worden war. Von seltenen Strauchgewächsen zu beiden Seiten gesäumt, mündete die lange, gewundene Auffahrt auf einen großen statuengeschmückten Kiesplatz. Mit seinen vielen Ecktürmen architektonisch zwar ein Alptraum, wirkte das Besitztum allein durch wuchtige Größe und Solidität imponierend. Ein

Butler – er wäre die Zierde eines ganzen Bischofskollegiums gewesen – ließ mich ein und überantwortete mich einem in Plüsch livrierten Diener, von dem ich zu seiner erlauchten Herrschaft geführt wurde.

Vor dem geöffneten Glasschrank zwischen den beiden Fenstern, der einen Teil seiner Porzellansammlung enthielt, stand der Baron, er hielt gerade eine kleine braune Vase in den Händen.

Als ich eintrat, wandte er sich um und sagte:

»Setzen Sie sich doch bitte, Doktor! Ich habe mir soeben wieder einmal meine eigenen Schätze angesehen und mich gefragt, ob ich es mir wirklich leisten kann, noch etwas hinzuzufügen. Dieses kleine Stück aus der Tang-Zeit wird Sie wahrscheinlich interessieren. Ich bin sicher, daß Sie feinere Handarbeit und prächtigere Lasierung noch nirgends zu sehen bekamen. Haben Sie den kleinen Ming-Teller, von dem Sie schrieben, bei sich?«

Behutsam packte ich das Kunstwerk aus und reichte es dem Baron. Er setzte sich an seinen Schreibtisch, zog die Lampe senkrecht darüber, denn es dunkelte schon, und machte sich daran, das Stück sorgfältig zu prüfen. Dabei fiel das gelbe Licht grell auf seine Züge, so daß ich Gelegenheit fand, sie eingehend zu betrachten.

Zweifellos war er ein bemerkenswert gutaussehender Mann. Der europäische Ruf seiner Schönheit hatte durchaus Berechtigung. Kaum mehr als mittelgroß, besaß er einen straffen und zugleich anmutigen Körperbau. Sein Gesicht war bräunlich, fast orientalisch anmutend, und darin lagen zwei große, dunkle Schmachtaugen, die wohl eine unwiderstehliche Faszination auf Frauen ausüben mochten. Er hatte rabenschwarzes Haar und ein ebensolches spitzzulaufendes, sorgfältig gewichstes Schnurrbärtchen. Bis auf eine Ausnahme konnte man seine Züge als regelmäßig und angenehm bezeichnen; und die war der gerade, dünnlippige Mund. Wenn ich je den Mund eines Mörders gesehen habe, dann diesen hier. Ein grausamer, harter Schnitt; zusammengekniffen, unerbittlich und furchtbar. Man hatte ihn schlecht beraten, das Bärtchen davon wegzufrisieren, denn so bildete er ein natürliches Warnsignal für seine Opfer. Die Stimme dieses Mannes war gewinnend, und er verfügte über vollendete Manieren. Ich hätte ihn nicht für viel älter als dreißig Jahre gehalten. Aber seine Personalien ergaben später, daß er zweiundvierzig war.

»Schön – wirklich sehr schön!« erklärte er schließlich. »Und Sie sagen, Sie haben ein sechsteiliges Service in dieser Ausführung? Was mich verwundert, ist, daß ich von diesen Prachtexemplaren nie etwas gehört habe. Ich kenne nur eine Untertasse in ganz England, welche sich mit dieser hier messen kann, und die ist aller Wahrscheinlichkeit nach nicht verkäuflich. Würden Sie es für indiskret halten, Dr. Hill Barton, wenn ich Sie fragte, wie Sie dazu gelangt sind?«

»Ist das wirklich von Bedeutung?« entgegnete ich mit der sorglosesten Miene, die ich nur zustande brachte. »Sie sehen ja selbst, das Stück ist echt – und was seinen Wert anbelangt, so wäre ich mit dem Schätzungsergebnis eines Sachverständigen zufrieden.«

»Sehr geheimnisvoll«, bemerkte er, und seine dunklen Augen blitzten argwöhnisch auf. »Bei Objekten von so hohem Wert möchte man natürlich alles über die Transaktionen wissen. Die Echtheit ist freilich nicht anzuzweifeln. Aber angenommen – ich muß ja jede Möglichkeit in Betracht ziehen –, es stellt sich hinterher heraus, daß Sie kein Verkaufsrecht hatten?«

»Ich würde Ihnen Garantien bieten.«

»Das nun wiederum würfe die Frage auf, was Ihre Bürgschaft wert ist.«

»Meine Bank ist ermächtigt, Auskunft zu geben.«

»Ausgezeichnet. Und trotzdem kommt mir der ganze Handel recht ungewöhnlich vor.«

»Es steht Ihnen frei, das Geschäft zu machen oder abzulehnen«, versetzte ich gleichgültig. »Ich habe Ihnen die Vorhand gelassen, weil ich Sie für einen Kenner hielt. Aber ich werde anderswo keine Schwierigkeiten haben.«

»Wer hat Ihnen gesagt, ich sei ein Kenner?«

»Ich weiß, daß es ein Buch von Ihnen über diesen Gegenstand gibt.«

»Haben Sie es gelesen?«

»Nein.«

»Also hören Sie! Das wird immer undurchsichtiger für mich. Sie sind ein Kenner und Sammler. Sie besitzen ein sehr kostbares Stück. Gleichwohl erachten Sie es nicht für nötig, das einzige Buch zu Rate zu ziehen, das Sie über Wert und Bedeutung dessen, was Sie in Händen halten, unterrichtet hätte. Können Sie mir das erklären?«

»Ich bin hauptberuflich Arzt und habe meine Praxis, also sehr viel zu tun.«

»Das ist keine Antwort. Wenn jemand ein echtes Hobby hat, widmet er sich ihm, ganz gleich, was seine anderen Verpflichtungen sein mögen. Und Sie gaben in Ihrem Brief an, Sie seien ein Kenner!«

»Das bin ich auch.«

»Dürfte ich Ihnen eine kleine Testfrage stellen? Ich muß schon sagen, Doktor — wenn Sie wirklich Arzt sind —, daß dieser Vorfall mir immer verdächtiger erscheint. Was, zum Beispiel, wissen Sie über den Kaiser Shomu — und wie bringen Sie ihn in Verbindung mit dem Shoso-in bei Nara? Sieh mal an, verwirrt Sie das? Erzählen Sie mir doch ein wenig von der nördlichen Wei-Dynastie und ihrem Platz in der Geschichte der Töpfereikunst!«

In vorgetäuschtem Ärger sprang ich von meinem Stuhl auf. »Das ist unerträglich, Sir!« rief ich. »Ich bin hierhergekommen, um Ihnen einen Gefallen zu tun und nicht, um von Ihnen wie ein Schuljunge geprüft zu werden. Mögen meine Kenntnisse auf diesem Gebiet auch für Ihresgleichen nur zweitrangig sein, ich werde bestimmt keine Fragen beantworten, die mir in so beleidigender Weise gestellt werden.«

Unverwandt heftete er seinen Blick auf mich. Alle Verträumtheit war aus seinen Augen gewichen. Sie glühten plötzlich, und zwischen den zwei grausamen Lippen schimmerte das Weiß seiner Zähne.

»Was wird hier gespielt? Sie sind ein Spitzel. Holmes hat Sie als Kundschafter geschickt. Das ganze Theater war eine Falle. Der Kerl stirbt, wie ich höre, aber er gebraucht noch seine Werkzeuge, um mich zu beobachten. Sie haben sich hier unerlaubterweise Zutritt verschafft — und werden, bei Gott, nicht ebenso leicht wieder den Ausgang finden.«

Er war aufgesprungen. Ich trat zurück und machte mich auf einen Angriff gefaßt, da der Mann vor Zorn außer sich war. Vielleicht hatte er von Anfang an Argwohn geschöpft. Zumindest aber war ihm während dieses Kreuzverhörs die Wahrheit aufgegangen. Ich konnte nicht mehr hoffen, ihn zu täuschen. Wütend wühlte er in einer Schublade, doch da schien plötzlich ein ungewohnter Laut an sein Ohr gedrungen zu sein, und er lauschte gespannt.

»Ah!« schrie er auf. »Ah!« und stürzte in den hinteren Raum. Mit zwei Schritten war ich an der offenen Tür. Und die Szene, die sich jetzt vor meinen Augen im Inneren des Arbeitszimmers abspielte, wird immer als klares Bild in meinem Gedächtnis haften. Das Fenster nach dem Garten hin war weit offen. Daneben stand, mit blutigem Verband um den Kopf und mit seinem weißen Gesicht anzusehen wie ein Gespenst, Sherlock Holmes. Im nächsten Augenblick war er durch die Fensteröffnung hinausgesprungen, und ein dumpfes Rascheln kündete von seiner Landung im Gebüsch. Wild vor Empörung wollte der Herr des Hauses ihm nach.

Da geschah es, im Bruchteil einer Sekunde, und doch konnte ich alles ganz deutlich verfolgen. Ein Arm – ein Frauenarm schoß von draußen aus den Zweigen hervor. Fast gleichzeitig stieß der Baron einen gräßlichen Schrei aus – und dieses tierhafte Gebrüll wird mir mein Lebtag in den Ohren gellen. Er schlug beide Hände vors Gesicht, raste im Zimmer umher und rannte mit seinem Kopf gegen die Wand.

»Wasser! Um Himmels willen, Wasser!« schrie er. Dann fiel er auf den Teppich, wälzte und wand sich, während ein Schmerzensschrei nach dem anderen durchs Haus dröhnte.

Ich ergriff eine Karaffe, die auf einem Tischchen stand, und eilte zu Hilfe.

Aus der Flurhalle kamen der Butler und etliche Bedienstete herbeigelaufen. Ich erinnere mich, daß einer von ihnen ohnmächtig wurde, als ich bei dem Verletzten kniete und dessen grauenhaft verunstaltetes Gesicht der Lampe zuwandte. Das Vitriol fraß sich überall ins Fleisch und troff ihm von Ohren und Kinn herab. Ein Auge war bereits glasig und wie von einer weißen Schicht überzogen, das andere rot und entzündet. Die Züge, die ich kurz zuvor noch bewundert, glichen jetzt einem Bildnis, über das der Künstler mit einem schmutzigen nassen Schwamm gewischt hat: verschmiert, entfärbt, unmenschlich.

In wenigen Worten erklärte ich, was geschehen war, soweit es den Überfall mit dem Vitriol betraf. Einige vom Hauspersonal kletterten durchs Fenster und durchsuchten den Garten. Aber es war stockfinster und hatte zu regnen begonnen. Immer wieder schrie das Opfer vor Schmerz laut auf, und dazwischen tobte es gegen sie, die sich so gerächt hatte.

»Es war Kitty Winter, diese Höllenbrut!« raste er. »Dieses Teufelsweib, das soll sie büßen! Dafür wird sie mir bezahlen. Herrgott im Himmel, diese Qualen sind ja nicht auszuhalten.«

Ich badete sein Gesicht in Öl, legte Watte auf die verätzten Stellen und spritzte Morphium subkutan. Durch den Schock war in dem Unglückseligen jeder Verdacht gegen mich geschwunden. Er umklammerte meine Hände, als läge es noch in meiner Macht, wieder Licht in seine verglasten Augen zu bringen, die mich wie die eines toten Fisches anstarrten. Ich hätte über diese Verwüstung weinen können, wäre mir das verbrecherische Leben nicht bewußt gewesen, das die schreckliche Veränderung herbeigeführt hatte. Ich fühlte mich von dem Druck und dem Streicheln seiner brennend heißen Hände angeekelt und war erleichtert, als sein Hausarzt, der einen Spezialisten mitbrachte, mich ablöste. Auch ein Polizeiinspektor war mittlerweile eingetroffen, und ihm sagte ich die volle Wahrheit. Es wäre so nutzlos wie unsinnig gewesen, anders zu handeln, denn man kannte mich bei Gericht fast ebensogut wie Holmes selbst. Danach verließ ich dieses Haus des Grauens und langte eine Stunde später in der Baker Street an.

Holmes saß in seinem altgewohnten Lehnsessel. Er sah blaß und erschöpft aus. Von seinen noch nicht verheilten Verletzungen abgesehen, waren sogar seine eisernen Nerven von den Ereignissen dieses Abends mitgenommen. Voller Entsetzen hörte er zu, als ich schilderte, wie das Vitriol den Baron verunstaltet hatte.

»Der Sünde Lohn, Watson, der Sünde Lohn!« sagte er. »Früher oder später trifft er immer ein. Gott weiß, daß hier ein Sündenpfuhl war«, fügte er hinzu und nahm einen braunen Lederband vom Tisch.

»Das Buch, von dem das Mädel gesprochen hat. Wenn das die Heirat nicht auffliegen läßt, dann nichts auf der Welt. Aber das hier bringt es fertig, es muß! Keine Frau, die noch Selbstachtung besitzt, erträgt so etwas.«

»Sein Liebestagebuch?«

»Schon eher das Tagebuch seiner Ausschweifungen. Nenn es, wie du willst. Im Augenblick, da Miß Winter es erwähnte, wurde mir klar, welch ungeheure Waffe wir damit in die Hand bekämen. Ich behielt damals meine Gedanken für mich. Denn die Kleine hätte vielleicht den Mund nicht gehalten. Aber ich grübelte weiter darüber nach. Dann verschaffte mir dieser Anschlag auf mich die Möglichkeit, den Baron im Glauben zu lassen, er müsse keine weiteren Schutzmaßnahmen gegen mich ergreifen. Das war alles sehr gut so. Ich hätte noch ein wenig länger gewartet, aber die von ihm geplante Amerikareise zwang mich zu handeln. Denn ein solch kompromittierendes Dokument hätte er niemals zurückgelassen. Wir mußten sofort zu Werke gehen. Nächtlicher Einbruch kam nicht in Frage, weil er sich dagegen gesichert hat. Aber wenn ich dafür sorgte, daß seine Aufmerksamkeit abgelenkt wurde, konnte ich am Abend den Versuch wagen. Und das eben sollte durch dein Auftreten mit dem blauen Teller bewerkstelligt werden. Aber ich mußte genau wissen, wo das Buch sich befand. Und meine Zeit war begrenzt durch deine Kenntnisse über chinesische Töpfereikunst. Deshalb stöberte ich im letzten Augenblick das Mädchen auf. Wie hätte ich erraten sollen, was sie in dem Päckchen bei sich trug, das sie behutsam unter ihrem Mantel verwahrte? Ich dachte, sie sei nur in meinem Dienst gekommen, aber offenbar hatte sie auch ihre eigenen Pläne.«

»Er hat erraten, daß ich von dir kam.«

»Das fürchtete ich. Aber du hieltest ihn lange genug in Schach, daß ich das Buch holen, wenn auch leider nicht mehr unbemerkt verschwinden konnte ... Ah, Sir James, ich freue mich, daß Sie gekommen sind.«

Unser höfischer Freund war verabredungsgemäß erschienen. Mit größter Aufmerksamkeit folgte er Holmes' Bericht über den Hergang der Ereignisse.

»Wunder haben Sie vollbracht, Wunder!« rief er aus.

»Aber wenn diese Verletzungen so schlimm sind, wie Dr. Watson sie beschreibt, müßte unser Zweck, die Heirat zu unterbinden, doch wohl schon erreicht sein, ohne daß wir von diesem gräßlichen Buch Gebrauch machen.«

Holmes schüttelte den Kopf.

»Nicht bei Frauen vom Schlage Violet de Mervilles. Sie würde ihn als entstellten Märtyrer nur um so mehr lieben. Nein, nein. Sein moralisches Gesicht, nicht sein physisches, müssen wir zerstören. Wenn irgend etwas auf der Welt ihr die Augen öffnen wird, dann dieses Buch. Sie findet darin seine Handschrift. Darüber kommt sie nicht hinweg.«

Sir James nahm beides mit sich, den Lederband und das kostbare Tellerchen. Da ich selbst nicht zu lange bleiben durfte, ging ich gleichzeitig hinunter. Ein Brougham wartete auf ihn. Er sprang hinein, gab dem livrierten Kutscher eilig seine Anweisung und fuhr rasch davon. Seinen Mantel warf er halb über die Fensterkante, um das Wappenschild an der Seite zuzudecken. Doch ich hatte es im Schein unserer Straßenlaterne schon erspäht. Ich räusperte mich vor Erstaunen. Schleunigst machte ich kehrt und lief nochmals die Treppe zu Holmes hinauf.

»Ich habe herausgefunden, wer unser Klient ist!« rief ich und wollte mit meiner Neuigkeit herausplatzen. »Holmes, es ist . . .«

». . . ein nobler, zuverlässiger Freund und ritterlicher Gentleman«, unterbrach mich Sherlock Holmes, indem er mir mit leicht erhobener Hand Einhalt gebot. »Das soll uns ein für allemal genügen.«

Auf welche Weise Miß Violet das schändliche Buch zu sehen bekam, weiß ich nicht. Sir James wird das in die Wege geleitet haben. Oder nein, wahrscheinlicher ist, daß der Vater unserer jungen Lady diese heikle Aufgabe übernahm. Jedenfalls war die Wirkung so, wie man sie sich wünschen durfte. Drei Tage später erschien eine Notiz in der *Morning Post* dahingehend, daß die Heirat zwischen Baron Gruner und Miß Violet de Merville nicht stattfinden werde. Dieselbe Zeitung berichtete auch von der ersten Gerichtsverhandlung im Prozeß gegen Kitty Winter, die man wegen ihres Vitriolanschlags unter Anklage stellte. Es kamen jedoch derart mildernde Umstände während der Verhandlung ans Tageslicht, daß sie, wie man sich erinnern wird, zu der leichtesten Strafe verurteilt wurde, die für ein solches Vergehen überhaupt möglich ist. Sherlock Holmes sollte wegen Einbruchdiebstahls belangt werden. Aber wenn ein Zweck gut und ein Klient nobel genug ist, wird sogar die gestrenge britische Justiz human und elastisch. Mein Freund hat bis heute noch nicht auf der Anklagebank gesessen.

Der bleiche Soldat

Mein Freund Watson ist zwar begrenzten, aber ungemein hartnäckigen Geistes. Lange genug hat er mich angestachelt, selbst einmal eines meiner Erlebnisse niederzuschreiben. Möglicherweise habe ich mir diese Verfolgung zugezogen, als ich — des öfteren — ihn darauf hinweisen mußte, wie oberflächlich seine Berichterstattung zu sein pflegt. Ja, ich warf ihm vor, er schmeichle dem Volksgeschmack, anstatt sich streng an Daten und Fakten zu halten. ›Dann versuch es doch selbst, Holmes!‹ war seine Antwort. Und nun, vor diesem Papier, die Feder in der Hand, beginne ich mir darüber klarzuwerden, daß auch ich meinen Fall nicht darstellen kann, ohne auf das Interesse des Lesers ein wenig Rücksicht zu nehmen. Dies sei zugegeben. Immerhin dürfte es bei dem, was ich erzählen will, nicht allzu schwer sein, gehört es doch zu den merkwürdigsten Ereignissen meiner Sammlung; obwohl sich nichts darüber in Watsons Papieren findet.

Bei dieser Gelegenheit sei ein Wort über meinen alten Freund und Biographen erlaubt. Wenn ich mich bei meinen verschiedenen kleinen Untersuchungen mit einem Gefährten belastet habe, so geschah dies nicht zufällig oder aus einer Laune heraus! Watson besitzt nun einmal ein paar beachtliche Charakterzüge, die er in seiner Bescheidenheit kaum bemerkt oder doch ebenso untertreibt, wie er meine Leistungen überschätzt. Ein Verbündeter, der unsere Schlußfolgerungen und Handlungen voraussieht, kann leicht gefährlich werden — bleibt hingegen die Zukunft ein stets gut versiegeltes Buch für ihn und stürzt ihn jede neue Entwicklung in ungläubiges Staunen, ist er ein geradezu idealer Helfer.

Aus meinen Aufzeichnungen geht hervor, daß der erste Besuch Mr. James M. Dodds, eines großen, frischen, sonnengebräunten und aufrechten Briten, auf den Januar 1903 fiel, also genau in die Zeit nach Beendigung des Burenkrieges. Damals hatte der gute Watson mich gerade um eines Weibes willen verlassen; übrigens die einzige egoistische Handlungsweise innerhalb unserer langen Verbindung, die ich ihm nachsagen kann. Ich war allein.

Meine Besucher setzte ich meistens so, daß das Licht voll auf sie fällt, während ich selbst mit dem Rücken zum Fenster Platz nehme. James M. Dodd schien nicht recht zu wissen, wie er unser Gespräch beginnen sollte. Und ich gab mir keine Mühe, ihm zu helfen, denn sein Schweigen ließ mir mehr Zeit zur Beobachtung. Es hat sich als nützlich erwiesen, die Klienten gleich zu Anfang mit meinen Fähigkeiten zu beeindrucken. Also warf ich ihm ein paar meiner Gedanken zu:

»Aus Südafrika, Sir, wie ich sehe?«

»Aber ja, Sir«, antwortete er, etwas überrascht.

»Berittene Truppe vermutlich.«

»Genau richtig.«

»Middlesex Corps, kein Zweifel.«

»Stimmt, Mr. Holmes. Sie sind ein Hexenmeister.«

Ich lächelte über seine verblüffte Miene. »Wenn eine so männliche Erscheinung mein Zimmer betritt, von einer Sonne gebräunt, die man in England vergeblich suchen würde, und mit dem Taschentuch im Rockaufschlag anstatt in der Tasche, ist es weiter kein Kunststück, den Gentleman einzuordnen. Sie tragen einen kurzen Bart, also sind Sie kein Berufssoldat. Den Reiter verrät Ihre Kleidung. Ihrer Visitenkarte nach arbeiten Sie als Börsenmakler in der Throgmorton Street. Das deutet auf Ihr Regiment.«

»Sie sehen alles.«

»Nicht mehr als Sie. Aber ich habe mir angewöhnt, auch wirklich zu beachten, was ich sehe. Wie dem auch sei, Mr. Dodd, Sie sind nicht hierhergekommen, um mit mir über die Kunst der Kombination zu plaudern. Was ist in Tuxbury Old Park geschehen?«

»Mr. Holmes . . .!«

»Werter Herr, daran ist nichts Erstaunliches. Ihr Brief trug diesen Absender, und da Sie unsere Verabredung so dringend machten, muß etwas Unerwartetes, Wichtiges geschehen sein.«

»Tatsache. Doch der Brief wurde am Nachmittag geschrieben, und seitdem ist noch viel mehr passiert. Wenn mich Oberst Emsworth nicht hinausgeschmissen hätte . . .«

»Hinausgeschmissen?«

»Na ja, so kann man's ruhig nennen. Ein Sargnagel, dieser Colonel Emsworth, wahrhaftig. Soll der größte Leuteschinder gewesen sein seinerzeit in der ganzen Armee. Und da ging's sowieso nicht gerade rosig zu. Wenn Godfrey nicht gewesen wäre, ich hätte mir den Oberst längst den Buckel 'runterrutschen lassen.«

Ich zündete meine Pfeife an und lehnte mich im Sessel zurück. »Wollen Sie nicht freundlicherweise erklären, wovon Sie überhaupt sprechen?«

Mein Klient grinste boshaft. »Ich hatte schon gedacht, Sie wissen alles, auch ohne daß man's Ihnen erklärt«, sagte er. »Aber ich erzähle Ihnen gern die Einzelheiten, und Gott geb's, daß Sie mir sagen können, was sie bedeuten. Ich hab' die ganze Nacht wachgelegen und mein Gehirn angestrengt, und je mehr ich darüber nachdenke, desto weniger begreife ich.

Als ich einrückte, im Januar 1901, genau zwei Jahre her, war der junge Godfrey Emsworth auch gerade in dieselbe Schwadron eingetreten. Oberst Emsworths einziger Sohn hatte sein Soldatenblut in den Adern, kein Wunder, daß er sich freiwillig meldete. Es gab keinen besseren Jungen im Regiment. Wir wurden Freunde – so, wie's nur dann ist, wenn man dasselbe Leben führt und dieselben Sorgen und Freuden teilt. Er war mein Kumpel – Sie wissen, was das unter Soldaten heißt. Ein Jahr lang, in dem's heiß herging, nahmen wir zusammen hin, was kam, Gutes und Schlechtes. Dann erwischte es ihn ziemlich dick, bei den Kampfhandlungen um Diamond Hill, außerhalb Pretoria. Ich bekam einen Brief aus dem Lazarett von Kapstadt und einen aus Southampton. Seitdem kein Wort mehr, nicht eine Zeile, Mr. Holmes, und das ist jetzt mehr als ein halbes Jahr her. Und er war mein bester Kamerad.

Na schön, als der Krieg zu Ende war und wir alle zurückkamen, schrieb ich seinem Vater und fragte nach Godfrey. Keine Antwort. Ich wartete eine Zeitlang, und dann schrieb ich noch einmal. Diesmal bekam ich eine Nachricht, kurz und knurrig. Godfrey war zu einer Weltreise aufgebrochen, hieß es, und frühestens in einem Jahr sollte er zurückkommen, eher nicht. Das war's.

Mir genügte es nicht, Mr. Holmes. Die ganze Sache kam mir verdammt unnatürlich vor. Er war doch ein anständiger Kerl und hätte einen Freund nie einfach so abgeschoben. Das sah ihm nicht ähnlich. Außerdem wußte ich, daß er eine Menge Geld erben würde, und auch, daß er mit seinem Alten nicht gerade glänzend zurechtkam. Der konnte einem schon wirklich den

Nerv töten, und Godfrey war nicht der Mann, sich das ewig gefallen zu lassen. Nein, mir genügte die Auskunft nicht, wie gesagt, und ich dachte: Geh mal der Sache auf den Grund. Nun mußte ich aber auch meine eigenen Angelegenheiten in Ordnung bringen nach all den zwei Jahren, wo ich weg gewesen war, und so konnte ich mich erst jetzt wieder mit Godfrey befassen. Aber wenn ich mal angefangen habe, lasse ich so leicht nicht locker.«

Mr. James M. Dodd gehörte offenbar zu den Menschen, die man sehr viel lieber zum Freund hat als zum Feind. Seine blauen Augen blickten fest geradeaus, und die Kinnlade ragte kantig vor.

»Gut. Und was haben Sie getan?« fragte ich.

»Zuerst machte ich mich auf den Weg nach Tuxbury Old Park, bei Bedford, um das Gelände ein wenig zu sondieren. Ich meldete mich schriftlich bei der Mutter an – von dem alten Brummbär hatte ich weiß Gott genug – und ging dabei frontal zum Angriff vor: Godfrey war mein Freund, wir hatten viel zusammen erlebt, davon könnte ich ihr erzählen, ich sei gerade zufällig in der Nähe, und sie hätte doch sicher nichts dagegen ... Na, in dieser Art, Sie wissen schon. Daraufhin bekam ich einen sehr liebenswürdigen Brief von ihr mit einer Einladung, die Nacht unter ihrem Dach zu verbringen. Und so zog ich los, am Montag.

Tuxbury Old Hall, das Herrenhaus, liegt am ... Rande der Welt, fünf Meilen ringsum keine Spur von Menschen. Am Bahnhof auch nichts Fahrbares, ich mußte zu Fuß weiter, mit meinem kleinen Koffer, und es war schon fast dunkel, als ich ankam. Stellen Sie sich ein ziemlich phantastisches, großes Haus vor, in einem beachtlichen Park. Ich möchte meinen, da haben sich alle möglichen Zeiten und Stilarten gemixt von elisabethanischen Grundmauern, halb Holz, halb Stein, bis zu einer viktorianischen Säulenhalle. Drinnen lauter Holztäfelung und Tapeten und Bilder, auf denen man nicht mehr viel erkennen kann, ein Haus voll von Schatten und Geheimnissen. Der Butler, der alte Ralph, hatte wahrscheinlich ebenso viele Jahre auf dem Buckel wie das Haus selbst, und seine Frau kam mir noch älter vor. Sie war Godfreys Amme gewesen, und wenn der von ihr erzählt hatte, merkte man, daß er nur seine Mutter noch lieber mochte als sie. Deshalb hatte ich etwas für sie übrig, so komisch sie aussah. Auch die Mutter gefiel mir – eine freundliche kleine weiße Maus von Frau. Nur der Oberst konnte mir gestohlen bleiben.

Wir gerieten gleich aneinander, und ich wär' auch spornstreichs zum Bahnhof zurückmarschiert, wenn ich mir nicht gedacht hätte: Genau das ist's, was er will. Man hatte mich zuerst in sein Arbeitszimmer geführt, und da saß er, ein großer Mann mit krummem Rücken, verwitterter Haut, struppigem grauem Bart, hinter seinem Schreibtisch, auf dem überall Papiere herumlagen. Wie ein Geierschnabel sprang ihm die Nase mit den roten Adern im Gesicht vor, und zwei wilde graue Augen blitzten mich unter den buschigen Brauen an. Mir war schon klar, warum Godfrey so selten von seinem Vater gesprochen hatte.

›Nun, Sir‹, sagte er schnarrend, ›es würde mich interessieren, die wahren Gründe für diesen Besuch zu erfahren.‹

Ich erwiderte, ich hätte sie ja in dem Brief an seine Frau genannt. ›Ja, ja, Sie behaupten, Godfrey in Afrika gekannt zu haben. Natürlich gibt's dafür keine Beweise. Nur Ihr Wort.‹

›Ich habe seine Briefe in der Tasche.‹

›Lassen Sie sehen.‹

Er beäugte die zwei, die ich ihm gegeben hatte, und reichte sie über den Tisch zurück. ›Also, was?‹ fragte er.

›Ich mochte Ihren Sohn Godfrey sehr gern, Sir. Vieles verbindet uns, Erlebnisse, Erinnerungen. Ist es nicht ganz natürlich, daß ich mir den Kopf über sein plötzliches Schweigen zerbreche und gern wissen möchte, was aus ihm geworden ist?‹

›Mir ist dunkel im Gedächtnis, Sir, daß wir bereits korrespondierten und ich Ihnen schrieb, was Godfrey betrifft. Er befindet sich auf einer Weltreise. Seine Gesundheit stand nicht zum besten nach all den afrikanischen Strapazen. Seine Mutter und ich waren der Ansicht, er brauche völlige Ruhe und Klimawechsel. Geben Sie diese Erklärung gütigst an irgendwelche anderen Freunde weiter, die nach ihm fragen.‹

›Bestimmt‹, antwortete ich. ›Aber vielleicht haben Sie die Freundlichkeit, mich den Namen des Schiffes und der Linie wissen zu lassen, auch das Datum, wann er in See stach. Dann werd' ich es schon schaffen, daß ihn ein Brief von mir erreicht.‹

Diese Forderung schien meinen Gastgeber zu verwirren und zu ärgern. Seine übergroßen Brauen schoben sich zu den Augen herab, und er trommelte einen ungeduldigen Parademarsch auf die Tischplatte. Schließlich blickte er wieder auf, so wie ein

Schachspieler, der merkt, daß sein Gegner einen gefährlichen Zug gemacht hat und sich in acht nimmt.

›Viele Leute, Mr. Dodd‹, sagte er, ›wären wohl schon beleidigt von Ihrer höllischen Hartnäckigkeit und würden meinen, sie sei von Unverschämtheit nicht mehr zu unterscheiden.‹

›Setzen Sie's aufs Konto meiner Freundschaft für Ihren Sohn, Sir.‹

›Richtig. Diese Quelle habe ich aber schon reichlich erschöpft. Ich muß Sie bitten, mir weitere Fragerei zu ersparen. Jede Familie hat etwas für sich allein, was Außenseiter nun mal nichts angeht, auch wenn sie's noch so gut meinen. Meine Frau brennt darauf, von Ihnen über Ihre gemeinsame Vergangenheit mit Godfrey zu hören, aber die Gegenwart und die Zukunft darf ich Sie bitten, aus dem Spiel zu lassen. Derartige Erkundigungen führen zu nichts, Sir, und versetzen uns nur in eine heikle Lage.‹

Und damit war ich in einer Sackgasse gelandet, Mr. Holmes. Kein Durchbruch möglich. Ich konnte nur so tun, als ob ich seinen Vorschlag annahm, und einen heimlichen Schwur leisten, nicht zu ruhen, bis ich das Schicksal meines Freundes aufgeklärt hatte. Es war ein trüber Abend. Wir aßen friedlich zu dritt, in einem düsteren Zimmer mit verblichenen alten Tapeten. Die Dame des Hauses fragte mich angeregt nach ihrem Sohn aus, aber der alte Herr wirkte ziemlich deprimiert. Mich langweilte das alles dermaßen, daß ich mich entschuldigte, sobald sich's irgend machen ließ, und zog mich in mein Gastzimmer zurück. Das war ein großer nackter Raum im Erdgeschoß, so düster wie alles andere im Haus, aber wenn man ein Jahr in Südafrika bei Mutter Erde gepennt hat, Mr. Holmes, ist man nicht allzu wählerisch mit seinem Nachtquartier. Ich zog die Vorhänge auseinander und sah in den Garten hinaus. Es war eine schöne Nacht mit klarem Halbmond. Dann setzte ich mich ans knisternde Kaminfeuer, die Lampe auf einem Tisch neben mir, und versuchte, mich mit einem Roman abzulenken. Dabei unterbrach mich Ralph, der alte Butler, mit einer frischen Ladung Kohlen.

›Ich dacht' mir, die würden knapp werden, Sir. Ein schlimmes Wetter draußen, und die Räume sind kalt.‹

Er lungerte noch etwas herum vor dem Hinausgehen, und als ich mich zu ihm umdrehte, stand er da und stierte mich mit einem schlauen Ausdruck auf dem runzligen Gesicht an.

›Um Vergebung, Sir, aber ich konnt' mir nicht helfen, hab' gehört, was Sie beim Dinner über Master Godfrey sagten. Sie wissen, Sir, daß meine Alte ihn gesäugt hat, so bin ich auch beinah eine Art Vater von ihm. Da nimmt man eben Anteil, nicht? Und Sie meinen also, er hat sich gut gehalten?‹

›Es gab keinen besseren Mann im Regiment. Einmal hat er mich unter den Salven der Buren weggetragen, sonst wär' ich jetzt nicht hier.‹

Der alte Butler rieb seine zerarbeiteten Hände.

›Jawoll, Sir, das ist ganz unser Master Godfrey. Tapfer war der immer schon. Kein Baum im Park, Sir, auf den er nicht geklettert ist. Den hält nichts auf. Ein feiner Junge war's – und, oho, Sir, er war auch ein feiner Mann.‹

Ich sprang auf. ›Hören Sie!‹ rief ich, ›Sie sagen: er war. Sie reden so, als ob er tot wäre. Was steckt hinter all der Geheimnistuerei? Was ist aus Godfrey Emsworth geworden?‹

Ich griff nach der Schulter des Alten, doch er wich mir aus.

›Ich weiß nicht, was Sie meinen, Sir. Fragen Sie den Herrn nach Master Godfrey. Er weiß Bescheid. Ich kann mich nicht einmischen.‹

Er wollte das Zimmer verlassen, aber nun hielt ich ihn am Arm fest. ›Hören Sie‹, sagte ich, ›Sie müssen mir eine Frage beantworten, sonst halte ich Sie hier fest, und sollte es die ganze Nacht dauern. Ist Godfrey tot?‹

Er konnte mir nicht in die Augen sehen. Er war wie hypnotisiert. Die Antwort quoll plötzlich aus seinem Mund. Eine furchtbare, unerwartete Antwort.

›Wollte Gott, er wär's!‹ rief er, und nachdem er sich von mir losgerissen hatte, rannte er aus dem Zimmer.

Wie Sie sich denken können, Mr. Holmes, kehrte ich nicht gerade hochbeglückt zu meinem Sessel zurück. Die Worte des Alten konnten doch wohl nur *eine* Bedeutung haben. Zweifellos war mein Freund in irgendeine verbrecherische oder doch wenigstens eine unehrenhafte Handlung verwickelt worden. Der strenge alte Herr hatte seinen Sohn weggeschickt und vor der Welt versteckt, damit's keinen Skandal gab. Godfrey war ein argloser Bursche, ließ sich leicht beeinflussen von seiner Umgebung. Sicherlich war er in üble Gesellschaft geraten und ruiniert worden. Keine schöne Aufgabe, wenn's wirklich so mit ihm stand, aber trotzdem mußte ich versuchen, ihn aufzuspüren und ihm zu helfen, wenn möglich. Ich dachte gerade angestrengt über diese Sache nach und schob sie in meinem Gehirn hin und her, als ich zufällig einmal aufblickte, und da stand Godfrey Emsworth vor mir.«

Mein Klient schwieg wie in tiefer Erregung.

»Bitte fahren Sie fort«, sagte ich. »Ihr Fall weist ein paar ungewöhnliche Aspekte auf.«

»Er stand draußen vor dem Fenster, Mr. Holmes, das Gesicht an die Scheibe gepreßt. Ich erzählte Ihnen ja schon, wie ich in die Nacht hinausgeblickt hatte. Dabei waren die Vorhänge einen Spalt breit offen geblieben. Sie umrahmten jetzt sein Gesicht, wie ein Bild, wissen Sie. Das Fenster reichte bis auf den Boden hinunter, so konnte ich ihn in ganzer Länge erkennen, aber es war das Gesicht, was meinen Blick einfach festhielt. Er war todbleich – nie habe ich einen Mann mit so weißem Gesicht gesehen. Ich meine, Gespenster sehen vielleicht so aus; aber seine Augen trafen auf meine, und es waren die Augen von einem Lebendigen. Als er merkte, daß ich ihn ansah, sprang er zurück und verschwand in der Dunkelheit. Es war etwas Fürchterliches um den Mann, Mr. Holmes. Nicht einmal nur dieses käseweiß im Dunkeln leuchtende Gesicht. Feiner, viel feiner – etwas Verstohlenes, Flüchtiges, Schuldiges –, ich weiß nicht, wie ich's ausdrücken soll, aber es hatte nichts zu tun mit dem freien, männlichen Burschen, den ich kannte. Mir saß ein richtiger Schrecken in den Gliedern.

Aber wenn man ein oder zwei Jahre mit den Genossen Buren Krieg gespielt hat, hält man seine Nerven zusammen und handelt sofort. Godfrey war kaum untergetaucht, als ich auch schon am Fenster stand. Doch der Riegel klemmte, und es dauerte eine Weile, bis ich es aufgerissen hatte. Dann sprang ich hinaus in den Garten und rannte den Pfad entlang in die Richtung, in der ich ihn vermutete.

Ein langer Pfad war's und das Licht nicht mehr besonders gut, aber ich hatte das Gefühl, daß jemand vor mir herläuft. Ich rannte weiter und rief seinen Namen, ganz zwecklos leider. Als ich zum Ende des Wegs kam, lief er sternartig in die verschiedensten Richtungen auseinander zu diesem oder dem Gartenhaus. Ich stand noch da, zögerte, da hörte ich deutlich das Geräusch einer Tür, die geschlossen wird. Es kam nicht von hinten, vom Haupthaus her, sondern irgendwo aus dem Dunkel vor mir.

Das genügte mir, Mr. Holmes, ich wußte Bescheid. Was ich gesehen hatte, war kein Traum. Godfrey war vor mir davongelaufen und hatte eine Tür hinter sich zugemacht. Davon war ich fest überzeugt.

Mehr konnte ich im Augenblick nicht tun, und ich verbrachte die Nacht ziemlich unruhig mit allerlei Gedanken und dem Versuch, eine Theorie aufzustellen, die zu den Tatsachen paßte. Am nächsten Morgen kam mir der Oberst eher etwas versöhnlicher vor, und da seine Frau bemerkte, in der Umgebung könnte ich manches Sehenswerte finden, nahm ich die Gelegenheit beim Schopf und fragte, ob ich wohl noch eine Nacht dableiben dürfte, ohne sie zu belästigen. Eine gebrummelte Zustimmung des Obersten, und ich hatte einen ganzen Tag zur Beobachtung vor mir. Mir schien es ganz klar, daß Godfrey sich irgendwo in der Nähe versteckte, aber wo und warum, das blieb aufzuklären.

Das Haupthaus war so groß und verschachtelt, daß sich ein ganzes Regiment darin hätte verstecken können. Wenn sich das Geheimnis hier verbarg, konnte ich sicher lange suchen. Aber die Tür, die sich geschlossen hatte, gehörte bestimmt nicht zum Haus. Ich mußte einen Erkundungsgang durch den Garten machen. Daran hinderte mich niemand, die beiden alten Leute waren mit sich selbst beschäftigt und ließen mich meiner Wege gehen.

Es gab mancherlei Schuppen, Remisen und anderes im Park, und am äußersten Ende ein größeres Nebengebäude – jedenfalls ausreichend als Wohnung für einen Gärtner oder Wildhüter. Sollte das nächtliche Geräusch von dort gekommen sein? Mit gleichgültiger Miene, als streunte ich nur so durchs Gelände, näherte ich mich. Da kam ein kleiner, lebhafter Mann mit Bart, schwarzem Rock und Melonenhut heraus: ganz und gar nicht der Typ eines Gärtners. Zu meiner Überraschung verschloß er die Tür sorgsam und steckte den Schlüssel in die Tasche. Und dann war es an ihm, überrascht zu sein, als er nämlich aufblickte und mich sah.

›Sind Sie hier zu Besuch?‹ fragte er.

Ich bejahte und fügte hinzu, ich sei ein Freund Godfreys. ›Was für ein Pech, daß er gerade auf Reisen ist, er hätte sich bestimmt gefreut, mich zu sehen.‹

›Ganz recht, ganz gewiß‹, sagte er, etwas schuldbewußt, wie mir vorkam. ›Sicherlich werden Sie zu gelegenerer Zeit wiederkommen.‹ Er ging an mir vorbei und setzte seinen Weg fort, doch als ich mich nach ihm umdrehte, stand er, halb verborgen vom Lorbeer, und beobachtete mich.

Ich sah mir meinerseits das kleine Haus genau an, als ich daran vorüberkam, aber die Fenster waren mit dichten Vorhängen geschützt; soweit man überhaupt etwas erkennen konnte, schien es leer zu sein. Ich durfte meinen eigenen Plan nicht gefährden. Wenn ich zu hartnäckig forschte, jagte man mich vielleicht aus dem Garten. Darum schlenderte ich zum Haupthaus zurück und wartete die Nacht ab, um meine Suche fortzusetzen. Erst als es ganz dunkel geworden war, schlüpfte ich aus dem Fenster und schlich so leise wie möglich zu dem Gärtnerhaus.

Wie ich schon sagte, Sir, hatten die Fenster dichte Vorhänge, und jetzt waren auch noch die Läden geschlossen. Trotzdem sickerte etwas Licht heraus, und auf dieses Fenster konzentrierte ich meine Aufmerksamkeit.

Ich hatte Glück: Der Vorhang klaffte ein wenig, und der Fensterladen zeigte einen Riß. Ich konnte hineinsehen. Da war ein recht gemütliches Zimmer mit heller Lampe und Feuer im Kamin. Mir gegenüber saß der kleine Mann, den ich am Morgen getroffen hatte. Er rauchte Pfeife und las eine Zeitung.«

»Was für eine Zeitung?« fragte ich.

Meinen Klienten schien die Unterbrechung zu ärgern.

»Ist das wichtig?« fragte er.

»Von größter Bedeutung.«

»Ich hab' tatsächlich nicht darauf geachtet.«

»Vielleicht ist Ihnen wenigstens aufgefallen, ob es eine großformatige Tageszeitung war oder ein kleineres Blatt von der Art der Wochenschriften.«

»Jetzt, wo Sie mich darauf aufmerksam machen, fällt mir ein, daß es nicht besonders groß war. Könnte *The Spectator* gewesen sein. Verdammt noch mal, ich hatte keine Zeit, mich damit abzugeben, denn wissen Sie was? Ein zweiter Mann saß mit dem Rücken zum Fenster, und das war, ich hätt's schwören können, Godfrey. Das sah ich schon an seinem Rücken. Er stützte sich auf einen Ellbogen, was sehr melancholisch wirkte, sein Gesicht dem Feuer zugekehrt. Ich überlegte noch, was ich jetzt am besten tun könnte, als ich einen Schlag auf die Schulter bekam. Neben mir stand Colonel Emsworth.

›Hier lang, Sir!‹ flüsterte er. Dann schritt er stumm auf das

Haupthaus zu, und mir blieb nichts übrig, als ihm zu folgen bis in mein Gastzimmer.

›Um acht Uhr dreißig geht ein Zug nach London‹, sagte er. ›Der Wagen steht um acht Uhr vor der Tür.‹

Weiß vor Wut war er, und, tatsächlich, ich fühlte mich so miserabel, daß ich nur ein paar hilflose Entschuldigungen stammeln konnte, die sich auf meine Sorge um meinen Freund bezogen.

›Keine Diskussion über diese Angelegenheit‹, sagte er abrupt. ›Sie haben sich in die privatesten Familienangelegenheiten gedrängt. Eine Schande ist das. Sie wurden als Gast aufgenommen und benehmen sich wie ein Spitzel. Mehr habe ich nicht zu sagen, Sir. Ich wünsche Sie nicht wiederzusehen.‹

Und da ging's mit mir durch, Mr. Holmes, und ich war wohl ein bißchen hitzig, als ich erwiderte:

›Ich habe Ihren Sohn gesehen, ich weiß jetzt, daß Sie ihn vor der Welt verstecken, warum, ist allerdings nur Ihnen bekannt. Auf jeden Fall ist er kein freier Mensch mehr. Ich warne Sie, Oberst Emsworth! Ehe ich nicht von der Sicherheit und dem Wohlergehen meines Freundes überzeugt bin, geb' ich's nicht auf, der Sache auf den Grund zu gehen, und bilden Sie sich nicht ein, irgend etwas könnte mich einschüchtern oder davon abhalten, was Sie auch sagen oder tun werden.‹

Der alte Bursche sah recht höllenmäßig drein, ich glaubte, jetzt wird er gleich über mich herfallen. Er war ja, das sagte ich schon, nicht wahr, ein wilder alter Hüne von Mann, und wenn ich auch nicht gerade ein Schwächling bin, hätt' ich sicherlich keinen leichten Stand gegen ihn gehabt. Statt dessen machte er, nach einem letzten langen, wütenden Blick, rechtsum kehrt und marschierte aus dem Zimmer. Ich für mein Teil nahm am nächsten Morgen den Zug, und da bin ich und warte auf Ihre Hilfe, wie ich's Ihnen ja schon schriftlich angekündigt habe.«

Dies also war der Fall, den mein Klient vor mir ausgebreitet hatte. Die Lösung bot, wie der aufmerksame Leser bereits bemerkt haben dürfte, nur geringe Schwierigkeiten, gab es doch nur eine sehr begrenzte Auswahl an Möglichkeiten, um zum Kern des Rätsels zu gelangen. Immerhin ließen sich ein paar interessante und neuartige Aspekte gewinnen, was vielleicht als eine Entschuldigung dafür gelten darf, daß ich diesen Fall überhaupt berichte. So begann ich denn, die Lösung auf meine übliche Art einzukreisen.

»Die Dienerschaft?« fragte ich. »Wie viele gab es im ganzen?«

»Soviel ich weiß, war da nur der alte Butler mit seiner Frau. Man lebt dort offenbar so einfach wie möglich.«

»Kein Diener also in dem Nebengebäude?«

»Keiner, nur der kleine Mann mit dem Bart. Aber der sah mir mehr nach einer höhergestellten Persönlichkeit aus.«

»Durchaus überzeugend. Gibt es einen Hinweis, daß man Nahrungsmittel von einem Haus zum anderen brachte?«

»Jetzt, wo Sie's sagen: Der alte Ralph trug einmal einen Korb durch den Garten, in Richtung auf das Gärtnerhaus zu. An Proviant dachte ich damals nicht.«

»Haben Sie in der Gegend Recherchen durchgeführt?«

»Jawohl. Ich sprach mit dem Bahnhofsvorsteher und auch mit dem Wirt im Dorfgasthaus. Fragte sie einfach, ob sie etwas von meinem alten Godfrey Emsworth wüßten. Beide versicherten, er sei auf einer Weltreise. Nach Hause gekommen und fast unmittelbar darauf wieder aufgebrochen. Diese Geschichte wird offenbar überall geglaubt.«

»Sie erwähnten nichts von Ihrem Verdacht?«

»Nichts.«

»Das war sehr klug. Die Untersuchung muß natürlich fortgesetzt werden. Ich fahre mit Ihnen nach Tuxbury Old Park.«

»Heute noch?«

Zu der Zeit beschäftigte ich mich gerade mit der Klärung jenes Falles, den mein Freund Watson unter dem Titel *Die Klosterschule* geschildert hat, und in den der Herzog von Greyminster verstrickt war[1]. Ferner mußte ein Auftrag des türkischen Sultans

[1] Diese Bemerkung wirft ein von der Holmes-Forschung noch nicht gelöstes Problem auf. Welchen Fall meint der Meister? Sollte sein Gedächtnis, ohne die Unterstützung Watsons, um diese Zeit schon etwas nachgelassen haben? Dann wäre es möglich, daß er auf *The Priory School* anspielt, die in dem Band *Sherlock Holmes und die Spuren im Moor* enthalten ist. Tatsächlich handelt es sich darin um eine Klosterschule, doch nicht der Herzog von Greyminster war in den Fall verstrickt, sondern der von Holdernesse, und die Geschichte fällt nicht in das Jahr 1903, sondern 1901. Ferner gibt es den Fall von *Abbey Grange*, doch liegt dieser noch viel länger zurück (1897!). Er ist als *Der Tote von Abbey Grange* erschienen. Einen weiteren Fall, den Watson geschildert, also doch auch veröffentlicht hat und der mit Abbey School in irgendeinen Zusammenhang gebracht werden könnte, gibt es nicht. Wir stehen vor einem Rätsel.

erledigt werden, und zwar dringend, denn eine Verzögerung hätte schwere politische Folgen nach sich gezogen. Deshalb war es mir erst zu Beginn der nächsten Woche möglich, mit Mr. James M. Dodd nach Bedfordshire abzureisen. Als wir zum Bahnhof Euston rollten, stieg ein ernster, schweigsamer Herr zu uns ins Cab, ein eisengrauer Gentleman, mit dem ich alles Nötige vereinbart hatte.

»Ein alter Freund von mir«, sagte ich zu Mr. Dodd. »Möglicherweise ist seine Anwesenheit ganz überflüssig, aber sie kann auch überaus nützlich, ja unerläßlich sein. Wir werden sehen. Im Augenblick brauchen wir dies nicht näher zu erörtern.«

Watsons Erzählungen haben den Leser ja schon daran gewöhnt, daß ich keine unnötigen Worte verliere und meine Gedanken nicht ausbreite, während ein Fall in Arbeit ist. Dodd hingegen schien sich zu wundern, aber trotzdem erfuhr er nicht mehr, und so setzten wir zu dritt unsere Reise fort. Im Zug fragte ich Dodd dann noch etwas, weil mir daran lag, daß unser Gefährte die Antwort hörte.

»Sie behaupten also, Sie sahen das Gesicht Ihres Freundes ganz deutlich am Fenster, so deutlich, daß ein Irrtum über seine Identität ausgeschlossen ist?«

»Völlig ausgeschlossen. Seine Nase war gegen die Scheibe gedrückt. Das Lampenlicht fiel mitten auf sein Gesicht.«

»Es konnte nicht jemand gewesen sein, der ihm ähnlich sieht?«

»Nein, nein, er war's und kein anderer.«

»Aber er hatte sich doch sehr verändert, sagen Sie.«

»Nur die Farbe. Sein Gesicht war — wie soll ich's beschreiben — so weiß wie der Bauch eines Fischs. Gebleicht, möcht' ich sagen.«

»War es gleichmäßig blaß, überall?«

»Ich glaube nicht. Das Gesicht war ja auch nur an einer Stelle, an der Braue, ganz fest ans Glas gepreßt.«

»Haben Sie ihn angesprochen?«

»Für den Augenblick war ich zu erschrocken und entsetzt. Dann verfolgte ich ihn, wie ich Ihnen ja erzählte, aber ohne Erfolg.«

Mein Fall lag fast vollständig klar vor meinem Blick, nur ein kleines Detail fehlte noch, um ihn abzurunden. Als wir nach ziemlich umständlicher Reise bei dem alten, verschachtelten Gebäude anlangten, das mein Klient mir beschrieben hatte, öffnete uns Ralph, der ältliche Butler. Ich hatte einen Wagen an die Bahn bestellt und für den ganzen Tag gemietet, jetzt bat ich meinen ergrauten Freund, darin auf uns zu warten, bis ich ihn rufen würde. Ralph, ein runzliger kleiner Alter, trug die übliche Kleidung: schwarzen Rock und pfeffer-und-salz-farbene Hosen, mit einer einzigen kleinen Abweichung. An seinen Händen bemerkte ich braune Lederhandschuhe, die er bei unserem Anblick allerdings rasch auszog und auf den Tisch in der Halle legte, während wir eintraten. Meine Sinne sind, wie mein Freund Watson des öfteren unterstrichen hat, äußerst geschärft. Nun spürte ich einen schwachen und doch etwas beißenden Geruch. Er schien mir von der Mitte des Tisches in der Halle auszugehen. Ich wandte mich um, legte meinen Hut dort ab, stieß ihn dabei aber um, so daß er herunterfiel, und während ich ihn vom Boden aufhob, brachte ich meine Nase in die Nähe der Handschuhe. Ja, kein Zweifel, von daher kam der teerige Geruch. Als ich jetzt in das Arbeitszimmer weiterging, war die Lösung fertig. Ach, es fällt mir doch recht schwer, meine Geschichte selbst zu erzählen. Es wird alles so offenkundig! Gerade dadurch, daß Watson solche Glieder in der Kette nicht bemerkt und in seinen Berichten ausläßt, bringt er jedesmal einen so zirkushaften, ich muß schon sagen etwas kitschigen Schlußeffekt zustande.

Oberst Emsworth war nicht in seinem Zimmer, aber auf Ralphs Botschaft hin erschien er sofort. Schon hörten wir vom Flur seinen schweren raschen Schritt. Die Tür flog auf, und er stürzte herein, mit gesträubtem Bart, verzerrten Zügen, der schrecklichste alte Mann, der sich vorstellen läßt. Unsere Visitenkarten hielt er in der Hand, jetzt zerriß er sie in winzige Fetzen und trampelte darauf herum.

»Habe ich Ihnen nicht klargemacht, Sie verteufelter Schnüffler, daß Sie auf meinem Grundstück nichts zu suchen haben? Wagen Sie es nicht, Ihr verdammtes Gesicht noch einmal hier zu zeigen. Beim nächstenmal brauche ich Gewalt, das ist mein Hausrecht. Ich knalle Ihnen eine Kugel in den Kopf, Sir. Bei Gott, Sie werden's sehen. Und Sie, Herr« – dabei wandte er sich zu mir zu –, »für Sie gilt dasselbe. Mir ist bekannt, was Sie für einen elenden Beruf ausüben, aber suchen Sie sich ein anderes Feld für Ihre berühmten Talente. Hier sind Sie überflüssig.«

»Ich gehe nicht weg«, sagte mein Klient fest, »ehe ich nicht von Godfrey selbst gehört habe, daß er in keiner Zwangsjacke steckt, welcher Art immer.«

Unser unfreiwilliger Gastgeber klingelte. »Ralph«, sagte er, »rufe die Polizei an und bitte den Inspektor, zwei Konstabler zu schicken. Hausfriedensbruch.«

»Augenblick«, sagte ich. »Sie müssen sich darüber klarsein, Mr. Dodd, daß Oberst Emsworth im Recht ist und wir uns einer Gesetzesübertretung schuldig machen, wenn wir bleiben. Andererseits sollte er begreifen, daß Ihre Handlungsweise sich nur aus der Sorge um Ihren Freund herleitet. Ich hoffe doch sehr, daß sich die Ansicht des Colonels ändert, wenn ich nur die Erlaubnis bekomme, fünf Minuten mit ihm zu sprechen.«

»Meine Ansichten ändern sich nicht so schnell«, sagte der alte Krieger. »Ralph, tu, was ich dir gesagt habe. Worauf, zum Satan, wartest du noch? Ruf die Polizei an!«

»Nichts dergleichen«, sagte ich und lehnte mich mit dem Rücken fest gegen die Tür. »Jede Einmischung der Polizei würde die Katastrophe auslösen, die Sie befürchten.« Damit zückte ich mein Notizbuch und kritzelte ein Wort auf ein loses Blatt. »Das«, fuhr ich fort, indem ich dem Obersten den Zettel reichte, »hat uns hierhergebracht.«

Mit einem Gesicht, aus dem jeder Ausdruck bis auf grenzenloses Staunen gewichen war, starrte er auf die Nachricht.

»Woher wissen Sie das?« keuchte er, schwer in seinen Sessel sinkend.

»Es ist mein Beruf, Bescheid zu wissen. Ich lebe davon.«

In tiefen Gedanken saß er da, die knochige Hand in den Bart gekrallt. Dann ließ er sie resigniert sinken. »Gut. Wenn Sie Godfrey unbedingt sehen wollen ... Ich lehne die Verantwortung ab. Es ist gegen meinen Willen, Sie haben mich gezwungen. Ralph, bereite Godfrey und Mr. Kent darauf vor, daß wir in fünf Minuten bei ihnen sind.«

Bald darauf gingen wir durch den Park, bis wir zu dem geheimnisvollen Gebäude an seinem Ende gelangten. Ein schmächtiger bärtiger Mann stand an der Tür, sein Gesicht zeigte tiefe Verwunderung.

»Das kommt etwas plötzlich, Colonel«, sagte er. »Es bringt alle unsere Pläne durcheinander.«

»Ich kann es nicht ändern, Mr. Kent. Man hat uns gezwungen. Ist Godfrey bereit, uns zu empfangen?«

»Ja, er wartet drinnen schon.« Und damit drehte er sich um und führte uns in ein großes, einfach möbliertes Wohnzimmer. Darin stand ein Mann, den Rücken zum Feuer gekehrt, und bei seinem Anblick stürzte mein Klient vor und streckte ihm beide Hände entgegen.

»Godfrey, alter Junge, endlich!«

Doch der andere wehrte ihm mit einer Handbewegung, näher zu kommen. »Rühr mich nicht an, Jimmie! Bleib, wo du bist. Ja, da sperrst du die Augen auf! Der schneidige Korporal der Lanzenreiter Emsworth, von der Schwadron B, ist kaum wiederzuerkennen, was?«

In der Tat war seine Erscheinung ungewöhnlich. Man konnte sich noch vorstellen, daß er ein hübscher Mensch mit klar geschnittenen Gesichtszügen gewesen sein mußte, von afrikanischer Sonne gebräunt, doch über diesen dunklen Untergrund verteilten sich seltsame weißliche Flecken.

»Da hast du den Grund, warum ich keine Besuche empfange«, sagte er. »Bei dir wär's mir schon recht, Jimmie, aber auf deinen Freund hätte ich gut verzichten können. Ich nehme an, du hattest einen Grund, ihn mitzubringen, aber nun fühle ich mich noch weniger wohl in meiner Haut.«

»Ich wollte sicher sein, daß alles mit dir in Ordnung ist, Godfrey. Ich sah dich damals, in der Nacht, als du zu mir ins Zimmer gucktest. Das ließ mir keine Ruhe, ich mußte es aufklären.«

»Old Ralph hatte mir erzählt, daß du gekommen warst. Ich wollte wenigstens mal einen Blick auf dich riskieren. Hoffte, du würdest mich nicht bemerken. Als ich hörte, wie das Fenster aufging, rannte ich schleunigst in meinen Dachsbau zurück.«

»Aber was, beim Himmel, ist denn eigentlich los mit dir?«

»Hm, die Geschichte läßt sich schnell erzählen«, sagte er und zündete sich eine Zigarette an. »Erinnerst du dich an das Gefecht am frühen Morgen, bei Buffelsspruit, außerhalb von Pretoria, da, wo die Ostlinie der Eisenbahn verläuft? Und du hörtest doch von meiner Verwundung?«

»Ja, ich hörte davon, aber keine Einzelheiten.«

»Wir wurden von den anderen abgeschnitten, drei von uns, Simpson — der Kerl, den wir Kahlchen Simpson nannten, wegen seiner Glatze —, dann Anderson und ich. Ein Bruch, dieses Land. Wir säuberten es von Bruder Bur — aber uns drei erwischte er. Die anderen zwei fielen. Ich bekam eine von den Kugeln, mit denen sie Elefanten jagen, in die Schulter, warf mich aber gerade noch aufs Pferd und galoppierte mehrere Meilen, bis mir schwarz vor den Augen wurde und ich aus dem Sattel rutschte.

Als ich wieder zu mir kam, wurde es Nacht. Ich rappelte mich hoch, fühlte mich aber ziemlich elend und schwach. Zu meiner Überraschung war da ein Haus ganz in der Nähe, ein hübsch großes Haus mit tief überhängendem Dach und vielen Fenstern. Es war eiskalt. Du wirst dich noch an diese klamme Kälte erinnern, die heranschlich, sowie es Nacht wurde, eine tödliche Kälte, zum krank werden, hatte nichts zu tun mit einem gesunden klaren Frost. Na gut, ich erstarrte bis auf die Knochen, und meine einzige Hoffnung, so dacht' ich, war das Haus. Ich taumelte hoch und schleppte mich darauf zu, wußte kaum recht, was ich tat. Ich erinnere mich dunkel, daß ich langsam die Stufen zur Tür hinaufkroch, diese weit aufstieß, dann geriet ich in einen großen Raum mit einer Reihe Betten, und auf eines davon warf ich mich mit einem Seufzer tiefer Befriedigung. Es war ungemacht, aber das kümmerte mich wenig. Ich zog die Bettücher über meinen zitternden Körper, und eine Sekunde später war ich fest eingeschlafen.

Es war Morgen, als ich aufwachte. Aber, dies Gefühl hatte ich, statt in eine gesunde Welt emporzutauchen, war ich in irgendeinen sonderbaren Alptraum verstrickt. Die Sonne Afrikas flutete durch die großen, vorhanglosen Fenster, und jede Einzelheit des großen, nackten, weißgewaschenen Schlafsaals stand klar im Licht. Vor mir sah ich einen kleinen, ja zwergenhaften Mann mit einem großen knolligen Kopf, der aufgeregt Holländisch plapperte, wozu er zwei fürchterliche Hände wie braune Schwämme schwenkte. Hinter ihm stand eine Gruppe von Leuten, die das Ganze offenbar genoß. Aber es lief mir eisig den Rücken hinunter, als ich sie mir genauer ansah. Keiner von ihnen glich einem menschlichen Wesen. Jeder war verrenkt oder aufgedunsen oder sonstwie entstellt. Nicht gerade angenehm, das Gelächter dieser merkwürdigen Ungeheuer.

Keiner von ihnen allen schien Englisch zu sprechen, dabei mußte die Lage unbedingt geklärt werden, denn die Kreatur mit dem Riesenkopf wurde immer wütender, sie stieß wilde Tierschreie aus und legte dabei die unförmigen Hände an mich, riß mich aus dem Bett ungeachtet meiner Wunde, die neu zu bluten begann. Das kleine Monstrum war stark wie ein Stier, und ich weiß nicht, was er mit mir angestellt hätte, wäre nicht, vom Tohuwabohu angelockt, ein älterer Mann aufgetaucht, der offenbar eine gewisse Autorität hatte. Er sagte ein paar strenge Worte auf Holländisch, und mein Angreifer schrak zurück. Dann wandte er sich mir zu und starrte mich höchst erstaunt an.

›Wie, um alles in der Welt, sind Sie hierhergeraten?‹ fragte er fassungslos. ›Warten Sie! Sie sind erschöpft, und die Schulter da will behandelt werden. Ich bin Arzt, werde sie schnell eingewickelt haben. Aber, Mann Gottes! Sie sind hier in größerer Gefahr als je auf den Schlachtfeldern. Dies ist ein Leprakrankenhaus, und Sie haben im Bett eines Aussätzigen geschlafen.‹

Soll ich dir noch mehr erzählen, Jimmie? Ich vermute, man hatte tags zuvor all diese armen Geschöpfe evakuiert, als die Schlacht näher kam. Dann, als wir vorrückten, brachte man sie zurück. Der leitende Arzt jedenfalls versicherte mir, er halte sich selbst für immun gegen Ansteckung, und trotzdem würde er es nie wagen, zu tun, was ich getan hatte. Er legte mich in ein Einzelzimmer, behandelte mich sehr freundlich und sorgfältig, und nach etwa einer Woche konnte ich zum Hauptlazarett nach Pretoria gebracht werden.

So, da hast du mein Trauerspiel. Gegen alle Hoffnung hoffte ich, und erst als ich in der Heimat angelangt war, zeigten sich die Male, die du auf meinem Gesicht siehst, und ich wußte, daß ich nicht heil davongekommen war. Was sollte ich tun? Ich war in diesem einsamen Haus. Wir haben nur zwei Diener, und auf die können wir uns völlig verlassen. In diesem Nebengebäude konnte ich mich verstecken. Mr. Kent, ein Arzt, erklärte sich bereit, mit mir hier zu leben, unter dem Siegel der Verschwiegenheit. Die Entscheidung fiel uns nicht schwer. Denn die andere Möglichkeit hieß: Verbannung unter Fremde, ohne Hoffnung auf Wiederkehr. Nur, völlige Verschwiegenheit mußte gewahrt werden. Sonst hätte es selbst in diesem ruhigen Ländchen einen Skandal gegeben und man hätte mich ausgestoßen. Sogar du, Jimmie, ja auch du durftest keine Ahnung haben. Warum mein Vater schließlich nachgab, weiß ich nicht, kann ich mir nicht erklären.«

Oberst Emsworth deutete auf mich.

»Da steht der Herr, der mich dazu getrieben hat.« Und er faltete den Zettel auseinander, auf den ich das eine Wort geschrieben hatte: ›Lepra‹. »Wenn er schon so viel wußte, schien es mir besser, er sollte alles erfahren.«

»Es war auch besser«, sagte ich. »Vielleicht hat es sogar gute Folgen, wer weiß. Soviel ich höre, hat nur Mr. Kent den Patienten zu Gesicht bekommen. Darf ich fragen, Sir, ob Sie auf diesem Gebiet eine Autorität sind? Wenn ich recht unterrichtet bin, handelt es sich um eine Tropenkrankheit oder doch um ein Übel, das sich hauptsächlich auf tropische Gegenden beschränkt?«

»Ich besitze die normalen Kenntnisse eines medizinisch ausgebildeten Menschen«, erklärte er etwas förmlich.

»Ich bezweifle Ihre Kompetenz in keiner Weise, Sir, doch werden Sie sicher zugeben, daß bei einem solchen Fall die Ansicht eines zweiten Arztes wertvoll sein kann. Sie verzichteten darauf, verständlicherweise, aus Besorgnis, man möchte eine zwangsweise Verbannung des Patienten anordnen.«

»So ist es«, sagte Colonel Emsworth.

»Dies sah ich voraus«, erklärte ich, »deshalb habe ich einen absolut vertrauenswürdigen Freund mitgebracht. Ich hatte einmal Gelegenheit, ihm in meiner Berufssphäre einen Dienst zu erweisen, und er ist gern bereit, Sie mehr als Freund denn als Spezialist zu beraten. Es ist Sir James Saunders.«

Die Aussicht, mit dem Kriegsminister persönlich zu konferieren, hätte in einem einfachen Unteroffizier nicht die Überraschung und Freude ausgelöst, die sich jetzt auf Mr. Kents Gesicht spiegelte.

»Das wäre mir eine große Ehre«, stammelte er.

»Dann werde ich Sir James hierherbitten. Er wartet zur Zeit in der Kutsche außerhalb des Grundstücks. Unterdessen können wir uns vielleicht alle in Ihrem Arbeitszimmer versammeln, Oberst Emsworth, wo ich das sagen möchte, was noch zu sagen bleibt.«

Und hier fehlt mir nun wirklich mein Watson. Durch listige Fragen und erstaunte Ausrufe bringt er es doch fertig, meine simple Kunst, die nichts weiter ist als systematisch angewandter gesunder Menschenverstand in etwas Wunderbares zu verwandeln. Jetzt, da ich mein eigener Erzähler bin, habe ich keine solchen Hilfsmittel. Es bleibt mir nichts übrig, als meine Gedankenkette so zu entwickeln, wie ich es vor meiner kleinen Zuhörerschaft, zu der sich auch Godfreys Mutter gesellt hatte, in Oberst Emsworths Arbeitszimmer getan habe.

»Ich gehe gewöhnlich von folgender Maxime aus«, sagte ich: »Wenn man alles ausgeschaltet hat, was unmöglich ist, bleibt am Ende etwas übrig, das die Wahrheit enthalten muß, mag es auch noch so unwahrscheinlich sein. Natürlich kann es auch mehrere Erklärungen geben, in welchem Fall man jede solange testen muß, bis eine von ihnen genug Beweiskraft erlangt. Nun wollen wir dieses Prinzip auf den vorliegenden Fall anwenden. Als er sich mir zuerst darbot, gab es drei Erklärungen dafür, daß dieser junge Herr in einem Nebengebäude auf seines Vaters Grundstück eingesperrt lebte. Zum ersten konnte er ein Verbrechen begangen haben, zum zweiten war er vielleicht verrückt und lief deshalb Gefahr, in ein Irrenhaus gebracht zu werden, zum dritten konnte ihn irgendeine Krankheit von der übrigen Menschheit gebieterisch absondern. Andere Lösungen, die gepaßt hätten, fielen mir nicht ein. Folglich mußte ich diese drei gegeneinander abwägen.

Die erste Lösung löste sich, wenn ich so sagen darf, sehr rasch von selbst auf. Aus dieser Gegend war seit längerer Zeit kein Verbrechen gemeldet worden. Das stand für mich fest. Und wenn es ein Verbrechen gegeben hatte, das noch nicht einmal entdeckt worden war, lag es doch bestimmt eher im Interesse der betroffenen Familie, dem Delinquenten die Flucht ins Ausland zu ermöglichen, als ihn zu Hause eingesperrt zu halten. Hierfür also ergab sich kein rechter Sinn.

Geistige Umnachtung schien plausibler. Die Anwesenheit einer zweiten Person im Gärtnerhaus deutete auf einen Wärter. Die Tatsache, daß er beim Verlassen die Tür abzuschließen pflegte, verstärkte diese Annahme. Vermutlich wurde ein Zwang ausgeübt. Andrerseits konnte dieser Zwang nicht allzu streng sein, sonst wäre es dem jungen Mann nicht gelungen, auszubrechen und einen Blick auf seinen Freund zu werfen. Sie werden sich erinnern, Mr. Dodd, daß ich Sie nach der Zeitung fragte, die Mr. Kent las. Das konnte einen Hinweis geben. Wäre es zum Beispiel *The Lancet* gewesen oder *The British Medical Journal*, hätte mir das geholfen. Nun ist es aber durchaus nicht illegal, einen Geistesgestörten in privatem Gewahrsam zu halten, falls ein autorisierter Aufseher über ihn wacht und die Behörden verständigt worden sind. Warum dann also diese verzweifelten Bemühungen, die Sache geheimzuhalten? Wiederum eine Theorie, die mit den Tatsachen nicht genau übereinstimmte.

Blieb also die dritte Möglichkeit. Aussatz ist in Südafrika nichts Ungewöhnliches. Durch irgendeinen seltsamen Zufall konnte der junge Mann sich angesteckt haben. Seine Familie fände sich dann in einer sehr unangenehmen Lage, denn sie mußte fürchten, von ihm auf immer getrennt zu werden. Größte Diskretion war nötig, wollte man nichts an die Außenwelt gelangen lassen und die Behörden aufmerksam zu machen, die notgedrungen einschreiten würden. Ein ergebener, ärztlich geschulter Mann mußte sich bei guter Bezahlung finden lassen. Er konnte auf den Kranken aufpassen, und nichts stand abendlichen Spaziergängen, nach Einbruch der Dunkelheit, entgegen. Daß die Haut bleicht, ist eine übliche Folge dieser Krankheit. Somit stand der Fall fest gegründet vor mir — fest genug, daß ich handeln durfte, als wäre er schon bewiesen. Meine letzten Zweifel wichen, als ich bei der Ankunft feststellte, daß Ralphs Handschuhe mit einem Desinfektionsmittel getränkt sind — trägt er doch die Mahlzeiten zu seinem jungen Herrn hinüber. Ein einziges Wort zeigte Ihnen, Sir, daß Ihr Geheimnis durchschaut war, und wenn ich es niederschrieb, anstatt es auszusprechen, so nur als Zeichen, daß Sie meiner Diskretion vertrauen durften.«

Ich beendete gerade meine kleine Analyse des Falles, als sich die Tür öffnete und die strenge Gestalt des großen Dermatologen auf der Schwelle erschien. Aber für diesmal hatten sich seine Sphinxzüge entspannt; warme Menschenfreundlichkeit stand in seinen Augen. Er trat auf den Oberst zu und drückte ihm die Hand.

»Es ist mein schwarzes Los, öfter schlechte Nachrichten zu bringen als gute«, sagte er. »Heute habe ich Glück. Es handelt sich hier nicht um Lepra.«

»Was?«

»Ein deutlich ausgebildeter Fall von Pseudo-Lepra oder Ichthyosis, der sogenannten Fischschuppenkrankheit. Sie bemerken, die Affektion der Haut erinnert an Fischschuppen, sie ist recht unansehnlich und hartnäckig, jedoch möglicherweise heilbar und bestimmt nicht ansteckend. Ja, Mr. Holmes, eine zufällige Übereinstimmung. Doch ich frage mich: Ist sie so zufällig? Sind nicht geheime Kräfte am Werk, von denen wir wenig wissen? Sind wir sicher, daß die Befürchtung, unter der dieser junge Mann ohne Zweifel seit der Möglichkeit einer Ansteckung litt, nicht eine körperliche Wirkung hervorrief, die seinen Verdacht immer neu nährte? Wie dem auch sei, ich verpfände meine Berufsehre, daß – aber die Dame ist ohnmächtig geworden! Mr. Kent, wollen Sie sich ihrer freundlichst annehmen?«

Der Mann, der auf allen vieren lief

Sherlock Holmes war schon immer der Ansicht, ich solle den wahren Sachverhalt über die merkwürdigen Geschehnisse um Professor Presbury veröffentlichen; und sei es nur, um häßliche Gerüchte zu zerstreuen, die damals an der Universität laut wurden und in der Londoner Gelehrtenwelt ihren Widerhall fanden. Gewisse Hindernisse jedoch vereitelten unser Vorhaben, und die Geschichte blieb weiterhin in dem großen Blechkasten vergraben, der so viele Abenteuer meines Freundes enthält. Jetzt endlich wurde uns die Erlaubnis zuteil, mit den Tatsachen über diesen absonderlichen Fall herauszurücken – einen der allerletzten, die der berühmte Detektiv behandelte, ehe er sich ins Privatleben zurückzog.

Es war an einem Sonntagabend, Anfang September des Jahres 1903, daß ich eine der lakonischen Holmesschen Botschaften erhielt: »Komm sofort, wenn es paßt; wenn nicht, komm trotzdem! – S. H.« Die Beziehungen zwischen uns waren in jenen Tagen recht eigentümlicher Art. Er hatte so seine Angewohnheiten, zählebige, schrullige Angewohnheiten, und eine davon war ich geworden. Ich gehörte zum Inventar, ähnlich wie die Violine, der Shagtabak, die alte schwarze Pfeife, das Verbrecheralbum – und andere, vielleicht weniger entschuldbare Einrichtungen. Wenn sich Holmes aktiv in einen Fall einschaltete und einen Kameraden brauchte, auf dessen Durchhalten Verlaß war, so fiel ganz natürlich mir diese Rolle zu. Davon abgesehen erfüllte ich aber noch einen andern Zweck. Ich wurde sozusagen der Wetzstein für seinen Verstand, ja, eine Art lebendiger Droge. Er liebte es, laut in meiner Anwesenheit zu denken, aber man hätte kaum behaupten können, daß seine Bemerkungen mir galten. Sie waren ebensogut an seine Bettstatt gerichtet. Da ihm dabei jedoch meine Gegenwart zur Gewohnheit geworden, erwuchs ihm irgendwie eine Hilfe daraus, daß ich registrierte, Einwürfe machte und meinen Senf dazu gab. Forderte ich ihn dann durch eine gewisse methodische Langsamkeit meines Denkapparates heraus, so diente ihm dieses Reizmittel lediglich dazu, seine eigenen flammengleichen Eingebungen und Impressionen um so rascher und lebhafter aufblitzen zu lassen. Solchermaßen sah mein bescheidener Part innerhalb unserer Gemeinschaft aus.

Als ich in der Baker Street anlangte, fand ich ihn in seinem Lehnsessel zusammengekauert vor: mit hochgezogenen Knien, die Pfeife im Mund, die Stirn vom Nachdenken zerfurcht. Es war mir klar, daß ihn ein schwieriges Problem bedrängte. Mit fahriger Geste wies mir seine Hand meinen alten Armsessel an. Aber davon abgesehen, gab mein Freund wohl eine halbe Stunde lang kein Zeichen, daß er sich meiner Anwesenheit bewußt war. Dann schreckte er auf, als sei er aus seiner Träumerei in die augenblickliche Umgebung zurückgekehrt. Und mit seinem altbekannten verschmitzten Lächeln hieß er mich in meinem ehemaligen Zuhause willkommen.

»Entschuldige meine Geistesabwesenheit, lieber Watson!« bat er. »Mir wurden innerhalb der letzten vierundzwanzig Stunden einige merkwürdige Vorkommnisse unterbreitet. Und diese wiederum regten mich zu etlichen Betrachtungen allgemeiner Art an. Ich trage mich ernstlich mit dem Gedanken, eine kleine Monographie über die Verwendung von Hunden in der Arbeit des Detektivs zu schreiben.«

»Aber dieses Gebiet ist doch längst erforscht, Holmes!« wagte ich zu bemerken. »Blut- und Spürhunde . . .«

»Das doch nicht, Watson! Natürlich liegt diese Seite der Angelegenheit völlig auf der Hand. Aber da gibt es noch eine andere, sehr viel kompliziertere. Du wirst dich vielleicht an den Fall erinnern, den du in deiner aufsehenerregenden Art *Das Haus bei den Blutbuchen* genannt hast[1]. Indem ich die Gemütsregungen des Kindes beobachtete, gelang es mir, Rückschlüsse auf die verbrecherischen Neigungen des sehr selbstgefälligen und so überaus ehrbaren Vaters zu ziehen.«

»O ja, ich erinnere mich.«

»Ganz ähnlich verläuft meine Gedankenkette, was die Hunde betrifft. In ihnen spiegelt sich ihre jeweilige Umwelt. Wer hat je einen ausgelassenen Springinsfeld bei einer trübseligen Familie gesehen, wer einen traurigen Schwanzeinzieher bei glücklichen Menschen? Keifende Leute haben keifende Köter, gefährliche Leute halten sich einen bissigen Zerberus. Auch die vorüberge-

[1] Siehe *Sherlock Holmes' Abenteuer.*

henden Stimmungen seines Gebieters spiegelt der Hund mitunter wider.«

Ich schüttelte den Kopf. »Also, das scheint mir doch recht weit hergeholt«, versetzte ich ungläubig.

Holmes hatte die Pfeife neu gestopft und sich wieder in seinem Stuhl zurückgelehnt.

»Die praktische Auswirkung dessen, was ich soeben sagte, bezieht sich nämlich auf das Problem, mit dem ich mich herumschlage. Es ist ein wirres Knäuel, weißt du, und ich suche nach einem losen Ende. Möglicherweise findet sich eines in der Frage: ›Warum legt es Professor Presburys treuer Wolfshund darauf an, ihn zu beißen?‹«

Ich sank enttäuscht in meinen Sessel zurück. War ich um solch einer trivialen Frage willen von meiner Arbeit weggeholt worden? Holmes' voller Blick ruhte auf mir.

»Der alte Watson!« stellte er fest. »Du wirst niemals lernen, daß schwerwiegende Folgen manchmal von den geringfügigsten Ursachen abhängen! Aber ist nicht die Tatsache als solche sonderbar genug, daß ein gesetzter Philosoph in fortgeschrittenem Alter – du hast ja zweifellos von diesem berühmten Camforder Physiologen schon gehört –, daß ein solcher Mann, dessen Wolfshund ihm ein ergebener Freund war, nun bereits zweimal von dem Tier angegriffen wurde? Wie erklärst du dir das?«

»Der Hund ist krank.«

»Freilich muß man so etwas in Betracht ziehen. Aber er greift ja niemanden sonst an, und auch seinen Herrn belästigt er nur ganz offensichtlich bei besonderen Gelegenheiten. Seltsam, Watson – sehr seltsam ... Aber der junge Mr. Bennett ist zu früh dran, falls *er* da eben geläutet hat. Ich hoffte, mich länger mit dir unterhalten zu können.«

Man hörte einen eiligen Schritt auf der Treppe, dann heftiges Pochen an der Tür. Und einen Augenblick später stellte der Mandant sich selber vor. Es war ein hübscher junger Mensch um die Dreißig; groß, gut gekleidet und elegant. Aber in seinem Benehmen verriet sich doch eher die Scheu des Studenten als das Selbstbewußtsein eines Mannes von Welt. Er schüttelte Holmes die Hand, blickte dann einigermaßen überrascht zu mir hinüber.

»Diese Angelegenheit ist sehr heikel, Mr. Holmes«, sagte er. »Bedenken Sie das Verhältnis, in dem ich zu Professor Presbury stehe, sowohl privat wie beruflich. Ich kann es kaum rechtfertigen, mich vor einem zweiten Zuhörer bei Ihnen auszusprechen.«

»Keine Angst, Mr. Bennett. Dr. Watson ist die Diskretion in Person. Außerdem darf ich Ihnen versichern, daß ich in dieser Sache höchstwahrscheinlich einen Mitarbeiter brauche!«

»Wie Sie meinen, Mr. Holmes. Sie werden begreifen, daß ich vorsichtig sein muß.«

»Es wird dich freuen zu hören, Watson, daß Mr. Trevor Bennett ständiger Assistent des großen Wissenschaftlers ist, überdies der Verlobte seiner einzigen Tochter und tagsüber unter seinem Dach lebt. Da müssen wir selbstverständlich zugeben, daß der Professor allen Anspruch auf die Loyalität und Ergebenheit dieses jungen Herrn hat. Sie werden sich jedoch am besten erweisen, indem sie zur Aufklärung jenes merkwürdigen Geheimnisses führen.«

»Das gleiche hoffe auch ich, Mr. Holmes. Es ist mein einziges Bestreben. Kennt Dr. Watson den Tatbestand?«

»Ich fand noch keine Zeit, ihn zu verständigen.«

»Dann werde ich vielleicht lieber noch einmal zum Ausgangspunkt zurückkehren, ehe wir die neueste Entwicklung betrachten.«

»Ich will es selbst tun«, erwiderte Holmes, »um zu zeigen, daß ich die Geschehnisse in der richtigen Reihenfolge im Kopf habe.

Der Professor ist ein Mann von europäischem Ruf, Watson. Er hat ein akademisches Leben geführt, nie gab es darin auch nur den geringsten Skandal. Er ist Witwer und hat eine Tochter Edith. Ich möchte annehmen, daß er einen sehr männlichen, positiven, man könnte fast sagen ›kämpferischen‹ Charakter besitzt. Wenigstens verhielt es sich so noch vor wenigen Monaten, bis der natürliche Ablauf seines Lebens unterbrochen wurde. Er ist jetzt einundsechzig Jahre alt und verlobte sich kürzlich mit der Tochter Professor Morphys, der den Lehrstuhl für vergleichende Anatomie innehat. Wenn ich recht verstehe, so war es nicht die vernunftbetonte Werbung eines älteren Mannes, sondern eher die leidenschaftliche Besessenheit eines feurigen Jünglings. Man konnte sich keinen glühenderen Anbeter vorstellen. Die junge Dame, Alice Morphy, muß ein prächtiges Geschöpf sein, geistig wie körperlich sehr anziehend, so daß des Professors

Anfechtungen durchaus begreiflich erscheinen. Dessenungeachtet stieß seine Neigung nicht auf die volle Billigung seiner eigenen Familie.«

»Wir hielten sie für etwas verstiegen«, meinte unser Besucher zögernd.

»Ganz richtig: verstiegen und dadurch ein bißchen gewaltsam und unnatürlich. Aber Professor Presbury ist reich, so kam von seiten des Vaters kein Einwand. Das Mädchen selbst teilte jedoch nicht ganz seine Ansichten. Auch hatte sie schon einige andere Bewerber, die, waren sie auch weniger hervorragende Persönlichkeiten, im Alter besser zu ihr paßten. Immerhin schien Alice Morphy den Professor trotz all seinem exzentrischen Gebaren gern zu haben. Einzig der Altersunterschied stand zwischen ihnen.

Da trübte ein kleines Geheimnis den Alltagshimmel des Professors. Er tat etwas, das ihm früher nie eingefallen wäre. Er verließ sein Heim ohne jede Nachricht, wohin er aufgebrochen war. Vierzehn Tage blieb er fort, bis er reichlich erschöpft von seiner Reise zurückkehrte. Auf den Ort, wo er sich aufgehalten, machte er nicht die geringste Anspielung, obgleich er sonst alles andere als zugeknöpft gewesen war. Der Zufall wollte es jedoch, daß unser Mandant, Mr. Bennett, einen Brief von einem befreundeten Studenten aus Prag erhielt, worin ihm dieser mitteilte, er habe sich gefreut, Professor Presbury dort wiederzusehen, wenngleich es ihm nicht gelungen sei, mit ihm ins Gespräch zu kommen. Nur durch diese Nachricht erfuhren die Familienangehörigen, wo der Hausherr gewesen war.

Und nun sind wir beim springenden Punkt angelangt. Eine merkwürdige Veränderung zeigte sich am Professor. Er wurde ein Heimlichtuer. Die Menschen seiner Umgebung hatten beständig das Gefühl, er sei nicht mehr der Alte, sondern stehe unter der Einwirkung einer merkwürdigen dunklen Macht, die seine höheren geistigen Eigenschaften umschattete. Sein Intellekt allerdings hatte keinen Schaden gelitten. So glänzend wie eh und je waren seine Vorlesungen. Aber immer wieder trat etwas Fremdartiges, etwas Unheimliches und Unerwartetes bei ihm in Erscheinung. Stets von neuem versuchte seine liebevolle Tochter die früheren herzlichen Beziehungen wiederherzustellen und diese Maske, die er zu tragen schien, zu durchdringen. Sie, Mr. Bennett, haben ja, wenn ich recht verstand, das gleiche versucht

– vergebens ... Erzählen Sie uns nun, bitte, mit Ihren eigenen Worten den neuesten Zwischenfall mit den Briefen!«

»Sie müssen wissen, Herr Dr. Watson, der Professor hatte keine Geheimnisse vor mir. Wäre ich sein Sohn oder sein jüngerer Bruder, ich hätte kein vollständigeres Vertrauen genießen können. Als sein Sekretär bekam ich jedes Papier, das er erhielt, in die Hand. Ich öffnete und sortierte seine Briefe. Kurz nach seiner Rückkehr änderte sich das alles. Er sagte mir, er erwarte Sendungen aus London, die sämtlich mit einem Kreuz unter der Marke gekennzeichnet seien. Diese solle ich zur Seite legen, sie seien allein für seine Augen bestimmt. Es trafen auch mehrere Briefe dieser Art ein; sie waren in unleserlicher Schrift abgefaßt. Wenn er sie überhaupt beantwortete – ich jedenfalls bekam nie etwas von dieser Korrespondenz zu Gesicht, denn sie wanderte nicht durch die Drahtkörbe für Ein- und Ausgang.«

»Und das Kästchen?« fragte Holmes.

»Richtig, das Kästchen! Der Professor brachte einen kleinen hölzernen Behälter von seiner Reise mit. Es war das einzige, was auf seine Reise zum Festland hinwies. Denn es handelt sich um eines dieser altertümlich geschnitzten Dinger, deren Herkunft man unwillkürlich in Deutschland vermutet. Er stellte das Mitbringsel in seinen Instrumentenschrank. Eines Tages nun hob ich, als ich nach einer Kanüle suchte, das Kästchen hoch. Zu meiner Überraschung geriet darüber der Professor in heftigen Zorn und rügte mich in ausfallenden Worten meiner angeblichen Neugier wegen. Es war zum erstenmal, daß mir etwas Derartiges widerfuhr, und ich empfand es als tiefe Kränkung. Zwar mühte ich mich, ihm beizubringen, daß ich den bewußten Gegenstand nur durch Zufall berührt hätte; er streifte mich trotzdem weiterhin mit ärgerlichen Blicken. Und darum merkte ich, daß er mir immer noch grollte.« Mr. Bennett zog ein kleines Merkbuch aus seiner Tasche. »Das war am zweiten Juli«, fügte er hinzu.

»Sie sind ja ein bewundernswert genauer Zeuge«, lobte Holmes. »Möglicherweise benötige ich einige der Daten, die Sie da notiert haben.«

»Was ich bei meinem großen Lehrer lernte, war unter anderem Methode. Vom Tage an, da ich etwas Abnormes in seinem Verhalten beobachtete, hielt ich es für meine Pflicht, mich konsequent mit seinem Zustand zu beschäftigen. Infolgedessen steht hier vermerkt, daß am selben Tag, am zweiten Juli nämlich, Roy seinen Herrn angriff, als dieser aus seinem Arbeitszimmer in die Vorhalle trat. Eine ähnliche Szene spielte sich am elften Juli ab. Dann habe ich noch eine dritte diesbezügliche Eintragung am zwanzigsten Juli. Hierauf mußten wir Roy im Hof bei den Ställen einsperren. Dabei war er immer so ein liebes, anhängliches Tier ... aber ich fürchte, ich langweile Sie!« So schloß Mr. Bennett in vorwurfsvollem Ton. Denn offensichtlich hörte ihm Holmes schon längst nicht mehr zu. Seine Züge schienen erstarrt, und abwesend hafteten seine Augen an der Decke. Mit Anstrengung riß er sich zusammen. »Eigenartig!« murmelte er. »Höchst eigenartig! Ja, diese Einzelheiten waren mir neu, Mr. Bennett. Ich glaube, wir haben das Ausgangsterrain jetzt genügend klargelegt, nicht wahr? Sie sprachen aber doch von einer neuen Entwicklung ...«

Das freundliche, offene Gesicht unseres Besuchers umdüsterte sich, von einer bösen Erinnerung überschattet. »Was ich erwähnen wollte, ereignete sich vorgestern nacht«, nahm er seine Rede wieder auf. »Etwa gegen zwei Uhr früh lag ich wach, als ich ein dumpfes Geräusch auf dem Gang hörte. Ich öffnete einen Spalt weit meine Tür und spähte hinaus. Hier muß ich noch einflechten, daß der Professor am Ende des Ganges sein Schlafzimmer hat ...«

»Welches Datum war das?« wollte Holmes wissen.

Unser Gast schien sichtlich verärgert über diese doch wohl unerhebliche Bemerkung.

»Ich habe schon gesagt, Sir, daß es sich vorgestern nacht zutrug – also am vierten September.«

Holmes nickte lächelnd.

»Bitte, fahren Sie fort!« bat er liebenswürdig.

»Er schläft am anderen Ende des Ganges und muß also an meiner Tür vorbei, um die Treppe zu erreichen. Es war ein ziemlich erschreckendes Erlebnis, Mr. Holmes. Ich glaube, daß ich über einigermaßen starke Nerven verfüge, aber ich schauderte bei diesem Anblick! Der Korridor war dunkel bis auf die Stelle, wo ein Fenster, etwa auf halbem Wege, einen Lichtfleck warf. Ich sah etwas den Gang entlangschleichen, eine geduckte Gestalt. Dann erkannte ich an den Umrissen, daß *er* es war! Er *kroch* auf allen vieren, Mr. Holmes! Nicht ganz auf den Knien, ich möchte eher sagen, auf seinen Händen und Füßen bewegte er sich fort, was ihm ganz leichtzufallen schien. Ich war zunächst wie gelähmt. Erst als er vor meiner Tür anlangte, machte ich einen Schritt auf ihn zu und fragte, ob ich ihm behilflich sein könnte. Er gab mir eine höchst ungewöhnliche Antwort. Indem er hochsprang, schleuderte er mir irgendein schauderhaftes Wort an den Kopf und hastete vorbei, die Stiege hinunter. Ich wartete eine gute Stunde, aber er kam nicht zurück. Es muß schon hell gewesen sein, als er endlich sein Zimmer wieder aufsuchte.«

»Na, Watson, was sagst du dazu?« fragte Holmes mit der Miene eines Forschers, der ein seltenes Exemplar vorzuweisen hat.

»Hexenschuß! Das ist durchaus möglich. Ich kannte jemanden, der wurde so schlimm davon befallen, daß er sich nur noch in genau dieser Weise fortzubewegen vermochte – und nichts stellt das Gemüt auf eine härtere Probe.«

»Großartig, Watson! Du sorgst doch immer dafür, daß wir hübsch mit beiden Füßen auf dem Erdboden bleiben. Aber wir dürfen kaum annehmen, daß es sich um Hexenschuß handelte, der Mann war durchaus fähig, aufrecht zu stehen.«

»Er erfreute sich nie besserer Gesundheit«, ergänzte Bennett. »Tatsächlich verfügt er neuerdings über größere Körperkräfte, als er in all den Jahren unserer Bekanntschaft besaß. Das wären also die Fakten, Mr. Holmes. Es ist kein Fall, bei dem wir die Polizei hinzuziehen können. Und doch sind wir mit unserer Weisheit am Ende. Edith – Miß Presbury geht es ja genauso wie mir. Wir merken nur, daß wir von unerklärlichen Mächten in ein Unheil hineingetrieben werden. Dem dürfen wir nicht länger untätig zusehen.«

»Tja, die Sache ist schon sehr zwielichtig. Was meinst du, Watson?«

»Wenn ich mich als Mediziner dazu äußern soll«, erwiderte ich, »so scheint es mir eher ein Fall für die Heilanstalt zu sein. Das Cerebralsystem des alten Herrn ist durch die späte Liebesaffäre gestört. Er hat eine Reise ins Ausland unternommen in der Hoffnung, sich von dieser Leidenschaft zu befreien. Seine Briefe und das Kästchen lassen sich möglicherweise mit einer anderen persönlichen Angelegenheit in Zusammenhang bringen – einem Darlehen etwa oder Aktien, wozu sich die Unterlagen in der bewußten Schatulle befinden.«

»Der Wolfshund aber mißbilligt die finanziellen Schritte seines Herrn ... Also nein, Watson, ein bißchen mehr steckt schon hinter dem Ganzen. Nun, ich schlage vor ...«

Was Sherlock Holmes vorzuschlagen hatte, werden wir nie erfahren. Denn in diesem Augenblick ging die Tür auf, und eine junge Dame wurde eingelassen. Bei ihrem Erscheinen sprang Mr. Bennett vom Stuhl und lief ihr mit dem Ausruf: »Edith, Liebste, es ist doch hoffentlich nichts geschehen?« entgegen, wobei er beide Hände nach ihr ausstreckte.

»Ja – nein – ach, Jack, ich hatte so entsetzliche Angst. Es ist fürchterlich, *dort* allein bleiben zu müssen.«

»Mr. Holmes, das ist die junge Dame, von der ich Ihnen erzählt habe, meine Braut!«

»Wir gelangten gerade selber zu diesem Schluß, nicht wahr, Watson?« antwortete mein Freund schmunzelnd. »Ich nehme an, Miß Presbury, daß es in unserer Angelegenheit etwas Neues gibt, von dem Sie uns Mitteilung zu machen gedachten.«

Unsere Besucherin, ein heiteres, hübsches Mädchen vom herkömmlichen englischen Typ, erwiderte Holmes' Lächeln, als sie sich neben Bennett setzte.

»Als ich meinen Verlobten nicht mehr in seinem Hotel antraf, dachte ich, hier würde ich ihn finden. Denn natürlich hatte er mir gesagt, daß er Sie aufsuchen wollte. Ach, Mr. Holmes, können Sie denn nichts für meinen armen Vater tun?«

»Das hoffe ich, Miß Presbury. Aber die Sache liegt noch im dunkeln. Vielleicht wird das, was Sie uns zu sagen haben, etwas Licht hineintragen!«

»Gestern abend war's, Mr. Holmes: Sein Zustand schien den ganzen Tag über schon recht merkwürdig. Bestimmt weiß er zu manchen Zeiten nicht mehr, was er tut. Wie in einem seltsamen Traum befangen ist er dann. Gestern war so ein Tag. Er glich in nichts mehr dem Vater, mit dem ich immer zusammengelebt habe. Die äußere Hülle war zwar noch vorhanden, aber es steckte ein anderer darin.«

»Erzählen Sie mir, was geschehen ist.«

»Ich wurde in der Nacht von Roys wütendem Gebell geweckt. Armes Tier, das jetzt bei den Ställen an der Kette liegt! Ich muß darauf hinweisen, daß ich immer bei verschlossener Tür schlafe. Denn wie Jack – Mr. Bennett Ihnen bestätigen wird, leben wir alle jetzt in dem Gefühl einer drohenden Gefahr. Mein Zimmer liegt im zweiten Stock. Der Rolladen war hochgezogen, und ich sah draußen den hellen Mond. Als ich so dalag und meine Augen auf das helle Viereck heftete, erschien plötzlich meines Vaters Gesicht dort am Fenster. Er starrte zu mir herein, Mr. Holmes — vor Entsetzen blieb mir beinahe das Herz stehen. Da hockte er, an die Scheibe gepreßt, und hob eine Hand, als wolle er das Fenster aufstoßen. Hätte er es fertiggebracht, ich glaube, ich wäre vor Schreck verrückt geworden. Es war keine Einbildung, Mr. Holmes, glauben Sie das bitte nicht! Etwa zwanzig Sekunden lag ich wie gelähmt und beobachtete das Gesicht. Dann verschwand es, aber ich konnte nicht — konnte nicht aus dem Bett springen und der Gestalt mit den Augen folgen. Ich blieb zitternd und fröstelnd liegen, schlaflos bis zum Morgengrauen. Beim Frühstück zeigte sich mein Vater barsch und finster, machte jedoch keine Anspielung auf das nächtliche Abenteuer. Ich tat es auch nicht, entschuldigte mich aber für den Rest des Vormittags, da ich in die Stadt müsse. Und hier bin ich nun.«

Holmes machte ein verblüfftes Gesicht.

»Mein liebes junges Fräulein, Sie sagen, daß sich Ihr Zimmer im zweiten Stock befindet. Gibt es denn eine lange Leiter im Garten?«

»Nein, Mr. Holmes. Das ist ja das Unbegreifliche. Es gibt von außen keinen Weg zu dem Fenster — und doch erschien er dort.«

»Daß es auch noch der fünfte September war, kompliziert die Angelegenheit zusätzlich«, murmelte Holmes, was bewirkte, daß nun die Lady ihrerseits verdutzt dreinsah.

»Es ist bereits das zweitemal, daß Sie so viel Gewicht auf das Datum legen, Mr. Holmes«, schaltete Bennett sich ein. »Halten Sie es denn wirklich für wichtig?«

»Wohl möglich, daß es wichtig ist — sehr möglich sogar —, und doch, ich habe gegenwärtig noch nicht mein ganzes Material beisammen.«

»Vielleicht denken Sie an den Zusammenhang, der bisweilen zwischen Geistesgestörtheit und den Mondphasen besteht?«

»Nein, bestimmt nicht. Es war eine ganz andere Überlegung. Könnten Sie mir Ihr Notizbuch dalassen, damit ich die Daten vergleiche? Ich glaube, es liegt jetzt klar vor uns, wie wir handeln müssen, Watson. Die junge Dame hat ja darauf hingewiesen — und in ihr Einfühlungsvermögen setze ich volles Vertrauen —, daß ihr Vater sich nur wenig oder gar nicht an das erinnert, was an bestimmten Tagen geschieht. Wir wollen ihn daher aufsuchen, unter dem Vorwand, er hätte sich an einem solchen Tag mit uns verabredet. Wenn er sich nicht daran erinnert, wird er es selbst für eine Gedächtnislücke halten. So wollen wir unseren Feldzug eröffnen, indem wir ihn uns aus der Nähe begucken.«

»Ausgezeichnet!« stimmte Mr. Bennett zu. »Doch ich warne Sie, der Professor ist bisweilen reizbar und jähzornig.«

Holmes grinste. »Aus bestimmten – wenn meine Theorien stichhalten – zwingenden Gründen sollten wir raschestens aufbrechen. Man wird uns mit Sicherheit morgen in Camford sehen, Mr. Bennett. Wenn mich nicht alles täuscht, gibt es dort ein Gasthaus, *Das bunte Tuch* oder so ähnlich, wo der Portwein genießbar und das Bettzeug einwandfrei ist. Ich glaube allerdings, Watson, daß wir die nächsten Tage vorwiegend an weniger angenehmen Orten zubringen werden.«

Am Montag früh machten wir uns auf den Weg in die berühmte Universitätsstadt. Ein leichtes Unterfangen für Holmes, der sich von nichts loszureißen hatte, während ich noch mancherlei planen und erledigen mußte, da meine Praxis gerade damals nicht unbeträchtlich war. Bis wir unsere Koffer in der alten Herberge, von der er gesprochen, verstaut hatten, erwähnte er den Fall überhaupt nicht mehr.

»Vermutlich erwischen wir unsern Professor noch vor dem Lunch, Watson!« meinte er dann. »Er hat um elf Uhr Vorlesung und wird in der Zwischenzeit wohl zu Hause sein.«

»Und womit rechtfertigen wir unseren Besuch?«

Mein Freund warf einen Blick in sein Notizbuch.

»Am sechsundzwanzigsten August hatte er einen Anfall dieser merkwürdigen Gereiztheit. Wir dürfen annehmen, daß sein Gedächtnis ein wenig umnebelt ist, was die Geschehnisse zu diesem Zeitpunkt betrifft. Wenn wir dabei beharren, wir kämen aufgrund einer damals getroffenen Verabredung, wird er uns kaum widersprechen. Hast du die nötige Unverschämtheit, das durchzustehen?«

»Wir können es ja versuchen.«

»Recht so, mein Watson! Probieren geht über Studieren! Ein edles Motto. Und sicher wird uns ein freundlicher Eingeborener freundlich dorthin geleiten.«

Tatsächlich kutschierte uns ein Einheimischer im eleganten Einspänner an einer Reihe alter Hochschulgebäude vorbei, bis wir schließlich in eine baumbepflanzte Auffahrt einbogen, die zum Tor eines wunderhübschen Hauses führte. Es war von gepflegten Rasenterrassen eingerahmt und mit purpurnen Glyzinien überwachsen.

Eindeutig umgab sich Professor Presbury nicht nur mit Behaglichkeit, sondern mit Luxus. In der gleichen Sekunde, da wir vorfuhren, erschien an einem der Vorderfenster ein graumelierter Kopf, und unter buschigen Brauen musterten uns zwei kühne Augen durch eine große Hornbrille. Einen Augenblick später sahen wir uns in seinem Heiligtum, und der geheimnisvolle Wissenschaftler stand in leibhaftiger Person vor uns. Weder in seinem Benehmen noch in seiner Erscheinung hatte er etwas Exzentrisches an sich: Der stattliche, hochgewachsene Mann, großgesichtig und von ehrfurchtgebietendem Auftreten, trug seinen Gehrock mit der ganzen Würde des namhaften Universitätslehrers. Das bemerkenswerteste an ihm waren seine durchdringenden und wachsamen Augen, deren kluger Blick nahezu etwas Verschlagenes hatte. Er schaute auf unsere Visitenkarten. »Bitte, setzen Sie sich, meine Herren! Womit kann ich Ihnen dienen?«

Sherlock Holmes lächelte liebenswürdig. »Die gleiche Frage wollte ich eben an Sie richten, Herr Professor.«

»An mich, Sir?«

»Möglicherweise liegt da ein Irrtum vor. Durch eine dritte Person hörte ich, daß Professor Presbury aus Camford meine Dienste benötige.«

»Ach, wirklich?« Ich meinte ein boshaftes Funkeln in den grauen Augen wahrzunehmen. »Das haben Sie gehört? Und von wem? Darf ich nach dem Namen fragen?«

»Tut mir leid, Herr Professor, aber die Mitteilung war streng vertraulich. Wenn ich einen Fehler gemacht habe, so ist das ja weiter kein Unglück. Ich kann nur mein Bedauern darüber ausdrücken ...«

»Durchaus nicht. Ich möchte doch dieser Sache auf den Grund gehen, sie interessiert mich. Haben Sie einen Zettel, einen Brief oder dergleichen, worauf Sie Ihre Verabredung stützen können?«

»Nein.«

»Ich nehme doch an, Sie gehen nicht so weit zu behaupten, daß ich Sie selbst hierherbestellt habe?«

»Ich möchte lieber keine Fragen beantworten«, erwiderte Holmes.

»Nein, natürlich nicht!« gab der Professor barsch zurück. »Doch läßt sich gerade diese Frage leicht auch ohne Ihre Hilfe beantworten.«

Er durchschritt das Zimmer und drückte auf den Klingelknopf. Unser Freund, Mr. Bennett, erschien.

»Kommen Sie herein, Mr. Bennett. Diese beiden Herren fuhren aus London hierher in der Annahme, sie seien dazu aufgefordert worden. Sie erledigen all meine Korrespondenz. Haben Sie eine Eintragung, daß jemandem namens Holmes eine diesbezügliche Nachricht zuging?«

»Nein, Sir«, antwortete Bennett errötend.

»Das gibt den Ausschlag«, versetzte der Professor und warf meinem Gefährten einen wütenden Blick zu. »Nun, mein Herr«, und er beugte sich, beide Hände auf die Tischplatte gestützt, vor: »Mir scheint, Ihre Behauptung steht auf recht schwachen Füßen.« Holmes zuckte die Achseln.

»Ich kann nur wiederholen, daß mir unser unnötiges Eindringen leid tut, und mich verabschieden.«

»So leicht wohl kaum!« schrie der Alte jetzt mit schriller Stimme und erbostem Gesichtsausdruck. Er stemmte sich zwischen uns und die Tür, wobei er in heftig abwehrender Gebärde beide Hände gegen uns schüttelte. »So leicht kommen Sie kaum wieder von hier fort.« Seine Züge verzerrten sich; er knirschte mit den Zähnen und stammelte in sinnloser Wut unverständliches Zeug. Wäre nicht Mr. Bennett dazwischengetreten, wir hätten uns den Weg aus dem Zimmer mit Gewalt erkämpfen müssen ...

»Mein lieber Professor«, rief er, »bedenken Sie Ihre Stellung! Sie wollen doch keinen Skandal an der Universität heraufbeschwören! Mr. Holmes ist ein überall bekannter Mann. Sie können ihn nicht derart unhöflich behandeln.«

Verdrossen ließ uns unser Gastgeber (sofern diese Bezeichnung hier anwendbar ist) vorbei. Wir waren froh, als wir die Tür im Rücken hatten und in der Stille der kleinen Baumallee standen. Holmes schien unser Erlebnis zu genießen.

»Die Nerven unseres Gelehrten sind wohl etwas in Unordnung geraten«, meinte er. »Vielleicht war unser Überfall ein bißchen unverfroren. Trotzdem haben wir die persönliche Fühlungnahme erreicht, an der mir gelegen war ... Du lieber Himmel, Watson. Er ist uns auf den Fersen. Der Schurke will uns anscheinend noch weiter verfolgen!«

Tatsächlich hörten wir laufende Schritte hinter uns, aber zu meiner Erleichterung war es nicht der fürchterliche Professor, der an der Auffahrt erschien, sondern nur sein Assistent. Keuchend kam er auf uns zu.

»Es tut mir so leid, Mr. Holmes. Ich wollte wegen des Auftritts um Entschuldigung bitten.«

»Mein Bester, das ist doch nicht nötig. Ce sont les risques du metier.«

»So aufgebracht habe ich ihn kaum je gesehen. Er wird mir immer unheimlicher. Sie können jetzt wohl verstehen, was seine Tochter und mich so alarmiert. Dabei ist sein Verstand vollkommen klar.«

»Nur *zu* klar!« bestätigte Holmes. »Darin lag mein Fehlschluß. Sein Gedächtnis arbeitet viel zuverlässiger, als ich mir vorgestellt hatte. Können wir übrigens, ehe wir gehen, uns noch das Fenster von Miß Presburys Zimmer ansehen?«

Mr. Bennett bahnte zwischen einigen Büschen hindurch den Weg, bis wir die Seitenansicht des Hauses vor uns hatten.

»Das ist es; das zweite von links.«

»Du meine Güte! Das scheint mir aber ziemlich schwer erreichbar. Allerdings – schauen Sie, schräg darunter die Blattranke und das Rohr von der Wasserleitung. Da kann ein geschickter Fuß schon Halt finden.«

»Also ich brächte es nicht fertig, da hinaufzuklettern«, erklärte Mr. Bennett.

»Wahrscheinlich nicht. Für jeden normalen Menschen wäre es ein recht gefährliches Unternehmen.«

»Ja, richtig, noch etwas anderes wollte ich Ihnen sagen, Mr. Holmes. Ich habe die Londoner Adresse, an die der Professor schreibt. Er scheint es erst heute morgen wieder getan zu haben. Ich entnahm es seinem Löschblatt. Kein sehr nobles Verhalten in einer Vertrauensstellung – aber ich weiß mir nicht anders zu helfen!«

Holmes betrachtete das Löschblatt und steckte es in seine Tasche.

»Dorak – komischer Name. Slawisch, würde ich denken. Nun, in unserer Kette ist das ein sehr wichtiges Glied. Wir fahren heute nachmittag nach London zurück, Mr. Bennett. Es hätte keinen Sinn, länger hierzubleiben. Wir können den Professor nicht verhaften, denn ein Verbrechen hat er nicht begangen, oder in eine Zwangsjacke stecken: Jeder Beweis für geistige Unzurechnungsfähigkeit fehlt. Nichts zu machen für den Augenblick.«

»*Was* sollen wir aber, um Himmels willen, tun?«

»Noch ein klein wenig Geduld, Mr. Bennett! Die Dinge werden sich weiter entwickeln. Wenn ich nicht irre, müßte der nächste Dienstag eine Krisis bringen. Wir werden uns bestimmt bis dahin wieder in Camford einfinden. Mittlerweile ist die allgemeine Lage unangenehm, das läßt sich nicht leugnen, und wenn Miß Presbury ihren Besuch verlängern kann . . .«

»Ohne weiteres.«

»Dann lassen Sie sie bei uns, bis wir ihr die Gewißheit geben können, daß alle Gefahr vorüber ist. Ihr Brotgeber soll inzwischen tun und lassen, was er will. Versuchen Sie, ihn nicht zu verstimmen. Solange er bei guter Laune erhalten wird, dürfte nichts schiefgehen.«

»Da ist er ja!« flüsterte Bennett erschrocken. Zwischen den Bäumen hindurch erspähten wir die hohe, aufrechte Gestalt, wie sie aus der Haustür trat und Umschau hielt. Der Sekretär winkte uns ein letztesmal zu, verschwand im Gebüsch. Gleich danach sahen wir ihn in der Nähe seines Vorgesetzten wieder auftauchen und auf ihn zutreten. In lebhafter, angeregter Unterhaltung betraten die beiden das Haus.

»Ich hoffe, der alte Herr ist wieder einigermaßen im Gleis«, sagte Holmes, als wir auf unser Hotel zugingen. »Ich hatte den Eindruck, daß er über einen ausgesprochen klaren und logischen Verstand verfügt. Etwas explosiv, freilich. Aber von seinem Standpunkt aus hat er auch allen Grund zu explodieren: Detektive auf seiner Spur! Und er mußte die eigenen Hausgenossen verdächtigen, ihm das angetan zu haben. Ich vermute, Freund Bennett sieht einer unbehaglichen Zeit entgegen.«

Unterwegs machte Holmes noch bei einem Postamt halt und gab ein Telegramm auf. Die Antwort erreichte uns am Abend, und er warf sie mir zu. *›Habe die Commercial Road aufgesucht und Dorak gesehen. Verbindlich, Böhme, schon älter, hat einen großen Laden. Mercer.‹*

»Mercer kennst du nicht«, sagte Holmes. »Er ist zu allem möglichen zu gebrauchen. Für mich macht er Routinearbeit. Es war wichtig, etwas über diesen Mann, mit dem unser Professor heimlich korrespondiert, in Erfahrung zu bringen. Seine Nationalität führt uns zu dem Besuch in Prag.«

»Gott sei Dank, daß mal etwas zu irgend etwas führt«, flocht ich skeptisch ein. »Bisher schienen wir nur einer langen Reihe von unerklärlichen Geschehnissen gegenüberzustehen, die sämtlich nichts miteinander zu tun haben. Oder welche Verbindung wäre beispielsweise zwischen dem knurrenden Wolfshund und einer Reise nach Böhmen herzustellen und welche wiederum zwischen diesen beiden Fakten und einem Mann, der auf allen vieren über den Flur läuft. Am schleierhaftesten bleibt mir, was deine Daten dabei sollen.«

Schmunzelnd rieb sich Holmes die Hände. Wir hatten es uns in dem alten Salon unseres ehrwürdigen Hotels bequem gemacht. Auf dem Tisch zwischen uns stand eine Flasche jenes berühmten Tropfens, von dem Holmes gesprochen hatte.

»Also schön, wollen wir uns erst einmal die Daten vornehmen«, hub mein Freund, indem er die Fingerspitzen aneinanderlegte, feierlich an, als wende er sich an eine Schulklasse. »Das Tagebuch des gewissenhaften jungen Mannes zeigt an, daß es am zweiten Juli zum erstenmal Ärger gab. Von da an scheint es in neuntägigen Intervallen — soweit ich mich erinnere mit nur einer Ausnahme — zu weiteren Zwischenfällen gekommen zu sein. So fiel der letzte Ausbruch auf Freitag, den dritten September, dem der fünfundzwanzigste August mit dem vorletzten vorausging. Reiner Zufall ist das nicht.«

Ich mußte das zugeben.

»Laß uns von der vorläufigen Theorie ausgehen, daß unser berühmter Gelehrter an jedem neunten Tag eine starke Droge einnimmt, die, vorübergehend zwar, eine heftig vergiftende Wirkung zeitigt. Sein ohnehin hitziges Temperament gerät in Wallung. In Prag hat man ihm beigebracht, die Droge in regelmäßigen Abständen zu nehmen, und ein böhmischer Zwischenhändler in London versorgt ihn jetzt weiter damit. Du siehst, unter all diesen Einzelheiten läßt sich sehr wohl eine Beziehung herstellen, Watson!«

»Aber der Hund, das Gesicht am Fenster, der Kriechende auf dem Korridor?«

»Nur Geduld! Einen Anfang haben wir immerhin gemacht. Vor kommendem Sonntag erwarte ich keine neue Entwicklung. Bis dahin können wir in lockerer Verbindung mit Freund Bennett bleiben und die Annehmlichkeiten dieser reizenden Stadt genießen.«

Am nächsten Morgen kam Mr. Bennett verstohlen zu uns herüber, um den letzten Stand der Dinge kundzutun. Wie Holmes richtig vorausgesehen, hatte es unser Freund nicht leicht gehabt. Ohne eigentlich seinen Sekretär für unser Auftauchen verantwortlich zu machen, war der Professor sehr grob und ausfallend gewesen. Heute früh sei er jedoch wieder friedlich und habe genau wie sonst eine glänzende Vorlesung im überfüllten Hörsaal gehalten. »Von seinen seltsamen Anfällen abgesehen«, sagte Bennett, »legt er tatsächlich mehr Energie und Vitalität an den Tag, als ich es je bei ihm gekannt habe. Auch zeigte sich sein Verstand nie heller und klarer. Trotzdem ist er nicht ganz er selbst, nicht mehr der, der er früher war.«

»Ich glaube, Sie haben nun eine Woche lang nichts zu befürchten«, erwiderte Holmes. »Ich bin ein vielbeschäftigter Mann, und Doktor Watson muß sich um seine Patienten kümmern. Wir wollen uns, wenn es Ihnen recht ist, am Dienstag um diese Stunde hier wieder treffen. Es sollte mich wundern, wenn wir dann nicht imstande sind, den Anlaß Ihrer Besorgnisse zu erklären – freilich, ob wir ihn dann schon aus der Welt schaffen können, ist fraglich. Halten Sie uns bitte bis dahin auf dem laufenden.«

In den darauffolgenden Tagen hörte und sah ich nichts von meinem Freund. Aber am Montag erhielt ich eine Nachricht, ich möge ihn am nächsten Morgen auf dem Bahnsteig treffen. Nach dem, was er mir während der Fahrt erzählte, war bisher alles in schönster Ordnung. Nichts hatte den Frieden im Hause des Professors gestört, sein Benehmen war ganz in normalen Grenzen verlaufen. Das gleiche berichtete uns Mr. Bennett, als er uns am Abend in unserem alten Quartier, dem *Bunten Tuch*, aufsuchte: »Er bekam heute von seinem Londoner Briefpartner einen Brief und ein Päckchen, beides mit Kreuz unter der Briefmarke, was mich davor warnte, diese Post zu berühren. Sonst hat sich nichts ereignet.«

»Das genügt aber schon reichlich«, prophezeite Holmes grimmig. »Heute abend, Mr. Bennett, werden wir wohl zu einem Abschluß gelangen. Wenn meine Folgerungen richtig waren, heißt das ... Es kommt jetzt nur darauf an, den Professor ständig zu überwachen. Ich möchte deshalb vorschlagen, daß Sie wach bleiben und sich auf die Lauer legen. Hören Sie ihn an Ihrer Tür vorbeigehen, stören Sie ihn nicht, folgen Sie ihm nur leise und unbemerkt! Doktor Watson und ich werden ganz in Ihrer Nähe sein. Wo ist übrigens der Schlüssel zu besagtem Kästchen?«

»An seiner Uhrkette.«

»Vermutlich müssen wir also da zugreifen. Schlimmstenfalls – das Schloß wird ja so fürchterlich vertrackt nicht sein. Gibt es auf dem Grundstück noch einen einigermaßen kräftigen Mann?«

»Den Kutscher Macphail.«

»Wo schläft er?«

»Über den Ställen.«

»Möglich, daß wir ihn brauchen. Schön – zunächst können wir nicht mehr tun, als abwarten, wie sich die Dinge entwickeln. Guten Abend! Aber ich glaube, wir sehen uns noch vor morgen früh wieder.«

Kurz vor Mitternacht bezogen wir zwischen einigen Büschen unsere Stellung, unmittelbar gegenüber der Tür zur Vorhalle des Presburyschen Hauses. Es war trockenes Wetter, aber grimmig kalt, und wir kuschelten uns fröstelnd in unsere warmen Mäntel. Eine Brise wehte, und die Wolken segelten über den Himmel, wo sie von Zeit zu Zeit den halbvollen Mond verdeckten. Es wäre eine recht unerquickliche Nachtwache geworden, hätte nicht die gespannte Erwartung sowie meines Freundes Zuversicht, daß wir am Ende der Ereignisse angelangt seien, uns darüber hinweggeholfen.

»Wenn der Neun-Tage-Zyklus standhält, müßten wir den Professor heute in seiner schlimmsten Verfassung antreffen«, folgerte Holmes. »Die Tatsache, daß diese merkwürdigen Symptome nach seinem Prager Besuch einsetzten, daß er in geheimem Briefwechsel mit einem Londoner Händler böhmischer Herkunft steht, der vermutlich jemanden in Prag vertritt, und daß er von dem nämlichen Vertreter heute ein Päckchen erhielt: All das deutet in ein und dieselbe Richtung. Was er da einnimmt und warum, entzieht sich noch unserer Kenntnis. Wir dürfen nur mit Sicherheit annehmen, daß bestimmte von Prag ausgehende Anweisungen befolgt werden, die diesem Neun-Tage-System zugrunde liegen. Die Symptome sind äußerst bemerkenswert. Hast du dir seine Fingerknöchel angesehen?«

Ich mußte gestehen, darauf nicht geachtet zu haben.

»Verdickt und von einer Hornhaut überzogen, wie mir das meiner Lebtag noch nie begegnet ist. Schau den Leuten immer zuerst auf die Hände, Watson, dann: Manschetten, ausgebeulte Hosen und Stiefel ... Nun, diese sonderbaren Knöchel lassen sich nur durch die Art der Fortbewegung erklären, wie sie von Bennett beobachtet wurde ...« Holmes hielt inne und schlug sich mit der flachen Hand gegen die Stirn. »Oh, Watson, Watson, welch ein Narr bin ich gewesen! Es scheint unglaublich, und doch muß es die Wahrheit sein. Wie konnte ich nur die Gedankenverbindung übersehen? Diese Knöchel — wieso machten sie mich nicht stutzig? Und der Hund? Und der Efeu? Es wird wirklich Zeit, daß ich auf die kleine Farm meiner Träume verschwinde ... Aber schau, Watson, da ist er ja! Wir haben Glück und werden alles mit eigenen Augen vor uns haben.«

Leise wurde die Tür geöffnet, und gegen den erleuchteten Hintergrund hob sich die hohe Gestalt Professor Presburys ab. Er trug seinen Schlafrock. Zwar stand er aufrecht im Türrahmen, verlegte jedoch das Gewicht etwas vor und schlenkerte mit den Armen. Nun schritt er auf den Weg hinaus, wobei eine seltsame Veränderung mit ihm vor sich ging. Leicht ließ er sich nach vorn fallen und bewegte sich dann auf Händen und Füßen weiter. Und als schäume er nur so über von Bewegungsdrang und Lebenslust, sprang er hier und da in die Luft. So lief er an der Front des Hauses entlang. Im Augenblick jedoch, wo er um die Ecke bog, schlüpfte Mr. Bennett durch die Hallentür und schlich ihm leise nach.

»Komm, Watson, komm!« rief Holmes, und so geräuschlos wie möglich schlängelten wir uns durch die Büsche, bis wir eine Stelle erreicht hatten, von der aus wir die andere, in Mondlicht gebadete Seite des Hauses beobachten konnten. Der Professor hockte am Fuß der efeubewachsenen Mauer. Plötzlich begann er mit unerhörter Behendigkeit daran hochzuklettern. Von Ranke zu Ranke sprang er sicheren Fußes und mit festem Griff. Offensichtlich kletterte er aus reinem Vergnügen an seinen eigenen Kräften, ohne ein bestimmtes Ziel im Auge zu haben. Von seinem Schlafrock auf beiden Seiten umflattert, glich er einer riesigen Fledermaus, wie er da an der Wand seines eigenen Hauses hing. Auf einmal schien ihn der Spaß zu ermüden. Er ließ sich von Zweig zu Zweig abwärts gleiten, langte in der vorherigen geduckten Stellung unten an und wanderte auf die Ställe zu, wieder in der sonderbaren Art auf allen vieren. Der Wolfshund war jetzt draußen und bellte wie wahnsinnig, als er seines Herrn ansichtig wurde. Zitternd vor Eifer und Zorn zerrte er an seiner Kette. Der Professor kauerte bedächtig in Reichweite des Tieres nieder und begann es auf jede nur mögliche Weise herauszufordern. Er nahm eine Hand voll Kieselsteine vom Weg auf und warf sie dem Hund ins Gesicht, neckte ihn mit einem Stöckchen, fuchtelte mit seinen Händen vor Roys offenem Rachen herum und trachtete die Raserei des Tieres auf die Spitze zu treiben. Von all unseren Abenteuern ist mir keine wunderlichere Szene in Erinnerung als diese gefühllose – aber nicht würdelose Gestalt, die da wie ein Frosch am Boden kauerte und durch dieses ausgeklügelt grausame Spiel den tobenden Hund zu noch wilderer Schaustellung seiner Wut herausforderte.

Und dann geschah es in einem Augenblick! Nicht die Kette riß, das Halsband rutschte vom Kopf, denn es war für den dicken Nacken eines Neufundländers gemacht. Wir hörten das Klirren des Metalls, und gleich danach wälzten sich Hund und Mann auf der Erde; das Tier voll empörter Raserei, der Mensch in schrillem Entsetzen. Es ging um Tod und Leben bei dem Professor, denn die wildgewordene Bestie bekam ihn an der Kehle zu fassen und biß ihn tief in die Gurgel. Der alte Mann war bewußtlos, ehe es uns gelang, die Kämpfenden auseinanderzureißen. Diese Aufgabe wäre auch für uns nicht gefahrlos verlaufen, hätte nicht Bennetts Stimme den großen Wolfshund zur Besinnung gebracht. Der Aufruhr lockte nun auch den verschlafen und erschreckt dreinblickenden Kutscher aus seiner Kammer über dem Stall herbei. »Überraschen tut's mich eigentlich nicht«, meinte er kopfschüttelnd. »Hab' jetzt schon ein paarmal gesehen, wie er das arme Vieh gereizt hat. Da war's vorauszusehen, daß der Köter früher oder später auf ihn losgeht.«

Er brachte den Hund in Sicherheit. Wir anderen trugen den Professor auf sein Zimmer, wo Bennett, der einige Semester Medizin studiert hatte, die zerrissene Kehle verbinden half. Die scharfen Zähne hatten sich in bedenklicher Nähe der Halsschlagader ins Fleisch gegraben, was einen ernsten Blutverlust zur Folge hatte. Doch war nach einer halben Stunde die Gefahr gebannt. Ich verabreichte dem Patienten eine Morphiumspritze, so daß er in tiefen Schlaf sank. Dann erst waren wir imstande, uns gegenseitig wieder Beachtung zu schenken und die allgemeine Lage zu überblicken.

»Ich glaube, wir sollten einen Spezialisten hinzuziehen«, sagte ich.

»Um Gottes willen, nein!« wehrte Bennett entsetzt ab. »Noch ist die peinliche Geschichte nicht aus diesen Mauern hinausgelangt. Es kommt auf unsere Diskretion an, daß sich der Skandal nicht wie ein Lauffeuer ausbreitet. Ziehen Sie doch bitte die Stellung des Professors und seinen europäischen Ruf in Betracht! Schonen Sie die Gefühle seiner Tochter!«

»Eben, eben«, pflichtete Sherlock Holmes bei. »Auch ich halte es für durchaus möglich, daß die Sache ganz unter uns bleibt. Wenn wir nur jetzt, wo wir freie Hand haben, verhindern, daß sie sich wiederholt. Nehmen Sie bitte den Schlüssel von der Uhrkette, Mr. Bennett. Macphail wird über den Kranken wachen und uns Bescheid geben, wenn irgendeine Änderung eintritt. Wir wollen jetzt nachsehen, was wir in des Professors geheimnisvollem Kästchen finden.«

Viel war das nicht, aber es genügte: eine leere Phiole, eine zweite, noch fast voll; eine Spritze und etliche Briefe mit ausländischem Text in krakeliger Handschrift. Die mit dem Kreuzchen versehenen Umschläge zeigten, daß es sich um jene Korrespondenz handelte, die der Sekretär nicht öffnen durfte. Jeder Brief trug den Stempel von Commercial Road und war von einem gewissen A. Dorak unterschrieben. Es handelte sich um Rechnungen mit dem Hinweis, daß wieder eine neue Flasche an Professor Presbury unterwegs sei, oder Empfangsbestätigungen für überwiesene Geldbeträge. Ein Umschlag in etwas gebildeterer Handschrift befand sich ebenfalls darunter. Er trug eine Prager Briefmarke mit österreichischem Stempel. »Hier haben wir ja unser Material!« rief Holmes befriedigt und zog folgendes Schreiben heraus:

Verehrter Kollege,

seit Ihrem geschätzten Besuch habe ich viel über Ihren Fall nachgedacht. Ich glaube, daß unter Voraussetzungen wie den Ihrigen besondere Gründe vorliegen, welche die Behandlung befürworten. Nichtsdestoweniger muß ich dringende Vorsicht anraten, da, wie meine Ergebnisse gezeigt haben, Versuche mit diesem Medikament nicht ungefährlich sind. Möglicherweise wäre das Serum der Anthropoiden eher anzuraten. Doch ich habe, wie ich Ihnen bereits erklärte, das des schwarzgesichtigen Langur verwendet, weil ich nur davon ein Exemplar beschaffen konnte. Langur ist ein Kletteraffe und bewegt sich natürlich auf allen vieren fort, während der Menschenaffe aufrecht geht und auch in seinen übrigen Lebensgewohnheiten dem Menschen verwandter ist.

Ich bitte Sie nochmals, jede erdenkliche Vorsicht walten zu lassen, damit der Versuch nicht frühzeitig bekannt wird. Ich habe noch einen anderen Klienten in England. Dorak ist mein Agent für Sie beide.

Für wöchentliche Berichte wäre ich Ihnen sehr verbunden.

Mit vorzüglicher Hochachtung!
H. Löwenstein

Löwenstein! Der Name rief mir einen Zeitungsausschnitt wieder ins Gedächtnis. Er hatte von einem obskuren Wissenschaftler berichtet, der auf noch unbegangenen Pfaden das Geheimnis der Verjüngung erforschte: *Löwenstein* aus Prag! Er sollte ein wunderbar kraftspendendes Serum gefunden haben, dessen Anwendung jedoch von der Ärztekammer verboten wurde, weil er sich weigerte, die Herkunft bekanntzugeben. Ich berichtete mit ein paar Worten, was ich noch davon wußte. Bennett hatte ein Lexikon der Zoologie aus dem Regal genommen. »Langur, der große schwarzgesichtige Affe aus dem Himalaja . . .«, las er. »Es sind noch weitere Einzelheiten aufgeführt. Für uns mag das genügen. Ihnen, Mr. Holmes, verdanken wir, daß wir das Übel auf seinen Ursprung zurückgeführt haben.«

»Sein wirklicher Ursprung«, entgegnete Holmes, »liegt natürlich in dieser unangebrachten Liebesaffäre des ungestümen Professors. *Sie* hat ihm die fixe Idee eingeimpft, er könne nur dadurch zum Ziel gelangen, daß er sich in einen jüngeren Mann verwandelte. Nun, wer danach trachtet, sich über die Natur zu erheben, läuft Gefahr, noch tiefer zu fallen. Sogar der höchstentwickelte Menschentypus wird ins Tierische verkehrt, wenn er von der normalen, geraden Straße abweicht.«

Sinnend saß mein Freund eine Weile da. Er hielt das Fläschchen in der Hand und betrachtete die klare Flüssigkeit darin. »Wenn ich diesem Mann erst geschrieben und ihm auseinandergesetzt habe, daß ich ihn für verantwortlich halte, verantwortlich in einer verbrecherischen Weise – für die Gifte, die er in den Handel bringt, dann werden wir wohl keinen Ärger mehr damit haben. Freilich, ein ähnlicher Versuch könnte wiederkehren. Andere finden vielleicht bessere Mittel und Wege. Gerade darin liegt die Gefahr – eine wesentliche Gefahr für die Menschheit. Stell dir vor, Watson, gerade die materiellen, sinnlichen, weltlich eingestellten Leute würden ihr wertloses Leben verlängern, die geistigen hingegen dem Ruf in einen höheren Bereich folgen. Nur die windigsten Taugenichtse blieben übrig. Was für eine stinkende Abfallgrube würde da aus unserer armen Welt?«

Plötzlich war der Träumer verschwunden, und Holmes, der Mann der Tat, sprang vom Stuhl auf. »Ich glaube, mehr ist darüber nicht zu sagen, Mr. Bennett. Die verschiedenen Ereignisse lassen sich ja nun leicht in das allgemeine Schema fügen. Der Hund merkte natürlich die Veränderung viel schneller als Sie. Dafür sorgte allein schon sein Geruchssinn. Es war der Affe, nicht sein Herr, den Roy angriff, genau wie auch dieser Affe den Hund neckte. Klettern bedeutete für die Kreatur ein Vergnügen. Daß sie sich dabei einmal am Fenster der jungen Dame blicken ließ, halte ich für einen reinen Zufall ... Wir erreichen wohl noch den früheren Zug in die Stadt, Watson. Ich glaube sogar, es bleibt uns vorher noch Zeit für eine Tasse Tee in unserem alten Hotel.«

Kardinal Mazarins Diamant

Dr. Watson freute sich, wieder einmal das unaufgeräumte Wohnzimmer im ersten Stock des Hauses Baker Street 221b zu betreten, von dem aus so viele bemerkenswerte Abenteuer ihren Ausgang genommen hatten. Er sah sich um, blickte auf die wissenschaftlichen Tabellen an der Wand, den säurezerfressenen Tisch für chemische Experimente, den Geigenkasten, der in eine Ecke gelehnt stand, und die Kohlenschütte, die wie eh und je Pfeifen und verschiedene Tabaksorten beherbergte. Schließlich traf sein schweifender Blick auf das frische, lächelnde Gesicht Billys. Dieser junge, aber schon recht lebenskluge und taktvolle Bursche brachte doch ein wenig Leben in die Einsamkeit, mit der sich der große Detektiv immer stärker vor der Welt verschloß.

»Scheint alles wie früher, Billy. Und du hast dich auch nicht verändert. Ich hoffe, von ihm kann man dasselbe sagen?«

Etwas besorgt betrachtete der Junge die geschlossene Schlafzimmertür.

»Ich glaube, er ist noch im Bett und schläft«, sagte er.

Es war sieben Uhr abends, an einem lieblichen Sommertag, doch Dr. Watson kannte den unregelmäßigen Tageslauf seines alten Freundes genug, um sich nicht weiter zu wundern.

»Das heißt also, es gibt einen neuen Fall, wie?«

»Ja, Sir, und er steckt bis über die Ohren drin. Ich mach' mir schon Sorgen um seine Gesundheit. Er wird immer bleicher und magerer, und essen tut er auch nichts. ›Wann hätten Sie Ihr Dinner gern, Mr. Holmes?‹ fragt Mrs. Hudson ihn. ›Sieben Uhr dreißig übermorgen‹, sagt er. Na, Sie wissen ja, wie er ist, wenn er in einem Fall steckt.«

»Ja, das weiß ich, Billy.«

»Er ist hinter einem her. Gestern ging er als Arbeiter weg, der auf einen neuen Job aus ist. Heute war er 'ne alte Frau. Hat mich ganz schön 'reingelegt, und dabei dacht' ich, ich kenn' mich jetzt mit ihm aus.« Billy deutete grinsend auf einen zerbeulten Sonnenschirm, der am Sofa lehnte. »Das da gehört zur Ausstaffierung der Alten«, sagte er.

»Aber worum geht's denn dabei, Billy?«

Der Junge senkte die Stimme wie ein Verschwörer, der über

die größten Staatsgeheimnisse spricht. »Ihnen kann ich's ja verraten, Sir, aber es darf nicht weitergesagt werden. Es geht um das Kronjuwel.«

»Was, der Hunderttausend-Pfund-Raub?«

»Ja, Sir. Und man muß ihn zurückkriegen. Der Premierminister und der Innenminister waren hier, sie haben genau auf dem Sofa da gesessen. Mr. Holmes war sehr entgegenkommend zu ihnen, beruhigte sie im Handumdrehen und versprach, sein Bestes zu tun. Und da ist noch Lord Cantlemere ...«

»Ah!«

»Ja, Sir, Sie wissen ja, was das heißt. Er ist ein sturer Kopf, wenn ich's mal so sagen darf. Der Premier ist in Ordnung, und gegen den Innenminister hab' ich auch nichts, der scheint ein höflicher, freundlicher Mann zu sein, aber Seine Lordschaft kann ich nicht riechen. Und Mr. Holmes auch nicht, Sir. Sehen Sie, er hält nichts von Mr. Holmes und war dagegen, ihn einzuschalten. Fast möcht' man meinen, er wünscht, daß er nichts erreicht.«

»Und Mr. Holmes weiß das?«

»Mr. Holmes weiß immer alles, was man wissen muß.«

»Na, wir wollen hoffen, daß er Erfolg hat und Lord Cantlemere sich blamiert. Übrigens, Billy, was hat's mit dem Vorhang da am Fenster auf sich?«

»Mr. Holmes hat ihn vor drei Tagen angebracht. Wir haben was Ulkiges dahinter versteckt.«

Billy stand auf und zog den Stoff zurück, der die Nische des Erkerfensters verbarg.

Dr. Watson konnte einen Laut des Erstaunens nicht zurückhalten: Da saß das Ebenbild seines alten Freundes, mit Morgenrock und allem Drum und Dran, das Gesicht zu Dreiviertel dem Fenster zugewandt und etwas nach unten gesenkt, als läse er in einem unsichtbaren Buch, während die Gestalt selbst in einem tiefen Sessel ruhte. Billy nahm den Kopf ab und hielt ihn hoch.

»Wir bringen ihn in verschiedene Stellungen, damit es echter wirkt. Ich würd's nicht wagen, ihn anzufassen, wenn die Läden nicht zu wären. Wenn sie offen sind, können Sie's von der anderen Straßenseite aus sehen.«

»So etwas haben wir schon einmal gemacht.«

»War vor meiner Zeit«, sagte Billy. Er zog die Läden auseinander und lugte auf die Straße hinaus. »Da sind Leute, die beobachten uns von drüben. Ich kann jetzt einen Kerl am Fenster erkennen. Da – gucken Sie mal selber!«

Watson war einen Schritt vorgetreten, als die Schlafzimmertür aufsprang und Holmes' lange, hagere Gestalt erschien, das Gesicht bleich und ausgezehrt, Bewegungen und Auftreten jedoch tatkräftig wie immer. Mit einem einzigen Satz war er am Fenster und hatte die Läden wieder zugezogen.

»Das reicht, Billy«, sagte er. »Du warst eben in Lebensgefahr, mein Junge, und zur Zeit komme ich ohne dich nicht aus. Nun, Watson, schön, dich wiederzusehen in der alten Höhle. Du kommst in einem kritischen Augenblick.«

»Das scheint mir auch.«

»Du kannst verschwinden, Billy! – Dieser Junge ist ein Problem, Watson. Wieweit darf ich ihn der Gefahr aussetzen?«

»Welcher Gefahr, Holmes?«

»Plötzlicher Tod. Ich erwarte da so einiges heute abend.«

»Was erwartest du?«

»Ermordet zu werden.«

»Nun hör schon auf, du machst Witze, Holmes.«

»Trotz meines beschränkten Sinns für Humor könnte ich mir einen besseren ausdenken. Aber warum sollen wir es uns inzwischen nicht bequem machen, was? Getränke gewünscht? Soda und Zigarren an alter Stelle. Und nun laß dich noch mal anschauen, hier in deinem Stammsessel! Ich hoffe, du hast immer noch nichts gegen meine Pfeife und meinen miserablen Tabak? Er muß mir in diesen Tagen das Essen ersetzen.«

»Weshalb ißt du denn nicht?«

»Fasten steigert die geistigen Kräfte. Als Arzt müßtest du doch zugeben, mein lieber Watson, daß das, was der Organismus durch Blutzufuhr gewinnt, dem Gehirn abgeht. Und ich bin ein Gehirn, Watson. Der Rest meiner Wenigkeit ist nichts als ein Appendix. Folglich muß ich für das Gehirn sorgen.«

»Aber die Gefahr, Holmes?«

»Was? Ach so, ja. Im Falle, daß sie wirklich eintrifft, wäre es vielleicht nicht falsch, wenn du dein Gedächtnis mit Namen und Adresse des Mörders belastetest. Beides kannst du dann an Scotland Yard weitergeben, zusammen mit dem Ausdruck meiner Liebe und meinem letzten Segen. Hier der Name: Sylvius – Graf Negretto Sylvius. Schreib's auf, Freund, schreib's auf! Adresse: 136 Moorside Gardens, London N. W. Hast du's?«

Watsons ehrliches Gesicht verkrampfte sich angstvoll. Nur zu gut wußte er, was Holmes alles riskierte; was er eben gehört hatte, war zweifellos eher eine Unter- als eine Übertreibung. Watson war schon immer ein Mann der Tat gewesen, und auch hier zeigte er sich der Lage gewachsen.

»Du kannst mit mir rechnen, Holmes. Ich habe morgen und übermorgen sowieso nichts zu tun.«

»Deine Arbeitsmoral ist nicht besser geworden. Zu deinen übrigen Lastern tritt jetzt auch noch Schwindelei. Du bist der Prototyp des beschäftigten Arztes, deine Patienten schreien Tag und Nacht nach dir.«

»Keine schweren Fälle. Kannst du diesen Menschen denn nicht festnehmen lassen?«

»Ja, Watson, das könnte ich. Und das ist es auch, was ihn so beunruhigt.«

»Und warum tust du's nicht?«

»Weil ich nicht weiß, wo der Mazarin-Diamant steckt.«

»Ah! Billy erzählte mir schon – das verlorene Kronjuwel!«

»Ja, der große gelbe Stein des Kardinals Mazarin. Ich habe mein Netz ausgeworfen und meinen Fisch gefangen – aber den Edelstein habe ich nicht. Welchen Sinn hat es dann, die Leute festzunehmen? Freilich, die Welt dürfte ein erfreulicherer Ort werden, wenn wir sie in Fesseln legen. Aber darauf bin ich nicht aus. Ich will den Stein haben.«

»Ist dieser Graf Sylvius einer von deinen Fischen?«

»Ja, der Hai. Gefährliche Zähne. Dann ist da noch Sam Merton, der Boxer. Kein übler Bursche im Grunde, aber ein Werkzeug des Grafen, Sam ist kein Hai, nur ein großer, dummer und sturer Einfaltspinsel. Aber er zappelt ebenfalls in meinem Netz.«

»Wer ist dieser Graf Sylvius?«

»Ich war den Vormittag über ganz in seiner Nähe. Du hast mich ja schon in der Verkleidung einer alten Dame gesehen. Nie war ich darin so gut wie heute. Einmal hat er mir sogar meinen Schirm aufgehoben. ›Mit Ihrer Erlaubnis, Madam‹, sagte er. Du mußt wissen, er ist Halbitaliener und, bei guter Laune, voll südländischer Grandezza – im anderen Fall ein leibhaftiger Satan. Das Leben hat die wunderlichsten Einfälle, Watson.«

»Es hätte auch eine Tragödie daraus werden können.«

»Nun, vielleicht. Ich folgte ihm jedenfalls zur Werkstatt des alten Straubenzee in den Minories. Straubenzee hat das Luftgewehr gebastelt – ein sehr ordentliches Stück Arbeit, das muß ich zugeben –, und ich nehme an, daß es eben jetzt drüben im Fenster im Anschlag liegt. Hast du die Puppe gesehen? Natürlich, Billy hat sie dir ja gezeigt. Nun, jeden Augenblick kann sie eine Kugel in ihren hübschen Kopf bekommen. – Was gibt's, Billy?«

Der Junge war mit einem Tablett und einer Karte darauf ins Zimmer getreten. Holmes sah sie sich an, die Augenbrauen hochgezogen, um die Lippen ein amüsiertes Lächeln.

»Der Herr höchstpersönlich. Das habe ich kaum erwartet. Er geht aufs Ganze, Watson. Der Mann hat Nerven. Vielleicht hast du von seinem Ruf als Großwildjäger gehört. In der Tat, ein triumphaler Abschluß seiner sportlichen Laufbahn, sollte er mich seinen Jagdtrophäen zureihen können. Ein Beweis dafür, daß er spürt, wie nahe ich ihm schon auf den Fersen bin.«

»Schick nach der Polizei.«

»Wahrscheinlich sollte ich es tun. Aber nicht gleich. Würdest du mal vorsichtig aus dem Fenster spähen, Watson – treibt sich jemand auf der Straße herum?«

Watson spähte vorsichtig durch einen Spalt hinunter.

»Ja, da steht ein bulliger Kerl bei der Tür.«

»Das wird Sam Merton sein – der gutmütige, aber recht einfältige Boxer. Wo befindet sich der Herr, Billy?«

»Im Wartezimmer, Sir.«

»Führ ihn herein, sobald ich läute.«

»Jawohl, Sir.«

»Sollte ich nicht hier drin sein, bring ihn trotzdem herein.«

»Ja, Sir.«

Watson wartete, bis die Tür wieder geschlossen war, dann redete er seinem Freund ins Gewissen:

»Schau her, Holmes, das ist doch nun einfach unverantwortlich. Es handelt sich hier um einen zu allem entschlossenen Mann, er wird vor nichts haltmachen. Vielleicht ist er eben jetzt gekommen, um dich umzubringen.«

»Das würde mich gar nicht überraschen.«

»Ich bestehe darauf, bei dir zu bleiben.«

»Du wärest schrecklich im Weg.«

»*Ihm* im Weg?«

»Nein, mein Lieber – *mir*.«

»Wie auch immer, ich kann dich nicht allein lassen.«

»O doch, du kannst und du wirst, Watson, denn du warst noch

nie ein Spielverderber. Ich bin sicher, du spielst bis zur letzten Vorstellung mit. Dieser Mann ist aus eigenen Gründen gekommen — aber er wird meiner Gründe wegen bleiben.« Holmes zog sein Notizbuch hervor und kritzelte ein paar Zeilen. »Nimm dir einen Wagen zum Yard und übergib dieses Blatt Youghal vom CID. Komm mit der Polizei zurück. Die Festnahme des Mannes wird folgen.«

»Mit Vergnügen.«

»Vielleicht habe ich, ehe du wieder zurück bist, gerade noch Zeit, herauszufinden, wo sich das Juwel befindet.« Holmes tippte auf die Schelle. »Ich glaube, wir verziehen uns durch das Schlafzimmer. Dieser zweite Ausgang ist außerordentlich praktisch. Es liegt mir viel daran, meinen ›Hai‹ zu sehen, ehe er mich erspäht, und für so etwas habe ich, wie du dich erinnern wirst, meine eigenen Methoden.«

Folglich war es ein leerer Raum, in den Billy eine Minute später Graf Sylvius hineingeleitete. Der berühmte Jäger, Sport- und Weltmann war ein dunkler, schwerer Mensch mit üppigem Schnurrbart, der einen grausamen, schmallippigen Mund überschattete und von einer langen, gekrümmten Nase, nicht unähnlich einem Adlerschnabel, überragt wurde. Er trug sich teuer, doch seine glänzende Krawatte, die strahlende Nadel, die funkelnden Ringe — das war alles des Guten zuviel. Sobald die Tür hinter ihm zuklappte, blickte er mit erregten, mißtrauischen Augen um sich, wie jemand, der in jeder Ecke einen Hinterhalt wittert. Er zuckte heftig zusammen, als er dann den unbewegten Kopf und den Kragen des Morgenrocks sah. Zunächst spiegelte sein Gesicht reines Erstaunen, dann glomm das Licht einer schrecklichen Hoffnung in seinen dunklen, mörderischen Augen auf. Nochmals sich umblickend, um sicher zu sein, keine Zuschauer zu haben, näherte er sich auf Zehenspitzen, den dicken Stock halb erhoben, der stillen Gestalt. Er war gerade dabei, zum letzten Sprung und Schlag anzusetzen, als ihn eine eisige, spöttische Stimme von der offenen Schlafzimmertür her ansprach:

»Machen Sie's nicht kaputt, Graf! Machen Sie's nicht kaputt!«

Der Mann wankte zurück, blankes Entsetzen im aufgewühlten Gesicht. Einen Augenblick lang behielt er seinen mit Blei beschwerten Stock noch in halber Höhe, als wollte er den beabsichtigten Schlag nun dem Original statt der Kopie verabreichen, aber irgend etwas in Holmes' unerschütterlichen Augen und dem mokanten Lächeln zwang ihn, die Hand sinken zu lassen.

»Hübsches kleines Ding, nicht wahr?« sagte Holmes, indem er auf die Puppe zuging. »Tavernier, der französische Bildhauer, hat's angefertigt. Ein Meister, was Wachsfiguren betrifft – wie Ihr Freund Straubenzee bei Luftgewehren.«

»Luftgewehre, Sir? Was wollen Sie damit sagen?«

»Legen Sie Hut und Stock auf dem Seitentisch ab. Vielen Dank. Bitte, setzen Sie sich. Würde es Ihnen etwas ausmachen, Ihren Revolver ebenfalls abzulegen? Oh, aber bitte, wenn Sie vorziehen, auf ihm zu sitzen ... Ihr Besuch kommt mir wirklich sehr gelegen, denn ich hatte das dringende Bedürfnis nach einer kleinen Plauderei mit Ihnen.«

Der Graf schob finster die schweren Augenbrauen zusammen.

»Ich möchte ebenfalls ein paar Worte mit Ihnen reden, Holmes. Deshalb bin ich hier. Und ich streite nicht ab, daß ich Sie eben umbringen wollte.«

Holmes schwang ein Bein auf die Tischkante.

»Ich hatte mir gedacht, daß Sie etwas Ähnliches vorhatten«, sagte er. »Aber weshalb diese persönliche Reverenz?«

»Weil Sie mich stören. Weil Sie Ihre Kreaturen hinter mir her hetzen.«

»Meine Kreaturen? Aber keineswegs!«

»Unsinn. Ich habe sie ja beschatten lassen. An diesem Spiel können zwei Mann teilnehmen, nicht nur einer, Holmes.«

»Es ist zwar unwichtig, Graf Sylvius, aber vielleicht wäre es Ihnen doch möglich, mich korrekter anzusprechen, wenn Sie sich an mich wenden. Sie haben sicher Verständnis dafür, daß ich mich sonst – bei der Art meiner Arbeit – bald auf vertraulichstem Fuße mit der Hälfte der Unterwelt befände, und Sie werden wohl auch zugeben, daß Ausnahmen dabei Neid erregen.«

»Schön, also *Mister* Holmes!«

»Ausgezeichnet! Doch ich versichere Ihnen, Sie irren sich über meine angeblichen ›Agenten‹.«

Graf Sylvius lachte abfällig.

»Andere Leute haben genauso Augen im Kopf wie Sie. Gestern war es ein alter Sportsmann, heute eine ältliche Frau. Sie ließen mich die ganze Zeit nicht aus den Augen.«

»Also wirklich, Sir, Sie machen mir Komplimente! Der alte Baron Dowson sagte noch in der Nacht, ehe er gehängt wurde, was das Gesetz an mir gewonnen, habe die Bühne verloren. Und jetzt zollen auch Sie meinen kleinen schauspielerischen Darbietungen Ihr freundliches Lob!«

»Das waren Sie – Sie selbst?«

Holmes zuckte die Schultern. »Dort in der Ecke können Sie den Schirm sehen, den Sie mir so freundlich aufhoben, ehe Sie Verdacht geschöpft hatten.«

»Wenn ich gewußt hätte, Sie würden nie ...«

»... dieses bescheidene Heim wiedergesehen haben. Das dachte ich mir. Wir alle weinen verpaßten Gelegenheiten nach. Jedoch – Sie haben es nun einmal nicht gewußt, und so sitzen wir hier.«

Die dichten Augenbrauen zogen sich noch enger über den drohenden Augen des Grafen zusammen.

»Was Sie sagen, macht die Sache nur schlimmer. Es waren also nicht Ihre Leute, sondern der sich produzierende Komödiant, der in alles seine Nase steckt, höchstpersönlich. Sie geben zu, mir nachspioniert zu haben. Warum?«

»Na, hören Sie, Graf! Sie haben doch in Algerien Löwen geschossen.«

»Und?«

»Warum?«

»Warum? Nun, der Sport, die Erregung, die Gefahr dabei ...«

»Und zweifellos auch, um das Land von einer Plage zu befreien?«

»Genau!«

»Meine Gründe in Kleinformat.«

Der Graf sprang auf die Füße, und seine Hand zuckte unwillkürlich zur Hüfttasche.

»Setzen Sie sich, Sir, setzen Sie sich! Da gibt's noch einen anderen, praktischen Grund. Ich will den gelben Diamanten!«

Graf Sylvius lehnte sich mit einem bösen Lächeln in seinem Sessel zurück.

»In der Tat«, sagte er.

»Sie wissen, daß ich deshalb hinter Ihnen her war. Und der wahre Grund, warum Sie heute abend hier sind, ist, um herauszufinden, wieviel ich wirklich über die Sache weiß und ob meine Beseitigung absolut notwendig ist. Nun, aus Ihrer Sicht gesehen, würde ich sagen: absolut. Denn ich weiß alles darüber, ausgenommen eines, und das werden Sie mir gleich erzählen.«

»Oh, wirklich! Und — wenn ich fragen darf, was ist dieser fehlende Punkt?«

»Der Aufenthaltsort des Kronjuwels.«

Der Graf sah sein Gegenüber scharf an. »Ach, das möchten Sie wissen, was? Wie, zum Teufel, soll ich Ihnen das verraten können?«

»Sie können es, und Sie werden es.«

»Was Sie nicht sagen!«

»Sie bluffen mich nicht, Graf Sylvius.« Während Holmes ihn anblickte, verengten sich seine Augen und glühten, bis sie zwei drohenden, stählernen Dolchspitzen glichen. »Sie sind durchsichtig wie Glas. Ich sehe bis auf den Grund Ihrer Gedanken.«

»Dann sehen Sie natürlich auch, wo der Diamant ist.«

Holmes klatschte amüsiert in die Hände und streckte spöttisch einen Finger vor: »Sie wissen es also. Sie haben es zugegeben.«

»Ich gebe gar nichts zu.«

»Hören Sie, Graf, wenn Sie vernünftig sind, können wir ein Geschäft machen. Wenn nicht, wird's Ihr Schaden sein.«

Graf Sylvius warf einen Blick zum Himmel.

»Und Sie reden von Bluff!« sagte er.

Holmes schaute ihn nachdenklich an, wie ein Schachmeister, der den letzten, entscheidenden Zug überlegt.

Dann zog er die Tischlade auf und holte ein dickes Notizbuch heraus.

»Wissen Sie, was ich hier drin habe?«

»Nein, Sir, das weiß ich nicht.«

»Sie!«

»Mich?«

»Ja, Sir, Sie! Hier drin steht jede Tat Ihres gemeinen und gefährlichen Lebens.«

»Zum Teufel mit Ihnen, Holmes!« brüllte der Graf mit flammenden Augen. »Meine Geduld kennt Grenzen!«

»Hier steht alles drin, Graf. Die wahren Hintergründe beim Tod der alten Mrs. Harold, die Ihnen das Blymer Gut hinterließ, das Sie dann so rasch verspielt haben.«

»Sie phantasieren ja!«

»Und die vollständige Lebensgeschichte von Miß Minnie Warrender.«

»Damit werden Sie kein Glück haben.«

»Hier ist noch allerlei, Graf: Der Raub im Luxuszug zur Riviera am 13. Februar 1892, der gefälschte Scheck auf das Kreditinstitut in Lyon vom selben Jahr.«

»Nein, da irren Sie.«

»Dann habe ich recht bei den anderen Fakten! Nun, Graf, Sie spielen doch Karten. Wenn der Partner alle Trümpfe in der Hand hat, spart es Zeit, seine eigenen Karten hinzuwerfen und das Spiel aufzugeben!«

»Was hat dieses Gerede mit dem Juwel zu tun, von dem Sie sprachen?«

»Ruhig, Graf, nur ruhig! Nehmen Sie sich zusammen. Lassen Sie mich auf meine langweilige Art zu den wesentlichen Punkten vordringen. Das alles habe ich also an Material. Und darüber hinaus eine klare Beweiskette im Fall des Kronjuwels gegen Sie und Ihren Schläger.«

»Tatsächlich!«

»Ich habe den Fahrer, der Sie in seinem Cab nach Whitehall brachte, und den, der Sie zurückfuhr. Ich habe den Beamten, der Sie in der Nähe der Kassette sah. Ich habe Ikey Sanders, der es abgelehnt hat, sie für Sie aufzubrechen. Ikey hat gesungen, und Ihr Spiel ist aus.«

Auf der Stirn des Grafen traten die Adern hervor, die dunklen, behaarten Hände krampften sich in unterdrückter Wut ineinander. Er versuchte zu sprechen, aber die Worte formten sich nicht.

»Das sind die Karten, mit denen ich spiele. Ich lege sie alle auf den Tisch. Nur eine Karte fehlt mir. Das ist der Karokönig[1]. Ich weiß nicht, wo der Stein ist.«

»Ich auch nicht.«

»Nein? Seien Sie doch vernünftig, Graf. Betrachten Sie einmal die Lage. Sie sind drauf und dran, sich für zwanzig Jahre einsperren zu lassen, Sam Merton desgleichen. Welchen Vorteil kann Ihnen da Ihr Diamant geben? Nicht den geringsten. Wenn Sie ihn aber aushändigen – ich würde den Fall nicht weiter verfolgen. Mich interessieren weder Sie noch Sam. Mich interessiert der Stein. Wenn Sie ihn ausliefern, können Sie in Freiheit bleiben, was mich betrifft, solange Sie sich in Zukunft dementsprechend verhalten. Beginnen Sie eine neue Sache – nun, das wird Ihre

[1] Unübersetzbares Wortspiel: *Karo* Kartenspiel heißt im Englischen *diamond*.

letzte sein. Aber in diesem Fall besteht meine Aufgabe darin, den Stein zu fassen – nicht Sie.«

»Und wenn ich mich weigere?«

»Nun, dann – leider, leider! –, dann sind Sie dran und nicht der Stein.«

Auf Holmes' Läuten erschien Billy.

»Ich glaube, es wäre ganz gut, Graf, Ihren Freund Sam an dieser Konferenz teilnehmen zu lassen. Schließlich müssen ja auch seine Interessen vertreten werden. Billy, du findest draußen vor der Haustür einen großen, gefährlich aussehenden Mann. Bitte ihn, heraufzukommen.«

»Aber wenn er nicht will, Sir?«

»Keine Gewalt, Billy. Werde nicht grob zu ihm. Wenn du ihm erklärst, daß Graf Sylvius ihn braucht, kommt er bestimmt sofort.«

»Was haben Sie jetzt vor?« fragte der Graf, sobald Billy verschwunden war.

»Mein Freund Watson war bis vor kurzem bei mir. Ich erzählte ihm, ich hätte einen Hai und einen fetten Karpfen im Netz; jetzt hole ich das Netz ein, und sie kommen gemeinsam herauf.«

Der Graf war aufgestanden, eine Hand auf dem Rücken. Holmes umfaßte etwas, das sich halb auf der Tasche seines Morgenrocks abzeichnete.

»Sie werden nicht in Ihrem Bett sterben, Holmes.«

»Das gleiche habe ich auch schon oft gedacht. Macht das viel aus? Schließlich wird Ihr eigener Abgang auch wahrscheinlicher vertikal als horizontal erfolgen. Doch diese Spekulationen über die Zukunft sind morbid. Warum nicht sich uneingeschränkt den Freuden der Gegenwart hingeben?«

Ein rascher, raubtierhafter Funke glomm in den dunklen, drohenden Augen des Verbrechers auf. Holmes' Gestalt schien zu wachsen, während er sich innerlich spannte und bereit machte.

»Es hat keinen Sinn, nach dem Revolver zu greifen, mein Freund«, sagte er mit sehr ruhiger Stimme. »Sie wissen genau, daß Sie es nicht wagen können, ihn zu gebrauchen, selbst wenn ich Ihnen Zeit ließe, ihn hervorzuziehen. Scheußliche, scheußliche Dinger, diese Revolver, Graf. Bleiben Sie lieber den Luftgewehren treu. Ah! Ich glaube, ich höre den lieblichen Schritt Ihres geschätzten Partners. Guten Tag, Mr. Merton. Ziemlich langweilig auf der Straße, nicht wahr?«

Der Preisboxer, ein schwergebauter junger Mann mit einem stupiden, störrischen, grobschlächtigen Gesicht, stand linkisch in der Tür und blickte verwirrt um sich. Holmes' höfliche Art war eine neue Erfahrung für ihn, und obwohl er undeutlich fühlte, daß sie im Grunde feindlich war, wußte er nicht, wie sich verhalten. So wandte er sich an seinen gescheiteren Partner um Hilfe.

»Was is'n nu los, Graf? Was will 'n der Kerl? Is' was schiefgelaufen?« Seine Stimme war tief und heiser.

Der Graf zuckte nur die Schultern, und Holmes antwortete. »Wenn ich's mal einfach ausdrücken darf, Mr. Merton, würde ich sagen: Alles ist schiefgelaufen.«

Der Boxer wandte sich weiterhin nur an seinen Partner.

»Will der Kerl hier Witze reißen, oder was is' los? Also da kann ich nich' drüber lachen.«

»Nein, das habe ich auch nicht angenommen«, sagte Holmes. »Und ich glaube, ich kann Ihnen versprechen, daß Sie um so weniger darüber lachen werden, je weiter der Abend vorschreitet. Nun, schauen Sie, Graf Sylvius, ich bin ein vielbeschäftigter Mann und möchte nicht unnütz Zeit verschwenden. Ich gehe jetzt in dieses Schlafzimmer. Fühlen Sie sich während meiner Abwesenheit ganz wie zu Hause. Schildern Sie Ihrem Freund, wie die Dinge liegen, ohne dabei von meiner Anwesenheit gehemmt zu sein. Inzwischen werde ich die Offenbachsche Barcarole auf meiner Violine üben. In fünf Minuten komme ich zurück, um Ihre endgültige Antwort zu hören. Sie begreifen doch, daß es um eine Alternative geht? Sollen wir Sie fassen oder den Stein bekommen?«

Holmes entschwand, indem er seine Violine aufgriff. Ein paar Augenblicke später drangen die langgezogenen, klagenden Töne der sehnsüchtigen Melodie leise durch die geschlossene Schlafzimmertür.

»Was is' nu los?« fragte Merton angstvoll, als der Graf sich ihm zuwandte. »Weiß er Bescheid über den Stein?«

»Er weiß zuviel darüber. Und ich bin mir nicht sicher, ob er nicht alles weiß.«

»Gottverdammich!« Das teigige Gesicht des Boxers wurde um noch eine Spur bleicher.

»Ikey Sanders hat uns geliefert.«

»Hat er? Den mach' ich fertig, wenn ich ihn vor die Augen kriege!«

»Das wird uns auch nicht viel helfen. Wir müssen uns jetzt klarwerden, was zu tun ist.«

»Moment mal«, sagte der Boxer, indem er mißtrauisch nach der Schlafzimmertür linste. »Der is' 'n schlauer Hund, den soll man nich' aus den Augen lassen. Horcht der jetzt auch bestimmt nich'?«

»Wie kann er denn bei dieser Musik horchen?«

»Stimmt. Vielleicht steckt wer hinter 'nem Vorhang. Viel zuviel Vorhänge hier drin.« Als er sich umschaute, sah er zum erstenmal die Figur in der Fensternische, stand starr und zeigte darauf, zu verblüfft, um reden zu können.

»Nur eine Puppe«, sagte der Graf.

»Schmiert einen an, was? Da soll doch einer gleich hinhauen. Madame Tussaud[1] hat so was nich'. Rein wie im Leben, mit Kock und all dem. Aber die verdammten Vorhänge, Graf!«

»Laß doch die Vorhänge! Wir verschwenden Zeit, und wir haben nicht zuviel davon. Wegen dem Stein kann er uns ins Zuchthaus bringen.«

»Den Teufel kann er!«

»Aber er will uns entwischen lassen, wenn wir ihm sagen, wo die Beute steckt.«

»Was? Klein beigeben? Hunderttausend Piepen?«

»Das eine oder das andere.«

Merton kratzte sich seinen kurzgeschorenen Schädel.

»Der ist allein da drin. Lassen Sie mich mal 'ran. Wenn's bei dem Sense is', haben wir keinen Kummer mehr.«

Der Graf schüttelte den Kopf.

»Er ist bewaffnet und wachsam. Wenn wir ihn erschießen, können wir kaum von hier wegkommen. Außerdem ist es gut möglich, daß die Polizei die Beweise, was für welche er auch hat, kennt. Hallo! Was war das?«

Ein unbestimmtes Geräusch schien vom Fenster gekommen zu sein.

Beide Männer wirbelten herum, aber alles war still. Ausge-

[1] Madame Tussaud floh während der Französischen Revolution aus Paris und gründete das noch heute in London vorhandene berühmte Wachsfigurenkabinett.

nommen die seltsame Figur im Sessel, war der Raum bestimmt leer.

»War auf der Straße«, sagte Merton. »Nu gucken Sie mal her, Chef, Sie haben ja den Grips. Klar, daß Sie sich da 'nen Weg aus dem Schlamassel buddeln. Wenn's kein' Sinn nich' hat mit den Fäusten, dann is' es Ihr Bier.«

»Ich hab' schon größere Männer zum Narren gehalten als den hier«, sagte der Graf. »Der Stein ist hier in meiner Geheimtasche. Ich gehe nicht das Risiko ein, ihn herumliegen zu lassen; kann noch heute nacht aus England 'raus sein und vor Sonntag in Amsterdam vier Steine draus schneiden lassen. Der hier weiß nichts über Van Seddar.«

»Ich dachte, Van Seddar sollte nächste Woche weg.«

»Er *sollte*. Jetzt wird er aber das nächste Schiff nehmen. Einer von uns muß mit dem Stein zu ihm nach Lime Street und ihm Bescheid geben.«

»Aber der doppelte Boden is' noch nich' fertig.«

»Schön, dann müssen wir's nehmen, wie's ist, und es wagen. Wir haben keine Minute zu verlieren.« Wieder hielt er inne und blickte mit dem Instinkt des Sportsmannes, der die Gefahr wittert, scharf zum Fenster. Ja, der leise Laut war bestimmt von der Straße heraufgedrungen.

»Was Holmes betrifft«, sagte er, »so können wir ihn leicht genug täuschen. Der verdammte Narr wird uns nicht festnehmen, wenn er den Stein kriegen kann. Gut, wir versprechen ihm den Stein. Wir bringen ihn auf die falsche Fährte, und eh er kapiert hat, *daß* es die falsche ist, wird der Stein in Holland sein und wir außer Landes.«

»Hört sich gut an!« rief Sam Merton grinsend.

»Du gehst los und sagst dem Holländer, er soll sich beeilen. Ich nehme mir hier diesen Grünschnabel vor und mache ihm ein falsches Geständnis. Ich werd' ihm sagen, der Stein ist in Liverpool. Diese verfluchte plärrende Musik, sie geht mir auf die Nerven! Bis Holmes herauskriegt, daß der Stein nicht in Liverpool ist, ist er in vier Teile geteilt, und wir schwimmen auf dem blauen Wasser. Tritt zurück, hierher, weg vom Schlüsselloch. Hier ist der Stein.«

»Ich wunder' mich, daß Sie ihn einfach so 'rumschleppen.«

»Wo könnte ich ihn sicherer aufheben? Wenn wir ihn aus

Whitehall 'rausbekommen konnten, dann kann's ein anderer auch aus meiner Wohnung.«

»Lassen Sie mal sehen.«

Graf Sylvius warf seinem Gefährten einen wenig schmeichelhaften Blick zu und übersah die ungewaschene Hand, die sich ihm entgegenstreckte.

»Was denn, denken Sie vielleicht, ich will mir das Ding untern Nagel reißen? Nu hören Sie mal zu, Mister, langsam fall'n Sie mir auf den Wecker.«

»Schon gut, schon gut; bloß keinen Streit jetzt, Sam. Wir können ihn uns jetzt nicht leisten. Komm zum Fenster, wenn du genau sehen willst, was für ein Prachtstück das ist. Halt ihn ans Licht. Hier!«

»Danke!«

Mit einem einzigen Satz war Holmes aus dem Sessel der Puppe aufgesprungen und hatte das kostbare Juwel ergriffen. Er hielt es in einer Hand, während die andere einen Revolver auf den Kopf des Grafen richtete. Die beiden Schurken taumelten völlig verblüfft zurück. Ehe sie sich von ihrem Schreck erholen konnten, hatte Holmes schon die elektrische Klingel betätigt.

»Keine Gewalt, meine Herren, keine Gewalt, wenn ich bitten darf! Nehmen Sie Rücksicht auf die Möbel. Es müßte Ihnen ziemlich klar sein, daß Ihre Position aussichtslos ist. Die Polizei wartet unten.«

Die Verwirrung des Grafen war größer als seine Wut und Angst.

»Aber wie, zum Teufel . . .«, keuchte er.

»Ihre Verwunderung ist sehr verständlich. Sie wissen nicht, daß eine zweite Tür von meinem Schlafzimmer hinter diesen Vorhang führt. Ich nahm an, daß Sie mich gehört haben mußten, als ich die Puppe von ihrem Platz nahm, aber das Glück war auf meiner Seite. Es gab mir die Möglichkeit, Ihrer spannenden Unterhaltung zuzuhören, die sicherlich etwas gezwungen ausgefallen wäre, hätten Sie von meiner Anwesenheit gewußt.«

Der Graf machte eine resignierende Geste.

»Sie haben gewonnen, Holmes. Ich glaube, Sie sind der Teufel persönlich.«

»Nicht weit von ihm entfernt jedenfalls«, antwortete Holmes höflich lächelnd.

Sam Mertons schwaches Gehirn hatte die Lage nur teilweise

erfaßt. Erst als man draußen auf der Treppe das Geräusch schwerer Schritte hörte, machte er endlich den Mund auf.

»Im Eimer!« sagte er. »Möcht' bloß wissen, was mit der dämlichen Fidel is'. Ich hör' sie immer noch.«

»Nun, nun«, erwiderte Holmes. »Sie hören völlig richtig. Lassen Sie sie nur spielen. Diese modernen Grammophone sind eine bemerkenswerte Erfindung!«

Polizisten drängten herein, die Handfesseln klickten, und die Verbrecher wurden zum wartenden Wagen gebracht. Watson blieb noch bei Holmes und gratulierte ihm zum jüngsten Blatt an seinem Lorbeerkranz. Noch einmal wurden sie von dem unerschütterlichen Billy mit seinem Tablett gestört.

»Lord Cantlemere, Sir.«

»Führ ihn herein, Billy. Das ist der erhabene Peer, der die Interessen der höchsten Stellen vertritt«, sagte Holmes. »Eine hervorragende und loyale Persönlichkeit, aber noch ziemlich von der alten Schule. Sollen wir ihn freundlich stimmen? Dürfen wir uns eine kleine Freiheit herausnehmen? Es ist anzunehmen, daß er von nichts eine Ahnung hat.«

Die Tür öffnete sich, um eine magere, strenge Gestalt hereinzulassen. Das scharfgeschnittene Gesicht und der herabhängende, glänzend schwarz gewichste Backenbart mittelviktorianischen Stils wollten kaum zu den gerundeten Schultern und der kraftlosen Haltung passen. Holmes ging freundlich auf ihn zu und schüttelte eine schlaffe Hand.

»Wie geht es Ihnen, Lord Cantlemere? Es ist kühl für diese Jahreszeit, aber drinnen doch ziemlich warm. Darf ich Ihnen Ihren Mantel abnehmen?«

»Nein, ich danke; ich werde nicht ablegen.«

Holmes legte ihm die Hand beschwörend auf den Ärmel.

»Bitte, erlauben Sie! Mein Freund Doktor Watson wird Ihnen versichern, wie ungesund ein solcher Temperaturwechsel ist.«

Seine Lordschaft machte sich ziemlich ungeduldig los.

»Es geht mir durchaus gut, Sir. Ich habe keine Veranlassung, mich aufzuhalten. Ich habe nur hereingeschaut, um zu erfahren, wie Sie mit Ihrer selbstgewählten Aufgabe vorankommen.«

»Schwierig — sehr schwierig.«

»Ich befürchtete, daß Sie die Angelegenheit so beurteilen würden.«

Es lag ein leiser Hohn in den Worten und in der Art des alten

Höflings. »Jeder Mensch stößt einmal auf seine Grenzen, Mr. Holmes, aber schließlich heilt uns dies von der Schwäche der Selbstzufriedenheit.«

»Ja, Sir, ich war sehr verblüfft.«

»Zweifellos.«

»Besonders wegen eines Punktes. Möglicherweise könnten Sie mir helfen?«

»Sie wenden sich sehr spät an mich. Ich dachte, Sie haben Ihre eigenen unübertroffenen Methoden. Jedoch, ich bin bereit, Ihnen zu helfen.«

»Sehen Sie, Lord Cantlemere, gegen die wirklichen Diebe können wir zweifellos Anklage erheben.«

»Sobald Sie sie gefangen haben.«

»Sicher. Aber die Frage ist – wie sollen wir gegen den Hehler vorgehen?«

»Ist das nicht etwas verfrüht?«

»Es ist immer gut, vorauszuschauen. Nun, was würden Sie als letzten Beweis für die Schuld des Hehlers ansehen?«

»Den tatsächlichen Besitz des Steines.«

»Sie würden ihn daraufhin verhaften?«

»Ohne jeden Zweifel.«

Holmes lachte selten, aber jetzt war er so nahe daran, laut herauszulachen, wie sein alter Freund Watson es kaum je erlebt hatte.

»In diesem Fall, mein lieber Sir, sehe ich mich der schmerzlichen Notwendigkeit ausgesetzt, Ihre Verhaftung zu beantragen.«

Lord Cantlemere war sehr verärgert. Etwas vom alten Feuer flackerte auf seinen bleichen Wangen auf.

»Sie nehmen sich viel heraus, Mr. Holmes. Aus den fünfzig Jahren meiner Amtszeit kann ich mich an keinen ähnlichen Fall erinnern. Ich bin ein vielbeschäftigter Mann, Sir, mit bedeutenden Geschäften betraut, und ich habe weder Zeit noch Geschmack für solche albernen Späße. Ich darf Ihnen offen sagen, Sir, ich bin nie ein Bewunderer Ihrer Fähigkeiten gewesen, war vielmehr immer der Meinung, der Fall wäre in den Händen der Polizei weit besser aufgehoben. Ihr Benehmen bestätigt meine Ansichten. Ich habe die Ehre, Sir, Ihnen einen guten Abend zu wünschen.«

Holmes hatte rasch seinen Platz gewechselt und stand nun zwischen dem Würdenträger und der Tür.

»Einen Augenblick, Sir«, sagte er. »Mit dem Juwel Mazarins tatsächlich zu entfliehen, wäre ein weit größeres Vergehen, als ihn nur zeitweilig in Besitz zu haben.«

»Das ist unerhört, Sir! Lassen Sie mich vorbei.«

»Stecken Sie Ihre Hand in die rechte Manteltasche.«

»Was soll das, Sir?«

»Bitte – tun Sie, was ich Ihnen empfehle.«

Einen Augenblick später hielt der verblüffte Peer, blinzelnd und stammelnd, den großen gelben Diamanten Kardinal Mazarins in seiner zitternden Handfläche.

»Was! Was! Wie – was ist das, Mr. Holmes?«

»Schrecklich, Lord Cantlemere, schrecklich!« rief Holmes. »Mein alter Freund hier wird Ihnen erzählen, daß ich die dumme Angewohnheit habe, handfeste Späße zu machen. Und auch, daß ich nie eine Möglichkeit auslasse, Theater zu spielen. Ich nahm mir die Freiheit – ich gebe zu, eine sehr große Freiheit –, den Stein zu Beginn unseres Gesprächs in Ihre Tasche zu stecken.«

Der alte Herr hob den Blick von dem Stein zu Holmes' lächelndem Gesicht.

»Sir, ich bin verwirrt. Aber – doch – das ist tatsächlich der Diamant Mazarins. Wir sind tief in Ihrer Schuld, Mr. Holmes. Ihr Sinn für Humor mag ja, wie Sie selbst zugeben, etwas verschroben sein, und seine Entfaltung erfolgt zu bemerkenswert unpassenden Zeiten, doch schließlich, ich nehme jede Äußerung zurück, die ich über Ihre erstaunlichen beruflichen Fähigkeiten gemacht habe. Aber wie . . .«

»Der Fall ist nur zur Hälfte beendet. Der Rest hat Zeit. Zweifellos wird Sie das Vergnügen, in Ihrem erlauchten Kreis von diesem Erfolg berichten zu können, ein wenig für meinen Scherz entschädigen. Billy, geleite Seine Lordschaft hinaus und sage Mrs. Hudson, ich wäre ihr dankbar, wenn sie sobald wie möglich etwas heraufschicken würde, Dinner für zwei Personen.«

Der Farbenhändler im Ruhestand

An diesem Morgen hatte Sherlock Holmes eine seiner melancholisch-philosophischen Anwandlungen, denen seine sonst so wache, tatkräftige Natur zuweilen unterliegt.

»Hast du ihn gesehen?« fragte er.

»Du meinst den alten Knaben, der gerade gegangen ist?«

»Eben den.«

»Ja, ich traf ihn in der Tür.«

»Was hältst du von ihm?«

»Eine rührende, nutzlose, gebrochene Kreatur.«

»So ist es, Watson, rührend und nutzlos. Aber ist nicht das ganze Leben rührend und nutzlos? Sein Schicksal spiegelt im kleinen das Ganze. Da streben wir, greifen nach den Sternen. Und was bleibt zum Schluß in unseren Händen? Ein Schatten. Oder noch Schlimmeres als ein Schatten – Elend.«

»Ist er ein Klient von dir?«

»Nun, wahrscheinlich kann man ihn so bezeichnen. Scotland Yard schickt ihn zu mir. Weißt du, wo die Ärzte gelegentlich unheilbare Fälle an Quacksalber abschieben. Sie argumentieren, sie selbst könnten nichts weiter ausrichten, und was auch immer geschähe, dem Patienten könne es nicht schlechter ergehen, als es bereits um ihn stehe.«

»Um was handelt es sich denn?«

Holmes nahm eine ziemlich angeschmutzte Visitenkarte vom Tisch. »Josiah Amberley. Er behauptet, er sei Juniorpartner von Brickfall & Amberley gewesen, einer Firma, die Malereiartikel herstellt. Du kannst ihre Namen auf manchen Farbkästen lesen. Er brachte es zu einem kleinen Vermögen, zog sich mit einundsechzig Jahren vom Geschäft zurück, erwarb ein Haus in Lewisham[1] und wollte sich nach einem Leben ständiger Plackerei endlich ausruhen. Man sollte glauben, seine Zukunft wäre leidlich gesichert.«

»Ja, allerdings.«

Holmes überflog ein paar Notizen, die er auf die Rückseite eines Umschlags gekritzelt hatte.

[1] Londoner Vorort in der Nähe von Greenwich.

»1896 in den Ruhestand getreten, Watson. Anfang 1897 heiratete er eine um zwanzig Jahre jüngere Frau – eine gutaussehende Frau, das nebenbei, wenn die Fotografie nicht täuscht.

Auskommen, eine Gefährtin, Muße – ein klarer Weg schien vor ihm zu liegen. Und doch wurde er innerhalb von zwei Jahren, wie du ja bemerkt hast, zu einer so gebrochenen und elenden Gestalt, wie sie nur je unter der Sonne herumkriechen wird.«

»Aber was ist denn geschehen?«

»Die alte Geschichte, Watson. Ein falscher Freund und eine treulose Frau. Amberley scheint nur ein Hobby zu haben, und das ist das Schachspiel. Nicht weit von ihm in Lewisham wohnte ein junger Arzt, ebenfalls ein großer Schachfreund. Ich habe mir seinen Namen aufgeschrieben, er heißt Doktor Ray Ernest. Ernest kam häufig ins Haus, und die natürliche Folge – ein intimes Verhältnis zwischen ihm und Mrs. Amberley; du wirst zugeben, daß unser unglücklicher Klient wenig äußere Vorzüge aufzuweisen hat, mögen seine inneren Werte noch so groß sein. Das Paar ging vorige Woche auf und davon – wohin, ist unbekannt. Um dem Ganzen die Krone aufzusetzen: Die treulose Gattin nahm die Privatschatulle des alten Mannes mit und damit einen guten Teil seiner Ersparnisse. Können wir die Dame aufspüren? Können wir das Geld retten? Ein alltägliches Problem; aber ein brennendes für Josiah Amberley.«

»Was wirst du unternehmen?«

»Nun, die dringlichere Frage, mein lieber Watson, lautet: Was wirst *du* unternehmen? – wenn du so nett sein willst, mich zu unterstützen. Du weißt ja, ich bin mit dem Fall von den zwei Koptischen Patriarchen vollauf beschäftigt, er soll endlich zu seinem Abschluß gelangen. Ich habe wirklich nicht die Zeit, nach Lewisham hinauszufahren, und doch wäre es recht wertvoll, die Dinge an Ort und Stelle zu prüfen. Der alte Knabe wollte unbedingt, daß ich hinfahre, aber ich machte ihm meine Situation verständlich. Er ist vorbereitet, meinen Stellvertreter zu empfangen.«

»Alles, was recht ist«, erwiderte ich, »ich kann nicht einsehen, wie ich von Nutzen sein soll, aber ich werde mein Bestes tun.«

Und so geschah es, daß ich an einem Sommernachmittag nach Lewisham aufbrach, weit davon entfernt, auch nur zu ahnen, daß die Geschichte, in die ich mich damit verwickelte, innerhalb einer

Woche zum Gegenstand heftiger Debatten in ganz England werden sollte.

Es war schon später Abend, als ich in die Baker Street zurückkehren und einen Bericht über meine Mission ablegen konnte.

Holmes' hagere Gestalt lag ausgestreckt in einem tiefen Sessel, aus seiner Pfeife stiegen langsam Wolken beißenden Tabakrauchs empor, und seine Lider hingen so träge über den Augen, daß man hätte glauben können, er schliefe. Freilich, bei jedem Stocken, jeder fragwürdigen Stelle meiner Erzählung hoben sie sich, und zwei graue Augen, wach und scharf wie die eines Rapiers, durchbohrten mich mit ihrem forschenden Blick.

»›Einkehr‹ heißt Mr. Josiah Amberleys Haus«, berichtete ich. »Das dürfte dich interessieren, Holmes. Er wohnt wie ein knickriger Patrizier, der sich in die Gesellschaft Tieferstehender herabgelassen hat. Du kennst ja diese gewissen Viertel, die monotonen Häuserzeilen aus Backstein, all diese trübseligen Hauptstraßen der Vororte. Und mitten dazwischen eine kleine Insel alter Kultur und Behaglichkeit, so liegt dieses Haus, umgeben von einer hohen, sonnendurchtrockneten Mauer, von Flechten umwuchert und mit Moos bedeckt, jene Art Mauer ...«

»Zähme deine poetische Ader, Watson«, sagte Holmes streng. »Ich habe begriffen, daß es sich um eine hohe Steinmauer handelt.«

»So ist es. Ich hätte nicht erfahren, welches Haus die ›Einkehr‹ ist, wäre mir nicht ein Mann, der sich rauchend auf der Straße herumtrieb, mit der nötigen Auskunft zu Hilfe gekommen. Ich erwähne ihn bewußt. Ein großer, dunkler Mann mit üppigem Schnurrbart und ziemlich militärischem Aussehen. Er nickte nur auf meine Frage und sah mich seltsam neugierig an, was mir ein wenig später in Erinnerung kommen sollte.

Kaum hatte ich den Torweg betreten, als ich Mr. Amberley die Auffahrt herunterkommen sah. Heute früh hatte ich ja nur einen Blick auf ihn werfen können, und da schien er mir schon ein etwas seltsamer Kerl zu sein. Als ich ihn nun in vollem Tageslicht betrachtete, wirkte seine Erscheinung noch unnatürlicher.«

»Ich habe ihn selbstverständlich genau studiert, wäre dir aber trotzdem dankbar, wenn du mir deinen Eindruck schildern wolltest«, sagte Holmes.

»Er wirkte auf mich wie ein Mensch, der von Sorgen buchstäblich zu Boden gedrückt wird. Sein Rücken war gebeugt, als trüge er eine schwere Last. Und doch ist er nicht solch ein Schwächling, wie ich zuerst vermutet hatte; er hat die Schultern und den Brustkorb eines Riesen, wenn dies alles auch auf ein paar lächerlich dürren Beinen einherläuft.«

»Der linke Schuh voller Falten, der rechte glatt.«

»Das ist mir nicht aufgefallen.«

»Nein, kann ich mir denken. Dabei ist es eine Prothese, Watson! Ich habe sie genau bemerkt. Fahr fort.«

»Etwas betroffen machte mich der Anblick der langen Locken, die sich unter seinem alten Strohhut hervorschlängelten, und sein Gesicht mit dem grimmigen, ungeduldigen Ausdruck und den tief eingegrabenen Linien.«

»Sehr gut, Watson. Was sagte er?«

»Er fing an, mir seine Leidensgeschichte in aller Breite vorzutragen. Wir gingen die Auffahrt gemeinsam hinauf, und natürlich blickte ich mich dabei gründlich um. Ich habe noch nie ein Grundstück gesehen, das schlechter instand gehalten wäre. Der Garten wird vom Unkraut geradezu überwuchert, das Ganze erweckt den Eindruck größter Vernachlässigung; offenbar hat man den Pflanzen gestattet, dem Weg der Natur und nicht etwa einem künstlerischen Plan zu folgen. Daß eine vernünftige Frau es so weit kommen lassen kann, halte ich für ausgeschlossen. Das Haus schien auch völlig verwahrlost, aber das schien der arme Mann sogar selbst begriffen zu haben. Er versuchte wohl, ein wenig auszubessern, denn mitten im Vorraum stand ein großer Topf grüner Farbe, und außerdem hielt er eine mächtige Bürste in der linken Hand. Er hatte sich am Holzwerk zu schaffen gemacht.

Nun, er führte mich in sein schäbiges Heiligtum, und dort hatten wir ein langes Gespräch. Natürlich war er enttäuscht, daß du nicht selbst gekommen bist. ›Ich habe allerdings kaum erwartet‹, sagte er, ›daß ein so berühmter Mann wie Mr. Sherlock Holmes einem einfachen Menschen wie mir, zumal nach großem finanziellem Verlust, seine volle Aufmerksamkeit schenken könnte.‹

Ich versicherte ihm, daß die finanzielle Seite gar keine Rolle dabei spiele. ›Nein, natürlich, er widmet sich der Kunst um der Kunst willen‹, sagte er. ›Aber was die Kunst des Verbrechens betrifft, wäre er hier nicht leer ausgegangen. Und die menschliche Natur, Doktor Watson, wie ist sie doch voll des schwärzesten Undanks! Wurde eine Frau je so verwöhnt? Wann hätte ich ihr einen Wunsch versagt? Und dieser junge Mann – er hätte mein eigener Sohn sein können. Er ging in meinem Haus ein und aus. Und doch, Sie sehen ja, wie sie mich betrogen haben! Oh, Doktor Watson, das ist eine schreckliche, schreckliche Welt!‹

So ungefähr war die Melodie seines Klagelieds, das eine gute Stunde lang dauerte oder noch mehr. Wie es scheint, hatte er keinen Verdacht gehabt. Sie lebten allein, abgesehen von einer Frau, die tagsüber kam und jeden Abend um sechs wieder ging. An jenem bestimmten Abend hatte der alte Amberley, um seiner Frau eine Freude zu machen, zwei Karten für den Rang im Haymarket-Theater besorgt. Im letzten Augenblick behauptete sie, Migräne zu haben, und lehnte es ab, mitzukommen. Er war allein aufgebrochen. An dieser Tatsache läßt sich nicht zweifeln, er zeigte mir die unbenutzte Karte seiner Frau.«

»Das ist bemerkenswert, sehr bemerkenswert«, sagte Holmes, dessen Interesse an dem Fall zu steigen schien. »Bitte weiter, Watson. Ich finde deine Erzählung höchst fesselnd. Hast du dir diese Karte angesehen? Du hast dir nicht zufälligerweise die Platznummer gemerkt?«

»Zufälligerweise habe ich das«, sagte ich mit bescheidenem Stolz. »Es war nämlich meine alte Platznummer aus der Schulzeit, einunddreißig, deshalb behielt ich sie im Gedächtnis.«

»Wunderbar, Watson! Demnach hat Amberley entweder auf Nummer dreißig oder Nummer zweiunddreißig gesessen.«

»So ist es«, antwortete ich etwas verwundert. »Und zwar in Reihe B.«

»Ausgezeichnet. Was erzählte er noch?«

»Er führte mir seine ›Stahlkammer‹ vor, wie er sie nannte. Es ist wirklich ein Panzerraum – wie in einer Bank – mit Eisentür und eisernen Fensterläden – einbruchsicher, wie er versicherte. Trotzdem, die Frau scheint einen zweiten Schlüssel besessen zu haben, und so konnten die beiden etwa siebentausend Pfund in Bargeld und Wertpapieren auf und davon tragen.«

»Wertpapiere! Wie sollten sie die veräußern?«

»Er sagt, er habe der Polizei eine Aufstellung davon gegeben und hoffe, sie seien damit gesichert. Vom Theater ist er gegen Mitternacht heimgekehrt; er fand den Raum ausgeraubt, Tür und Fenster offen und von den Schuldigen keine Spur. Weder ein

Brief noch sonst eine Nachricht war da, und seitdem hat er auch kein Wort von ihnen gehört. Er hat gleich die Polizei alarmiert.«

Holmes brütete einige Minuten vor sich hin.

»Du sagst, er war beim Anstreichen. Was strich er an?«

»Ach, er strich den Flur. Aber die Tür und das Holzwerk in dem Zimmer, von dem ich sprach, hatte er bereits fertig.«

»Was meinst du, ist das nicht eine sonderbare Beschäftigung unter diesen Umständen?«

»›Man muß etwas tun, um sein schmerzendes Herz zu betäuben.‹ Da hast du seine eigene Erklärung. Es war sonderbar, zweifellos, aber er ist ja auch ein Sonderling. Eine Fotografie seiner Frau zerriß er vor meinen Augen – zerriß sie wütend, in leidenschaftlicher Aufwallung. ›Ich will ihr verdammtes Gesicht nie wieder sehen!‹ schrie er.«

»Sonst noch etwas, Watson?«

»Ja, ein Punkt, der mir mehr als alles andere auffiel. Ich hatte mich zur Station Blackheath begeben und stieg dort in meinen Zug, als ich gerade, bei der Abfahrt, einen Mann in das Abteil neben dem meinen springen sah. Du weißt, ich habe ein gutes Auge für Gesichter, Holmes. Es war bestimmt der große, dunkle Mann, den ich in der Straße angesprochen hatte. Bei der London Bridge bemerkte ich ihn noch einmal, dann verlor ich ihn in der Menge aus den Augen. Aber ich bin überzeugt, daß er mir gefolgt ist.«

»Ohne Zweifel! Ohne Zweifel!« sagte Holmes. »Ein großer, dunkler Mann mit üppigem Schnurrbart, sagst du, und graugetönten Sonnengläsern?«

»Holmes, du bist ein Zauberer! Ich hab's zwar nicht gesagt, aber er *trug* graue Sonnengläser.«

»Und eine Freimaurer-Krawattennadel?«

»Holmes!«

»Ziemlich einfach, mein lieber Watson. Doch laß uns beim Thema bleiben. Ich muß dir zugestehen, daß dieser Fall, der mir dermaßen simpel erschien, kaum meiner Aufmerksamkeit wert, von Stunde zu Stunde andere Aspekte gewinnt. Du hast zwar bei deiner Mission alles von Bedeutung außer acht gelassen, aber selbst die Dinge, die sich dir aufgedrängt haben, zwingen zum ernstlichen Nachdenken.«

»Was habe ich außer acht gelassen?«

»Sei doch nicht gleich gekränkt, mein Lieber. Du weißt, ich

mache dir keinen Vorwurf. Niemand hätte es klüger angestellt, mancher wahrscheinlich nicht einmal so klug wie du. Aber du hast wirklich einige springende Punkte übersehen. Was halten die Nachbarn von diesem Amberley und seiner Frau? Das ist bestimmt von Bedeutung. Was halten sie von Doktor Ernest? War er wirklich ein Schürzenjäger, wie es scheinen möchte? Bei deinen naturgegebenen Vorzügen, Watson, darfst du mit jeder Dame als Helferin und Komplicin rechnen. Was ist mit dem Mädchen auf dem Postamt, der Frau des Gemüsehändlers? Ich kann mir auch etwa vorstellen, wie du der jungen Wirtin im ›Blauen Anker‹ sanfte Nichtigkeiten ins Ohr flüsterst und dafür harte Münze eintauschst. All das hast du ungetan gelassen.«

»Es läßt sich nachholen.«

»Schon geschehen. Dank dem Telefon und der Hilfe von Scotland Yard erhalte ich meistens alles, was ich brauche, auch ohne dieses Zimmer zu verlassen. In der Tat bestätigen meine Informationen die Darstellung des Mannes. Er hat dort allgemein den Ruf, ein Geizhals zu sein und ein grober, anspruchsvoller Ehemann. Daß er eine Menge Geld in diesem Panzerraum eingesperrt hatte, steht ebenfalls fest. Ebenso, daß dieser Doktor Ernest, ein Junggeselle, mit Amberley Schach und bei seiner Frau wahrscheinlich den verliebten Narren spielte. Das scheint alles sehr einleuchtend, und man möchte glauben, mehr sei darüber nicht zu sagen – und doch!«

»Worin liegt die Schwierigkeit?«

»In meiner Phantasie, vielleicht. Na schön, laß sie dort ruhen, Watson. Wir wollen diesem trüben Arbeitstag durch den Seitenausgang der Musik entfliehen. Carina singt heute abend in der Albert Hall. Wir haben Zeit genug, uns umzuziehen, zu dinieren und große Kunst zu genießen.«

Am nächsten Morgen war ich beizeiten auf, aber einige Toastkrumen und zwei leere Eierschalen bedeuteten mir, daß mein Freund mir noch zuvorgekommen war. Auf dem Tisch fand ich eine hingekritzelte Nachricht:

Lieber Watson,
es gibt da ein oder zwei Details mit Mr. Josiah Amberley zu klären. Wenn das geschehen ist, können wir den Fall ad acta le-

gen – oder auch nicht. Ich möchte Dich nur bitten, gegen drei Uhr verfügbar zu sein, es ist möglich, daß ich Dich dann brauche.
S.H.

Den ganzen Tag über sah ich nichts von Holmes, aber er tauchte zur angegebenen Zeit wieder auf, geistesabwesend und unansprechbar. In solchen Stunden war es das gescheiteste, ihn in Ruhe zu lassen.

»Ist Amberley schon hiergewesen?«

»Nein.«

»Ach! Ich erwarte ihn.«

Er wurde nicht enttäuscht, denn gleich darauf erschien der alte Knabe mit einem besorgten und verwirrten Ausdruck auf seinem finsteren Gesicht.

»Ich hab' ein Telegramm bekommen, Mr. Holmes. Und ich mach' mir keinen Reim drauf.« Er reichte es Holmes, der laut vorlas:

Kommen Sie sofort. Kann Ihnen Angaben über Ihren kürzlichen Verlust machen. Elman, Pfarramt.

»Um 14.10 Uhr in Little Purlington aufgegeben«, sagte Holmes. »Little Purlington liegt in Essex, soviel ich weiß, nicht weit von Frinton. Nun, natürlich werden Sie gleich aufbrechen wollen. Das ist offensichtlich von einer vertrauenswürdigen Person geschrieben, dem Pfarrer des Ortes. Wo steckt denn mein Crockford[1]? Ach, da ist er ja schon. J. C. Elman, M. A., wohnhaft in Mossmoor bei Little Purlington. Schau nach den Zügen, Watson.«

»Da gibt's einen um 17.20 Uhr von Liverpool Street.«

»Ausgezeichnet. Du solltest am besten mitfahren, Watson. Vielleicht braucht Mr. Amberley Hilfe oder Rat. Offensichtlich naht sich die Sache ihrem Kulminationspunkt.«

Aber unser Klient schien keinesfalls gewillt, aufzubrechen.

»Das ist doch völlig sinnlos, Mr. Holmes«, sagte er. »Was kann dieser Mann von dem, was geschehen ist, schon wissen? Wir verschwenden nur Zeit und Geld.«

»Er hätte Ihnen nicht telegrafiert, wenn er nicht etwas wüßte. Telegrafieren Sie sofort zurück, daß Sie kommen.«

»Ich glaub' nicht, daß ich hinfahren sollte.«

[1] Bekanntes Adreßbuch jener Zeit.

Holmes setzte seine strengste Miene auf.

»Es würde den denkbar schlechtesten Eindruck auf die Polizei – und auch auf mich – machen, Mr. Amberley, wenn Sie sich weigerten, eine so offensichtliche Spur zu verfolgen. Wir müßten dann das Gefühl haben, Sie seien nicht ernstlich an dieser Untersuchung interessiert.«

Diese Unterstellung schien unseren Klienten zu erschrecken.

»Nun, natürlich will ich hinfahren, wenn Sie's so ansehen«, meinte er. »Offen gesagt, scheint's ja absurd, daß dieser Pfarrer was wissen soll, aber wenn Sie glauben . . .«

»Ich glaube«, sagte Holmes mit Nachdruck, und damit waren wir auf die Reise geschickt. Ehe wir das Zimmer verließen, nahm mich Holmes beiseite und gab mir eine Instruktion, was mir zeigte, daß er den Fall für bedeutsam hielt. »Was auch geschieht, sorge dafür, daß er *wirklich* fährt«, sagte er. »Sollte er unterwegs anderer Meinung werden und umkehren, geh zum nächsten Telegrafenamt und drahte mir als Botschaft das einzige Wort ›Durchgebrannt‹. Ich werde hier veranlassen, daß mir die Nachricht überbracht wird, wo immer ich mich aufhalte.«

Little Purlington ist nicht leicht zu erreichen, denn es liegt an einer Nebenlinie der Bahn. Meine Erinnerung an diese Reise ist nicht gerade angenehm, denn es war ein heißer Tag, der Zug kroch, und mein Begleiter war mürrisch und schweigsam. Wenn er überhaupt etwas sagte, war's nur gelegentlich eine höhnische Bemerkung über die Nutzlosigkeit unseres Unternehmens. Als wir schließlich auf dem kleinen Bahnhof anlangten, waren es noch zwei Meilen Droschkenfahrt bis zum Pfarramt, wo uns ein dicker, würdevoller und ziemlich wichtigtuerischer Geistlicher in seinem Arbeitszimmer empfing.

»Nun, meine Herren«, sagte er. »Was kann ich für Sie tun?«

»Wir kommen auf Ihr Telegramm hin«, erklärte ich.

»Mein Telegramm? Ich habe kein Telegramm aufgegeben.«

»Ich meine das Telegramm, das Sie an Mr. Josiah Amberley schickten wegen seiner Frau und seines Geldes.«

»Wenn das ein Scherz ist, Sir, dann ein sehr fragwürdiger«, sagte der Pfarrer ärgerlich. »Ich habe von dem Herrn, den Sie erwähnen, nie gehört und auch niemandem ein Telegramm geschickt.«

Unser Klient und ich blickten uns verwundert an.

»Vielleicht liegt da ein Irrtum vor«, sagte ich. »Gibt es hier zwei Pfarreien? Sehen Sie, hier ist das Telegramm, unterzeichnet von Elman, und vom Pfarrhaus aufgegeben.«

»Es gibt hier nur ein Pfarrhaus, Sir, und nur einen Pfarrer, und dieses Telegramm ist ein skandalöser Schwindel, den die Polizei aufdecken soll. Inzwischen kann ich jedoch keinen einleuchtenden Grund erkennen, dieses Gespräch fortzusetzen.«

Und damit fanden sich Mr. Amberley und ich auf der Straße, in einem Dorf, das mir das primitivste Nest Englands zu sein schien. Wir machten uns auf den Weg zum Telegrafenamt, aber das hatte bereits geschlossen; im Bahnhofsrestaurant gab es zum Glück ein Telefon, und so konnte ich Holmes erreichen, der unser Erstaunen über das Ergebnis des Ausflugs teilte.

»Höchst seltsam!« meinte die entfernte Stimme. »Höchst bemerkenswert! Ich fürchte, mein lieber Watson, ihr bekommt heute abend keine Zugverbindung mehr zurück. Und so habe ich euch ungewollt die Schrecken einer Nacht im Dorfgasthaus eingebrockt. Aber immerhin – Natur ist vorhanden, Watson, und Josiah Amberley –, du kannst mit beiden enge Gemeinschaft pflegen.« Ich hörte noch sein trockenes Kichern, ehe er auflegte.

Bald war es offenkundig, daß mein Begleiter den Ruf eines Geizhalses verdiente. Er hatte über die Kosten dieser Reise gestöhnt, auf einer Fahrt dritter Klasse bestanden und erhob nun laut Protest über die Höhe der Hotelrechnung. Als wir am nächsten Morgen endlich in London anlangten, ließ sich schwer feststellen, wer von uns beiden schlechterer Laune war.

»Sie sollten unterwegs am besten kurz in der Baker Street vorbeischauen«, sagte ich. »Vielleicht hat Mr. Holmes Neuigkeiten.«

»Wenn sie nicht mehr Wert haben als die letzten, sind sie nicht gerade von Nutzen«, sagte Amberley, böse dreinblickend. Trotzdem begleitete er mich. Ich hatte Holmes bereits telegrafisch von der Stunde unserer Ankunft verständigt, doch wir fanden lediglich die Nachricht vor, daß er in Lewisham sei und dort auf uns warte. Das war eine Überraschung, doch eine noch größere, daß nicht er allein uns im Wohnzimmer unseres Klienten erwartete. Ein ernst aussehender, unbeteiligt wirkender Mann saß neben ihm, dunkel, mit üppigem Schnurrbart, graugetönten Brillengläsern und einer mächtigen Freimaurer-Krawattennadel.

»Darf ich Ihnen meinen Freund Mr. Barker vorstellen«, sagte

Holmes. »Er hat sich ebenfalls für Ihren Fall interessiert, Mr. Amberley, obwohl wir unabhängig voneinander vorgegangen sind. Wir haben die gleiche Frage an Sie zu richten.«

Josiah Amberley ließ sich schwer auf einen Stuhl fallen. Er witterte Gefahr, das las ich aus seinen hin und her huschenden Blicken und dem zuckenden Gesicht.

»Was für eine Frage, Mr. Holmes?«

»Diese hier: Was haben Sie mit den Leichen gemacht?«

Der Mann sprang mit einem heiseren Schrei auf die Füße, griff mit seinen knochigen Händen in die Luft und wirkte, den Mund aufgesperrt, einen Augenblick lang wie ein schrecklicher Raubvogel. Hier erhaschten wir einen Blick auf den wirklichen Amberley, einen Teufel, dessen Seele so mißraten war wie sein Körper. Als er auf seinen Stuhl zurücksank, schlug er die Hände vor die Lippen, wie um ein Stöhnen zu ersticken. Holmes sprang ihm wie ein Tiger an die Gurgel und drückte sein Gesicht nach unten. Eine weiße Tablette entfiel seinem keuchenden Mund.

»Keine Kurzschlüsse, Mr. Amberley. Die Dinge müssen anständig in Ordnung gebracht werden. Was meinen Sie, Barker?«

»Ich habe einen Wagen vor der Tür«, erwiderte unser schweigsamer Gefährte.

»Bis zum Revier sind's nur ein paar hundert Meter. Du bleibst hier, Watson. Ich bin in einer halben Stunde zurück.«

In dem schmächtigen Körper des alten Farbenhändlers steckten die Kräfte eines Löwen, aber den Händen der beiden erfahrenen Männer war er nicht gewachsen. Sich windend und drehend wurde er in den wartenden Wagen verfrachtet, und ich blieb meiner einsamen Wache in dem unheimlichen Haus überlassen. Immerhin kam Holmes eher zurück, als er versprochen hatte, und zwar in Begleitung eines schneidigen jungen Polizeiinspektors.

»Ich habe Barker dort gelassen, damit er die Formalitäten erledigt«, sagte Holmes. »Du kanntest Barker nicht, Watson, ein Kollege von mir, mein schlimmster Rivale am südlichen Themseufer. Als du von einem großen, dunklen Mann erzähltest, fiel es mir nicht schwer, das Bild zu vervollständigen. Er kann auf einige sauber gelöste Fälle zurückblicken, nicht wahr, Inspektor?«

»Er hat tatsächlich einige Male eingegriffen«, antwortete der Inspektor reserviert.

»Seine Methoden sind ungewöhnlich, das steht außer Zweifel, wie auch meine. Aber das Ungewöhnliche ist manchmal von Nutzen, das geben Sie sicher zu. Sie zum Beispiel – mit Ihrer obligaten Warnung, daß alles, was er sagt, gegen ihn verwendet werden kann –, Sie hätten den Schurken nie bluffen und zu dem treiben können, was im Grunde ein Geständnis ist.«

»Vielleicht nicht. Aber wir erreichen trotzdem dasselbe Ziel, Mr. Holmes. Glauben Sie mir, wir hätten uns unsere eigene Ansicht über den Fall gebildet und den Mann gefaßt. Sie müssen schon entschuldigen, daß wir etwas gekränkt sind, wenn Sie mit Methoden dazwischenkommen, die wir nicht anwenden dürfen, und uns auf diese Weise um unseren Ruhm bringen.«

»Davon kann keine Rede sein, MacKimmon, ich verspreche Ihnen, daß ich von nun an in den Hintergrund trete. Und was Baker anbelangt – er wird auch tun, was ich sage.«

Der Inspektor schien sichtlich erleichtert.

»Das ist sehr freundlich von Ihnen, Mr. Holmes. Erfolg oder Mißerfolg kann für Sie nur wenig bedeuten, aber bei uns ist es anders, da fallen die Zeitungen mit ihren Fragen über uns her.«

»Gewiß. Aber Fragen werden sie trotzdem stellen, und es wäre in jedem Fall gut, Antworten bereitzuhalten, nicht wahr? Was werden Sie zum Beispiel sagen, wenn einer dieser superklugen, tapferen Reporter Sie fragt, was die eigentlichen Anhaltspunkte waren, die Ihren Verdacht erweckten und Sie schließlich zu der festen Überzeugung brachten, den wahren Zusammenhang zu überblicken?«

Der Inspektor blickte verwirrt drein.

»Wir haben wohl keine wirklichen Fakten bisher, Mr. Holmes. Sie sagen doch, der Gefangene habe durch seinen Selbstmordversuch, in Gegenwart von drei Zeugen, praktisch gestanden, seine Frau und deren Liebhaber umgebracht zu haben. Von welchen anderen Tatsachen wissen Sie etwas?«

»Haben Sie eine Hausdurchsuchung angeordnet?«

»Drei Konstabler sind unterwegs.«

»Dann werden Sie bald das überzeugendste Beweisstück haben. Die Leichen können nicht weit weg sein. Untersuchen Sie Keller und Garten. Es wird nicht viel Zeit nehmen, die Stellen aufzureißen, die in Frage kommen. Dieses Haus ist älter als seine

Wasserleitung. Irgendwo muß es einen unbenutzten Brunnen geben. Versuchen Sie dort Ihr Glück.«

»Aber wie erfuhren Sie von dem Verbrechen, und wie wurde es begangen?«

»Ich will Ihnen zuerst berichten, wie es geschah, und dann die Erklärung geben, die ich Ihnen und noch weit mehr meinem langmütigen Freund hier schulde, dessen Hilfe in diesem Fall unbezahlbar ist. Zunächst aber möchte ich Ihnen Einblick in die Mentalität des Täters verschaffen. Sie ist so seltsam, daß ich fast zu der Annahme neige, man wird ihn nicht aufs Schafott, sondern ins Irrenhaus bringen. Seinen Charakter möchte man eher bei einem mittelalterlichen Italiener suchen als bei einem modernen Angelsachsen. Er war ein widerlicher Geizhals und hatte seine Frau auf jede Weise derart zermürbt, daß sie für einen Abenteurer eine leichte Beute war. Und der erscheint auch schon auf der Bildfläche: in Gestalt des schachspielenden Arztes. Amberley war im Schach ein Meister – schon das ein Zeichen, Watson, eines genau vorausberechnenden Geistes. Und wie alle Geizkragen war er eifersüchtig, ja, seine Eifersucht wurde zur Manie. Ob nun mit Recht oder Unrecht, er glaubte an eine Liebesaffäre. Da beschloß er, Rache zu nehmen, und die plante er mit teuflischer Klugheit. Kommen Sie!«

Holmes führte uns mit einer Selbstverständlichkeit den Gang entlang, als hätte er zeitlebens in diesem Haus gewohnt, und blieb an der geöffneten Tür der ›Stahlkammer‹ stehen.

»Was für ein widerlicher Farbgeruch!« rief der Inspektor.

»Unsere erste Spur«, sagte Holmes. »Wir verdanken sie Doktor Watsons Beobachtungsgabe, wenn er auch unterlassen hat, Schlüsse daraus zu ziehen. Ich hakte hier sofort ein. Warum erfüllte der Mann sein Haus, zu diesem Zeitpunkt, mit solch starken Gerüchen? Offensichtlich, um einen anderen Geruch zu verdecken – irgendeinen verräterischen Geruch, der Verdacht erwecken würde. Hinzu kam ein Raum wie dieser, mit Eisentür und eisernen Fensterläden – ein hermetisch abgeschlossener Raum. Fügen Sie beide Fakten zusammen, und wohin führen sie? Ich konnte das nur nachprüfen, indem ich mir das Haus persönlich ansah. Es mußte sich, dessen war ich bereits sicher, um einen ernsten Fall handeln, denn ich hatte zuvor die Kassenabrechnung in Haymarket Theater durchgesehen – übrigens auch einem Genieblitz Doktor Watsons folgend – und mich vergewissert, daß weder B dreißig noch zweiunddreißig im oberen Rang an jenem Abend verkauft worden sind. So konnte Amberley nicht im Theater gewesen sein, und damit fiel sein Alibi in sich zusammen. Er machte aus purem Geiz einen bösen Fehler, um so mehr, als er meinem scharfsinnigen Freund erlaubte, die Karte mit der Platznummer für seine Frau zu sehen. Nun erhob sich die Frage: Wie kann ich das Haus ungestört besichtigen? Ich schickte einen Beauftragten an einen Ort hinter dem Mond und ließ meinen Klienten zu einer Zeit hinbeordern, daß er unmöglich am selben Tag zurückkehren konnte. Um jedes Mißlingen zu verhüten, begleitete ihn Doktor Watson. Den Namen des guten Pfarrers holte ich mir natürlich aus meinem Crockford. Ist Ihnen soweit alles klar?«

»Meisterhaft«, sagte der Inspektor ehrfürchtig.

»Da nun keine Gefahr einer Störung bestand, machte ich mich daran, in das Haus einzubrechen. Einbruch war schon immer eine Spezialität von mir; hätte ich mich entschlossen, diesen Beruf zu ergreifen, ich zweifle kaum, daß ich da in die Spitzengruppe vorgedrungen wäre. Beachten Sie, was ich vorfand. Sie sehen, wie dieses Gasrohr hier an der Fußleiste entlangführt. Schön. Es steigt im Zimmerwinkel hoch, und da ist auch ein Hahn. Das Rohr führt in den Panzerraum hinein, wie Sie sehen können, und endet oben, mitten in der Decke, in einer Stuckrose, gut durch das Ornament getarnt. Dieses Ende ist weit geöffnet. Sobald man den Außenhahn aufdreht, kann der Raum jeden Augenblick von Gas überflutet werden. Wenn die Tür und die Fensterläden geschlossen sind, der Hahn weit aufgedreht — ich möchte keinem mehr als zwei Minuten Bewußtsein geben, der in dem kleinen Zimmer eingesperrt ist. Er brauchte sie nur hier hineinzulocken, dann waren sie seiner Gnade ausgeliefert.«

Der Inspektor untersuchte interessiert das Rohr. »Einer unserer Inspektoren erwähnte den Gasgeruch«, sagte er, »aber da waren Tür und Fenster natürlich geöffnet und die Farbe — zumindest ein Teil davon — schon aufgetragen. Amberley hat, seiner Aussage nach, am Tag zuvor mit dem Anstreichen begonnen. Was noch, Mr. Holmes?«

»Ja, dann ereignete sich noch etwas, auch für mich ziemlich unerwartet. Ich wollte gerade durch das Speisekammerfenster hinausschlüpfen, als ich eine Hand an meinem Kragen fühlte und eine Stimme hörte: ›Na, du Schuft, was hast du hier zu suchen?‹ Sobald ich meinen Kopf drehen konnte, blickte ich in die gefärbten Gläser meines Freundes und Rivalen Mr. Barker. Das war in der Tat ein komisches Zusammentreffen. Er war von Doktor Ray Ernests Familie engagiert worden, Nachforschungen anzustellen, und ebenfalls zu dem Resultat gelangt, daß etwas faul an der Sache sein mußte. Er hatte das Haus seit einigen Tagen beobachtet und Doktor Watson, der dort vorsprach, als verdächtige Person registriert. Watson konnte er schwerlich festnehmen, aber als er eine Gestalt aus dem Speisekammerfenster kriechen sah, war's mit seinen Bedenken vorbei. Ich berichtete ihm natürlich gleich, wie die Dinge standen, und wir gingen dann gemeinsam vor.«

»Warum berichteten Sie es ihm, warum nicht uns?«

»Nun, ich hatte ja vor, diesen kleinen Test auszuprobieren, der dann so ausgezeichnet gelang. Sie hätten sich darauf nicht eingelassen.«

Der Inspektor lächelte.

»Vielleicht nicht. Ich habe Sie doch recht verstanden, Mr. Holmes: Sie geben uns Ihr Wort, daß Sie jetzt aus dem Fall aussteigen und uns alle Ihre Resultate übergeben?«

»Ja, das tue ich ohnehin fast immer.«

»Dann darf ich Ihnen im Namen der Polizei danken. Der Fall scheint klar zu sein, wie Sie ihn darlegen, und über die Leichen kann's weiter nicht viel zu rätseln geben.«

»Ich will Ihnen noch einen anderen ganz kleinen Beweis liefern«, sagte Holmes. »Und dabei bin ich sicher, daß Amberley nicht die geringste Ahnung davon hatte. Sie kommen nur zu Ergebnissen, Inspektor, wenn Sie sich selbst in die Situation des anderen versetzen und überlegen, was Sie an seiner Stelle täten. Es erfordert einige Phantasie, aber es zahlt sich aus. Nun, nehmen wir einmal an, Sie wären in dem kleinen Zimmer eingeschlossen, hätten keine zwei Minuten zu leben, wollten aber die Rechnung mit dem Feind begleichen, der Sie vielleicht von der anderen Seite der Tür verhöhnt. Was würden Sie tun?«

»Eine Nachricht hinterlassen.«

»Eben. Sie würden versuchen zu übermitteln, wie Sie gestorben sind. Es hätte keinen Zweck, auf ein Blatt Papier etwas zu schreiben. Das würde entdeckt. Aber wenn Sie auf die Wand schrieben – irgend jemand könnte es einmal bemerken. Nun, sehen Sie her! Gerade über der Fußleiste steht mit einem roten Tintenstift: ›Wir wur . . .‹ Das ist alles.«

»Was ersehen Sie daraus?«

»Nun, die Stelle ist nur knapp einen Fuß hoch über dem Boden. Der arme Mann lag bereits auf der Erde im Sterben. Er verlor die Besinnung, ehe er seine Botschaft beenden konnte.«

»Er wollte schreiben: ›Wir wurden ermordet.‹«

»Das lese ich daraus. Wenn Sie einen Tintenstift bei seiner Leiche finden . . .«

»Ich werde danach suchen, seien Sie versichert. Aber wie steht es mit den Wertpapieren? Da kann doch offenbar keine Rede von Diebstahl sein? Und doch, er besaß diese Papiere. Wir haben es nachgeprüft.«

»Seien Sie überzeugt, er hat sie an einem sicheren Ort versteckt. Wenn erst die ganze Angelegenheit in Vergessenheit geraten wäre, hätte er die Papiere überraschend gefunden und erklärt, das schuldige Paar sei zur Besinnung gekommen und habe das Raubgut zurückgeschickt oder es unterwegs verloren.«

»Sie scheinen wirklich mit jeder Schwierigkeit fertig zu werden«, sagte der Inspektor. »Natürlich, uns mußte er hinzuziehen, aber ich begreife nicht, wieso er auch Sie noch aufsuchte?«

»Reine Aufschneiderei!« erwiderte Holmes. »Er glaubte sich so sicher, daß er sich einbildete, keiner könne ihm etwas anhaben. Jedem argwöhnischen Nachbarn hätte er entgegnet: ›Sieh, was ich für Schritte unternommen habe, nicht nur die Polizei gerufen, sondern sogar Sherlock Holmes.‹«

Der Inspektor lachte.

»Das ›sogar‹ müssen wir Ihnen wohl verzeihen, Mr. Holmes«, sagte er. »Das hier war die beste Arbeit, die ich je gesehen habe.«

Ein paar Tage später schob mir mein Freund ein Exemplar der Halbmonatsschrift *North Surrey Observer* hinüber. Gespickt mit überschwenglichen Schlagzeilen und Zwischentiteln, die mit ›Das unheimliche Haus‹ begannen und mit ›Die Polizei greift durch‹ endeten, brachte das Blatt den ersten zusammenhängenden Bericht. Der letzte Absatz ist typisch für den ganzen Artikel:

Der bemerkenswerte Scharfsinn, mit dem Inspektor MacKinnon aus dem Geruch der Farbe folgerte, daß ein anderer Geruch, etwa der von Gas, verdeckt werden sollte; die kühne Folgerung, daß die Stahlkammer zum Todesraum wurde, und die spätere Untersuchung, die zu der Auffindung der Leichen in einem unbenutzten, listig durch eine Hundehütte getarnten Brunnen führte, wird in der Kriminalgeschichte als bleibendes Beispiel für die Intelligenz unserer Polizei weiterleben.

»Na schön, na schön, MacKinnon ist ein guter Kerl«, meinte Holmes mit nachsichtigem Lächeln. »Leg es zu unseren Akten, Watson. Vielleicht bringst du eines Tages die wahre Geschichte ans Licht.«

Die Löwenmähne

Ein Problem, gewiß so absonderlich und ungewöhnlich wie nur irgendeines während meiner langen Berufslaufbahn, begegnete mir merkwürdigerweise erst nach meinem Rückzug ins Privatleben, ins Refugium meines kleinen Sussexer Heims. Dort gab ich mich ganz jenem wohltuenden Leben in freier Natur hin, nach dem ich mich während vieler Jahre im düsteren London so oft gesehnt hatte; und gerade dort wurde es mir sozusagen vor die Tür gelegt. Zu jener Zeit war der gute Watson fast ganz aus meinem Gesichtskreis entschwunden. Ein Wochenendbesuch ab und an – mehr bekam ich nicht von ihm zu sehen. So muß ich mich schon wieder als mein eigener Chronist betätigen. Ach! wäre er nur bei mir gewesen, wieviel hätte er aus einem so wunderbaren Abenteuer und meinem schließlichen Triumph über jede Schwierigkeit gemacht! Wie es aber nun einmal ist, muß ich notgedrungen diese Geschichte in meiner eigenen einfachen Art erzählen und mit dürren Worten jeden Schritt auf der beschwerlichen Straße festhalten, die vor mir lag, als ich das Rätsel der *Löwenmähne* zu lösen suchte.

Mein Landhaus steht am südlichen Abhang der Downs und hat einen großartigen Ausblick auf den Ärmelkanal. Die ganze Küstenlinie wird hier von Kreidefelsen gebildet, über die nur ein einziger langer und gewundener Pfad, steil und schlüpfrig, hinunterführt. Das Ufer wird selbst bei Flut von einem etwa sechzig Meter breiten Kieselstrand gesäumt. Hier und dort gibt es auch größere Mulden oder Vertiefungen, die sich immer wieder mit frischem Meerwasser füllen und dann ideale Schwimmbecken abgeben. Dieses wundervolle Gestad erstreckt sich über Meilen in jeder Richtung, unterbrochen nur von dem Dörfchen Fulworth mit seiner Bucht.

Mein Haus liegt einsam. Ich, meine alte Haushälterin und meine Bienen, wir haben das ganze Anwesen für uns. Und in der weiteren Nachbarschaft befindet sich nur Harold Stackhursts bekanntes Lehrinstitut ›The Gables‹, ein ziemlich großes Besitztum, wo ein paar Dutzend junger Burschen auf verschiedene Berufe vorbereitet werden. Der Leiter, Stackhurst, war zu seiner Zeit ein berühmter Oxford-Ruderer gewesen und ein vorzüglicher Schüler in sämtlichen Fächern. Vom ersten Tag an, da ich mich an der Küste niederließ, fanden wir uns sympathisch. Er war der einzige Mensch dort, mit dem ich auf so freundchaftlichem Fuße stand, daß wir uns des Abends ohne besondere Einladung besuchten.

Ende Juli des Jahres 1907 hatten wir in dieser Gegend einen heftigen Sturm. Orkanartig blies er kanalaufwärts; eine Sturmflut überschwemmte den Küstenstrich bis zu den Riffen hinauf und ließ beim Wechsel der Gezeiten eine Lagune zurück. Am nächsten Morgen hatte sich der Wind gelegt. Die ganze Natur war herzlich erfrischt und blank gewaschen. An einem so wundervollen Tag zu arbeiten, brachte ich schlechterdings nicht fertig. Schon vor dem Frühstück spazierte ich hinaus, die köstliche Luft zu genießen. Ich wanderte den schmalen Klippenweg entlang und hörte hinter mir Rufe. Es war Harold Stackhurst, der mir fröhlich grüßend zuwinkte.

»Was für ein Morgen, Holmes! Ich dachte mir schon, daß ich Sie draußen treffen würde.«

»Sie gehen schwimmen, wie ich sehe.«

»Und Sie wenden schon wieder Ihre alten Tricks an«, antwortete er lachend und schlug sich auf die vollgestopfte Rocktasche. »Ja, McPherson ist schon früh aufgebrochen, ich hoffe ihn hier zu finden.«

Fitzroy McPherson, der Lehrer für Naturwissenschaften, war ein schöner, aufrechter junger Mensch, nur leider in seiner Gesundheit durch einen Herzfehler beeinträchtigt. Aber von Natur ein Athlet, beherrschte er jeden Sport, der ihm keine zu große Anstrengung auferlegte. Sommers wie winters ging er schwimmen, und da ich selbst ein passionierter Schwimmer bin, habe ich mich ihm oft angeschlossen.

Als wir eben von ihm sprachen, sahen wir seinen Kopf auch schon über dem Klippenrand auftauchen. Gleich danach erschien seine ganze Gestalt auf dem Riff. Er wankte wie ein Betrunkener. Und dann warf er seine Hände in die Luft und fiel mit einem furchtbaren Schrei auf sein Gesicht. Stackhurst und ich stürzten zu ihm hin – es waren noch etwa dreißig Meter – und drehten ihn auf den Rücken. Kein Zweifel, er lag im Todeskampf. Die eingefallenen verglasten Augen, die entsetzlich bleichen Wangen – es konnte nichts anderes bedeuten. Für einen kurzen Augenblick flackerte noch einmal Leben auf in seinem Gesicht, und er stieß zwei, drei Worte wie eine Warnung hervor, zwar mehr oder minder nur als ein unartikuliertes Lallen. Aber aus den letzten Silben, die sich ihm wie eine gellende Anklage entrangen, vermochte ich ›Löwenmähne‹ herauszuhören. Es war völlig rätselhaft und undurchsichtig, trotzdem konnte ich den Ausruf in keinen anderen Sinn fassen. Dann bäumte sich sein armer Körper nochmals auf, seine Hände griffen ins Leere. In sich zusammenknickend, fiel er auf eine Seite. Er war tot.

Der furchtbare Schrecken hatte auf meinen Gefährten eine geradezu lähmende Wirkung, während meine Sinne, wie sich denken läßt, aufs äußerste angespannt wurden. Und das erwies sich auch als notwendig, denn es sollte sich gleich herausstellen, daß wir einem ganz außergewöhnlichen Fall gegenüberstanden. Der junge Mann trug lediglich seine Burberry-Jacke, seine Hose und ein Paar Segeltuchschuhe mit offenen Schnürsenkeln. Als er zusammenfiel, rutschte ihm die Jacke, die er nur übergeworfen hatte, von der Schulter und entblößte seinen Oberkörper, den wir bestürzt anstarrten. Der Rücken war mit dunkelroten Striemen bedeckt, als hätte man ihn auf gräßliche Weise mit einer Drahtpeitsche gezüchtigt. Offensichtlich war es ein biegsames Folterwerkzeug gewesen. Denn die langen entzündeten Striemen bogen sich um Schultern und Rippen. Blut tropfte ihm vom Kinn herab, weil er sich im Paroxysmus seines Todeskampfes die Unterlippe durchgebissen hatte. Sein schmerzverzerrtes und verkrampftes Gesicht drückte nur sprechend aus, wie grauenhaft dieser Tod gewesen war.

Ich kniete bei dem Leichnam, und Stackhurst stand daneben, als ein Schatten über uns fiel und wir Levin Murdoch erblickten. Das war der Mathematiklehrer vom College, ein großer, dunkler und sehr hagerer Mensch, so schweigsam und verschlossen, daß niemand behaupten konnte, er sei sein Freund gewesen. Er schien in einer hohen unerreichbaren Region von irrationalen Größen und Kegelschnitten zu leben, wo ihn nur wenig mit dem alltäglichen Dasein verband. Bei den Studenten galt er als Sonderling und wäre sicher zur Zielscheibe ihres Spottes geworden, hätte ihn davor nicht die seltsame fremdländische Mischung in seinem Blut bewahrt. Sie verriet sich nicht nur in seinen kohlschwarzen Augen und der dunklen Hautfarbe, sondern auch in gelegentlichen Temperamentsausbrüchen, die man nur als rasend bezeichnen konnte. Einmal ärgerte er sich derart über das Gekläff des kleinen Hundes von McPherson, daß er das Tier packte und durch die Spiegelglasscheibe zum Fenster hinausschleuderte; eine Handlung, die vermutlich seine Entlassung nach sich gezogen hätte, wäre sein Unterricht nicht so hervorragend gewesen. Jetzt schien er über das Unglück ehrlich erschüttert, obwohl der Vorfall mit dem Hündchen darauf hinweisen mochte, daß zwischen ihm und dem Toten keine große Sympathie bestanden hatte.

»Armer Kerl, armer Kerl!« flüsterte er. »Was kann ich tun? Wie kann ich helfen?«

»Waren Sie bei ihm? Haben Sie eine Ahnung, was geschehen ist?«

»Nein, nein. Ich bin heute spät aufgestanden. Ich war überhaupt nicht am Strand, komme geradewegs von ›The Gables‹ her. Was kann ich nur tun?«

»Sie können zur Polizeistation in Fulworth laufen und den Unglücksfall melden.«

Ohne ein weiteres Wort zu verlieren, eilte er davon. Ich nahm mich der Sache ebenfalls sofort an, während Stackhurst, noch völlig betäubt, bei der Leiche blieb. Meine erste Aufgabe war natürlich, festzustellen, ob sich jemand am Strand oder sonst in der Nähe aufhielt. Von der höchstgelegenen Stelle des Pfades überblickte ich das ganze Gelände. Mit Ausnahme von zwei oder drei winzigen Silhouetten, die sich in der Ferne auf das Dorf zu bewegten, war es vollkommen verlassen. In dieser Hinsicht beruhigt, ging ich langsam den Pfad entlang, über Lehm- oder weichen, mit Kalk vermischten Mergelboden. Auf- und abwärts begegnete ich immer wieder derselben Fußspur. Es war also noch niemand außer McPherson heute früh hier gegangen. An einer Stelle beobachtete ich den Abdruck einer offenen Hand, mit den Fingern nach unten. Das konnte nur bedeuten, daß der Ärmste hier gestürzt war. Und runde Spuren zeigten an, daß er mehr als einmal auf die Knie fiel. Am Ende des Weges befand sich die Lagune. Dort hatte McPherson sich wohl ausgezogen, denn sein Handtuch lag auf einem Felsen. Es war zusammengefaltet und trocken. Demnach schien er überhaupt gar nicht ins Wasser gegangen zu sein. Aber zweimal stieß ich auf kleine Sandfelder im Kies, wo sowohl der Abdruck des Segeltuchschuhs wie auch der seines nackten Fußes sichtbar wurde. Diese Tatsache bewies, daß er sehr wohl sich zum Baden vorbereitet hatte. Andererseits sprach das unbenutzte Handtuch dagegen, daß er sein Vorhaben auch ausführte.

Und eben darin lag das Problem. Der junge Mann war nicht länger als eine Viertelstunde, höchstens, am Strand gewesen. Denn bald nach seinem Aufbruch von ›The Gables‹ folgte ihm Stackhurst. So konnte darüber kein Zweifel bestehen: Er hatte baden wollen und – wie die nackten Fußabdrücke zeigten – seine Kleider abgestreift. Dann mußte er sie in großer Hast wieder übergeworfen haben und umgekehrt sein, ohne zu baden oder zumindest ohne sich abzutrocknen. Und der Grund für diese jähe Änderung seiner Absicht war, daß man ihn in unmenschlich grausamer Weise gepeitscht hatte, ja, so gefoltert, daß er in wütendem Schmerz sich eine Lippe durchgebissen hatte und gerade eben nur noch Kraft genug besaß, wegzukriechen und zu sterben. Wer konnte diese barbarische Tat begangen haben? Es gab am Fuße der Klippe zwar kleine Grotten und Höhlen, aber die niedrige Morgensonne schien mitten hinein, und es bot sich hier kein Versteck. Und die Gestalten am anderen Ende? Sie waren doch wohl zu weit weg, um noch mit dem Verbrechen in Verbindung gebracht werden zu können. Überdies lag die breite Lagune, in der McPherson hatte baden wollen, noch dazwischen und plätscherte gegen die Felsen. Auf dem Meer schwammen in nicht allzu großer Entfernung zwei Fischerboote. Natürlich blieb noch die Möglichkeit, die Leute darin zu befragen. Es gab auch noch verschiedene Wege, die man absuchen konnte, aber eigentlich führte keiner zu einem einleuchtenden Ziel.

Als ich schließlich zu dem Toten zurückkehrte, fand ich eine kleine Gruppe von Leuten dort versammelt. Natürlich stand Stackhurst noch dabei. Und Levin Murdoch war gerade mit Anderson, dem Dorfpolizisten, eingetroffen, einem dicken, schnauzbärtigen Mann des ebenso behäbigen wie zuverlässigen Sussexer Schlages, mit viel gesundem Menschenverstand hinter seinem wortkargen Äußeren. Er hörte sich alles, was wir sagten, genau an und machte sich Notizen. Dann zog er mich beiseite.

»Ich wäre für Ihren Rat dankbar, Mr. Holmes. Das hier ist ein schwerer Brocken für mich. Und ich werde von Lewes ganz schön abgekanzelt, wenn ich etwas falsch mache.«

Ich riet ihm, seinen unmittelbaren Vorgesetzten und einen Arzt holen zu lassen. Auch sollte er darauf achten, daß nichts von der Stelle bewegt würde und möglichst wenig Fußabdrücke hinzukämen, bis die beiden da seien. Mittlerweile untersuchte ich die Taschen des Toten. Ich fand sein Taschentuch, ein großes Messer, eine kleine Brieftasche. Aus dieser sah ein Zettel heraus. Ich nahm ihn und reichte ihn dem Polizisten. In dünner, weiblicher Handschrift war darauf gekritzelt: »Ich werde kommen. Du kannst Dich auf mich verlassen, Maudie.« Es hörte sich nach einer Liebesbotschaft an, einem Stelldichein, obgleich das Wann und Wo offenblieb. Anderson tat das Papier wieder in die Brieftasche und steckte diese mit den anderen Gegenständen in die Burberry-Jacke zurück. Da sich sonst kein Beweismaterial mehr bot, wanderte ich heimwärts, um zu frühstücken. Vorher legte ich dem Konstabler noch nahe, das ganze Gelände um die Klippen sorgfältig abzusuchen.

Stackhurst kam eine gute Stunde später zu mir und berichtete, man habe den Toten abgeholt und nach ›The Gables‹ geschafft, wo die Leichenschau gehalten werde. Wie ich erwartete, hatte man in den Kavernen unter den Felsen nichts gefunden. Aber eine andere wichtige Nachricht brachte Stackhurst. Bei Durchsicht der Papiere in McPhersons Schreibtisch hatte er den vertrauten Briefwechsel mit einer gewissen Maud Bellamy, aus Fulworth, sichergestellt. Dadurch war die Identität der Schreiberin jener Notiz ermittelt.

»Diese Briefe hat jetzt die Polizei«, erklärte Harold Stackhurst. »Leider konnte ich sie nicht mit hierhernehmen. Aber zweifellos handelt es sich um ein ernstes Liebesverhältnis. Ich sehe jedoch nicht ein, wie man es mit dem schrecklichen Geschehnis in Verbindung bringen sollte, abgesehen von der Tatsache freilich, daß das Mädchen eine Verabredung mit McPherson hatte.«

»Aber doch wohl kaum an einem Badeteich, der von Ihnen allen regelmäßig aufgesucht wird«, wandte ich ein.

»Ja, es ist reiner Zufall«, erwiderte er, »daß diesmal keine Studenten mit McPherson hingingen.«

»*War* es reiner Zufall?«

Stackhurst runzelte nachdenklich die Stirn. »Murdoch hielt sie zurück«, berichtigte er. »Er bestand darauf, einen algebraischen Beweis noch vor dem Frühstück zu Ende zu führen. Armer Kerl! Das alles hat ihn furchtbar niedergeschlagen.«

»Und doch ist wohl anzunehmen, daß die beiden keine Freunde waren.«

»Nein, eine Zeitlang bestimmt nicht. Aber seit einem Jahr oder noch länger stand Murdoch McPherson sogar ausgesprochen nahe. Er war ihm so zugetan, wie er es mit seinem zugeknöpften Wesen überhaupt nur fertigbringt. Von Natur ist er ja nicht gerade sehr gewinnend.«

»Das kommt mir auch so vor«, versetzte ich. »Meine ich mich doch zu erinnern, daß Sie mir einmal etwas von einem Zwist erzählten, weil er einen Hund mißhandelte?«

»Das wurde aber ganz beigelegt.«

»Könnte es nicht doch irgendein Rachegefühl hinterlassen haben?«

»Nein, nein; ich bin sicher, sie waren wirklich Freunde.«

»Gut, dann müssen wir die Sache mit dem Mädchen untersuchen. Kennen Sie es?«

»Oh, wer kennt Maudie nicht? Sie ist *die* Schönheit der ganzen Gegend. Eine echte Schönheit, Holmes, die überall Aufsehen erregen würde. Ich wußte, daß McPherson sich von ihr angezogen fühlte, hatte jedoch keine Ahnung, daß die Affäre sich so weit entwickelte, wie diese Briefe anzudeuten scheinen.«

»Wer ist sie?«

»Die Tochter des alten Thomas Bellamy, dem alle Boote und Badehütten von Fulworth gehören. Er hat als einfacher Fischer angefangen, ist aber jetzt ein gemachter Mann. Er und sein Sohn William betreiben das Geschäft.«

»Sollten wir sie nicht aufsuchen?«

»Unter welchem Vorwand?«

»Ach, der findet sich leicht. Schließlich hat der arme Mensch sich ja nicht selbst diese gräßlichen Wunden beigebracht. Irgendeines andern Hand muß schon die Peitsche – oder was es war – geführt haben. Sein Bekanntenkreis in dieser Einöde war sicher beschränkt. Wenn wir ringsum nachforschen, dürften wir sicherlich das Motiv herausfinden und dadurch wiederum auf die Spur des Täters stoßen.«

Es wäre ein ergötzlicher Spaziergang durch die thymianduftenden Downs geworden, hätte die Tragödie, die wir miterleben mußten, nicht unsere Gemüter vergiftet. Das Dorf Fulworth liegt in einer Niederung, die sich im Halbkreis um eine Bucht schmiegt. Hinter dem altertümlichen Weiler waren am Abhang entlang einige moderne Häuser gebaut. Zu einem von diesen führte mich Stackhurst.

»Das ist der ›Hafen‹, wie Bellamy sein Heim genannt hat. Sehen Sie, das dort mit dem Eckturm und dem Schieferdach. Nicht schlecht für einen Mann, der aus dem Nichts heraus angefangen hat ... Himmel, was sagen Sie dazu?«

Das Gartentor am ›Hafen‹ öffnete sich, und heraus trat ein großer dunkler Mann. Es war kein Irrtum möglich: Diese eckige, abwesende Erscheinung konnte nur die des Mathematikers Murdoch sein. Einen Augenblick später lief er uns auf der Straße in die Arme.

»Hallo!« rief Stackhurst. Der Mann nickte zerstreut, warf uns einen Seitenblick aus seinen merkwürdig finsteren Augen zu und wäre stracks an uns vorbeigelaufen, hätte sein Vorgesetzter ihn nicht angehalten.

»Was haben Sie dort getan?« fragte Stackhurst.

Murdochs Gesicht wurde rot vor Zorn. »Ich bin zwar Ihr Untergebener, Sir, aber ich glaube nicht, daß ich Ihnen Rechenschaft über meine privaten Handlungen schulde.«

Stackhursts Nerven hielten nach all dem, was er durchgemacht hatte, nicht mehr stand. Normalerweise konnte er sich sehr gut beherrschen. Aber jetzt geriet er außer Rand und Band.

»Unter den gegebenen Umständen ist Ihre Antwort eine Unverschämtheit, Mr. Murdoch!« schrie er.

»Und Ihre Frage könnte man vielleicht ganz genauso auffassen«, versetzte der andere in kalter Wut.

»Es ist nicht das erstemal, aber bestimmt das letztemal, daß ich mir Ihr undiszipliniertes Verhalten gefallen lasse. Sie werden die Güte haben, sich so rasch wie möglich nach einer anderen Stellung umzusehen.«

»Das wollte ich ohnehin. Ich habe heute doch den einzigen Menschen verloren, der mir den Aufenthalt in ›The Gables‹ erträglich machte!«

Und damit stürmte er davon, während Stackhurst ihm nachsah. »Ein unmöglicher, ein unerträglicher Mensch!« rief er empört.

Was sich mir dabei aufdrängte, war der Gedanke, daß Levin Murdoch vielleicht nur die erste Gelegenheit ergriff, dem Tatort zu entrinnen. Undeutlich und nebelhaft regte sich etwas wie Argwohn in mir. Vielleicht würde der Besuch bei den Bellamys etwas mehr Licht in die Angelegenheit bringen. Stackhurst riß sich zusammen, und wir gingen auf das Haus zu.

Mr. Bellamy war ein Mann mittleren Alters mit flammend rotem Bart. Er schien in sehr ärgerlicher Gemütsverfassung, denn sein Gesicht war beinahe so rot wie sein Haar.

»Nein, Sir, Einzelheiten interessieren mich nicht«, erklärte er. »Mein Sohn hier« — er wies auf einen mächtigen jungen Burschen mit grobem, verdrießlichem Gesicht — »ist mit mir einer Meinung darüber, daß Mr. McPherson Maud auf beleidigende Weise den Hof gemacht hat. Ja, Sir. Von Heirat war nämlich nie die Rede. Trotzdem gab es Briefe, Stelldicheins und eine ganze Menge anderes, womit keiner von uns einverstanden sein konnte. Sie hat keine Mutter, und wir sind die einzigen, die über sie wachen. Und wir haben beschlossen . . .«

Zur Erläuterung seines Beschlusses kam er nicht, denn die Dame selbst war an der Tür erschienen. Nicht zu Unrecht hieß es von ihr, sie wäre die Zierde jeder Gesellschaft gewesen. Wer hätte sich vorgestellt, daß diese seltene Blume aus solcher Wurzel und in solcher Atmosphäre gedeihen könnte? Für mich besaßen Frauen kaum je Anziehungskraft, stets hat mein Verstand mein Herz gelenkt. Aber in dieses ebenmäßige und klargeschnittene Gesicht mit der sanften Frische des Downlands und den zarten Farben konnte selbst ich nicht blicken, ohne zu begreifen, daß jeder junge Mann, der Mauds Weg kreuzte, sich Hals über Kopf in sie verlieben mußte. So viel oder so wenig über das Mädchen, das jetzt gespannt und mit großen Augen vor Harold Stackhurst stand.

»Ich weiß ja schon, daß Fitzroy tot ist«, sagte sie. »Scheuen Sie sich nicht, mir die Einzelheiten mitzuteilen!«

»Der andere Herr hat uns schon davon in Kenntnis gesetzt«, erklärte der Vater.

»Ich sehe nicht ein, warum Maud in die Angelegenheit hineingezogen werden soll«, brummte der jüngere Mann.

Seine Schwester warf ihm einen ungestümen, brennenden Blick zu. »Das ist meine Sache, William! Laß sie mich gefälligst allein zu Ende führen! Hier liegt doch bestimmt ein Verbrechen vor, oder? Wenn ich helfen kann, herauszufinden, wer es auf dem Gewissen hat, ist das doch das mindeste, was ich für ihn noch tun muß.«

Aufmerksam folgte sie dem kurzen Bericht meines Gefährten. Ihre gefaßte Konzentration zeigte mir, daß sie nicht nur große Schönheit, sondern auch einen starken Charakter besaß. Maud

Bellamy steht immer als eine vollkommene Erscheinung und höchst bemerkenswerte Frau vor meinem geistigen Auge. Offenbar kannte sie mich schon vom Sehen her, denn zum Schluß wandte sie sich an mich.

»Bringen Sie die Burschen vor Gericht, Mr. Holmes! Sie können mit meiner Hilfe rechnen, wer sie auch sein mögen.« Und mir war, als blickte sie ihren Vater und ihren Bruder herausfordernd an, als sie so sprach.

»Ich danke Ihnen«, sagte ich. »Die Intuition einer Frau weiß ich in solchen Dingen wohl zu schätzen. Sie gebrauchen die Mehrzahl. Demnach nehmen Sie wohl an, daß nicht nur *eine* Person die Schuld trifft?«

»Ich habe Mr. McPherson gut genug gekannt, um zu wissen, daß er tapfer und stark war. Einer allein hätte es wohl kaum fertiggebracht, ihn derartig zu mißhandeln.«

»Könnte ich Sie einen Augenblick unter vier Augen sprechen?«

»Ich sag dir eins, Maud, misch dich nicht in diese Angelegenheit!« rief der Vater ärgerlich.

Sie sah mich ratlos an. »Was soll ich machen?«

»Alle Welt wird die Tatsachen bald wissen«, antwortete ich, »so kann ich keinen Schaden anrichten, wenn ich sie hier erörtere. Es wäre mir lieber gewesen, nur mit Ihnen privat darüber zu reden, aber da Ihr Vater es nicht erlauben will, muß er eben an der Unterhaltung teilnehmen.«

Dann sprach ich von dem Zettel, der in der Brieftasche gefunden worden war. »Er wird sicher bei der Untersuchung hervorgeholt. Darf ich Sie bitten, den Inhalt zu erklären, soweit es Ihnen möglich ist?«

»Ich brauche kein Geheimnis daraus zu machen«, antwortete sie. »Wir waren verlobt, behielten es aber vorläufig für uns, weil ein Onkel, der sehr alt ist und im Sterben liegen soll, Fitzroy vielleicht enterbt hätte, wenn der eine Ehe gegen seinen Wunsch eingegangen wäre. Einen anderen Grund hatten wir nicht.«

»Uns hättest du das aber sagen können«, brummelte Mr. Bellamy.

»Ich wollte ja, Vater, aber du warst so dagegen.«

»Ja, ich *habe* was dagegen, wenn meine Tochter mit Männern außerhalb ihres Standes anbändelt.«

»Es war nur dein Vorurteil, und darum haben wir dir nichts

gesagt ... Was die Verabredung angeht« – dabei nestelte sie an ihrem Kleid herum und brachte einen zerknitterten Zettel zum Vorschein –, »so war sie die Antwort *darauf*:«

›Liebste‹, lautete die Botschaft, *›auf unserem alten Platz am Strand, gleich nach Sonnenuntergang, am Dienstag. Es ist die einzige Zeit, wo ich fortkann. F. M.‹*

»Dienstag, das ist heute; heute abend wollten wir uns treffen.«

»Wie haben Sie die Nachricht erhalten? Sie ist bestimmt nicht mit der Post gekommen.«

»Darauf möchte ich lieber nicht antworten. Die Frage hat ganz sicher nichts mit dem Fall, den Sie untersuchen, zu tun. Aber über alles, was damit zusammenhängen könnte, will ich Ihnen gern Auskunft geben.«

Und sie hielt Wort. Trotzdem half uns nichts in unserer Fahndung weiter. Nein, sie glaubte nicht, daß ihr Bräutigam einen verborgenen Feind gehabt habe. Doch sie gab zu, daß ihr manche Männer stürmisch den Hof machten.

»Darf ich fragen, ob Mr. Levin Murdoch einer von ihnen war?«

Sie errötete und schien verlegen. »Ja, früher war es mir wohl so vorgekommen. Aber das hat sich alles geändert, als er von der Beziehung zwischen Fitzroy und mir hörte.«

Wieder dieser seltsame Mensch! Ja, man mußte seinen Leumund prüfen, seine Zimmer privat durchsuchen. Stackhurst würde hierfür ein williger Mitarbeiter sein. Denn auch in ihm hatte sich Verdacht geregt. Von unserem Besuch im ›Hafen‹ kehrten wir mit der Hoffnung zurück, ein Ende des wirren Knotens in Händen zu haben.

Eine Woche ging vorüber. Bei der Leichenschau war nichts geklärt und die Untersuchung daher bis nach der Auffindung weiteren Beweismaterials vertagt worden. Stackhursts geheime Nachforschungen über seinen Untergebenen sowie eine oberflächliche Durchsuchung von dessen Zimmer blieben ergebnislos. Ich persönlich war nochmals im Geist und in der Tat durch das ganze Gelände gegangen, ohne jedoch zu neuen Schlüssen zu gelangen. Nicht einmal meine berühmte Phantasie war imstande, eine Lösung für dieses Rätsel zu ersinnen. Da kam die Begebenheit mit dem Hund hinzu.

Meine alte Haushälterin hörte davon durch die sonderbare drahtlose Verbindung, mittels derer diese Leute sämtliche Neuigkeiten der Umgegend auskundschaften.

»Traurige Geschichte, was da mit dem Hund von Mr. McPherson passiert ist, Sir«, meinte sie eines Abends seufzend.

»Was ist los mit dem Hund von Mr. McPherson?« fragte ich zurück.

»Tot, Sir. Gestorben vor Kummer um seinen Herrn.«

»Wer hat Ihnen denn das erzählt?«

»Ach, Sir, da spricht doch jeder davon. Er hat schrecklich gejammert und eine Woche lang nichts gefressen, das arme Vieh. Und heute haben ihn zwei junge Leute von ›The Gables‹ tot aufgefunden. Drunten am Strand, Sir, genau an derselben Stelle, wo es auch sein Herrchen erwischt hat.«

An derselben Stelle! Die Worte gruben sich in mein Gedächtnis ein, und irgendwo hatte ich die unbestimmte Empfindung, dies sei wesentlich. Daß der Hund gestorben war, lag in der Natur dieser treuen Wesen. Aber an derselben Stelle! Warum war gerade der einsame Badeplatz auch für ihn verhängnisvoll geworden? Konnte auch er einem Racheplan zum Opfer gefallen sein? Bestand diese Möglichkeit? Ja, die Empfindung war nur sehr vage, aber etwas nahm in meinem Geist Gestalt an. In wenigen Minuten war ich auf dem Weg nach ›The Gables‹, wo ich Stackhurst in seinem Arbeitszimmer antraf. Auf meine Bitte ließ er Sudbury und Blount, die beiden Studenten, die den Hund gefunden hatten, holen.

»Ja, er lag am Rand des Teiches«, sagte der eine von ihnen. »Er muß der Spur seines toten Herrn gefolgt sein.«

Ich sah das treue kleine Geschöpf, einen Airedaleterrier, draußen auf einer Matte in der Vorhalle liegen. Der Körper war starr und steif, die Augen traten hervor, die Glieder waren verrenkt. Ein böser Todeskampf mußte diese Spuren eingezeichnet haben.

Von ›The Gables‹ wanderte ich zu dem Badetümpel hinab. Die Sonne war schon untergegangen. Schwarz zeichnete sich der Schatten der großen Klippe auf dem Wasser ab, das fahl wie eine Scheibe aus Blei glitzerte. Weit und breit war an diesem verlassenen Ort kein Lebewesen zu sehen außer zwei Möwen, die über mir kreisten und schrien. Im schwindenden Licht konnte ich nur schwach die Spur des Hundes im Sand erkennen, rund um den

Felsen, wo seines Herrn Handtuch gelegen hatte. Lange Zeit stand ich tief in Meditation versunken, während die Schatten um mich dunkler und dunkler wurden. In meinem Kopf jagten sich die Gedanken. Man kennt den Alptraum, in dem wir fühlen, wie etwas äußerst Wichtiges, wonach wir suchen und von dessen Vorhandensein wir wissen, sich immer wieder unserer Reichweite entzieht. So erging es mir an jenem Abend, da ich grübelnd am Küstenstrich des Todes stand. Schließlich kehrte ich um und wanderte langsam heimwärts.

Ich hatte gerade den höchsten Punkt des Pfades erreicht, als das, was ich so voller Eifer und doch vergebens zu fassen gesucht, wie ein Blitz in mir aufzuckte. Ihnen allen ist bekannt – oder Watson hätte seine Berichte umsonst geschrieben –, daß ich eine große Sammlung etwas abstruser Kenntnisse besitze, zwar ohne wissenschaftliches System, aber von großem Wert für meine Arbeit. Mein Hirn gleicht einem überfüllten Dachboden, voller Päckchen und Kisten, und es sind so viele, daß ich selbst nur ungefähr ahne, was sich alles dort befindet. Immerhin wußte ich in dem Augenblick, es war etwas darunter, was auf die derzeitige Angelegenheit Bezug haben könnte. Noch hatte ich keine deutliche Vorstellung davon, aber wenigstens war mir klar, wo ich nachsehen mußte. Es schien ungeheuerlich und wenig glaubhaft, aber es war eine Möglichkeit, die ich nicht unerprobt lassen wollte.

In meinem Landhäuschen gibt es einen Speicher, der mit Büchern vollgestopft ist. Darin tauchte ich unter und räumte eine Stunde herum. Mit einem kleinen schokoladebraunen und silbernen Band in der Hand kam ich wieder zum Vorschein. Voller Neugier schlug ich das Kapitel auf, an das ich mich nur noch schwach erinnerte. Ja, es war wirklich eine weit hergeholte und recht unwahrscheinliche Vermutung. Gleichwohl konnte ich keine Ruhe finden, ehe ich mich nicht überzeugt hatte, ob sie stimmte. Spät in der Nacht legte ich mich zum Schlafen nieder in begieriger Erwartung des nächsten Tages.

Doch erfuhr das, was ich mir vorgenommen, eine ärgerliche Unterbrechung. Kaum hatte ich meine frühmorgendliche Tasse Tee hinuntergeschüttet und war im Aufbruch zum Strand begriffen, als mich Inspektor Bardle von der Sussex-Polizeistation aufsuchte. Die Augen des stattlich gebauten, stiernackigen

Mannes hefteten sich mit besorgtem Ausdruck auf mich, als er sagte:

»Ich kenne Ihre ungeheure Erfahrung, Sir. Mein Besuch soll ganz unter uns bleiben. Aber aus diesem McPherson-Fall werde ich überhaupt nicht schlau. Die Frage ist, soll ich ihn nun verhaften oder nicht?«

»Sie meinen Mr. Levin Murdoch?«

»Jawohl, Sir. Es ist wirklich sonst niemand da, wenn man's bedenkt. Das hat diese Einöde wieder für sich. Man ist nur auf einen kleinen Bereich beschränkt. Wenn nicht er, wer soll's dann gewesen sein?«

»Auf welche Beweise wollen Sie sich denn stützen?«

Er hatte dieselben unzureichenden Argumente gesammelt wie ich: Murdochs eigenartiger Charakter, das Geheimnis, von dem er umwittert schien. Seine gelegentlichen Wutanfälle, wie sie die Hundeepisode bewies; schließlich die Tatsache, daß er in der Vergangenheit einen Streit mit Mr. McPherson gehabt hatte, aufgrund dessen die Vermutung gerechtfertigt schien, daß er dessen Beziehung zu Miß Bellamy übelnahm. Der Inspektor hatte alle meine Bedenken, aber keinen neuen Verdachtsgrund, außer Murdochs Vorbereitungen zu seiner Abreise.

»Wie stehe ich da, wenn ich ihn entwischen lasse mit all dem Belastungsmaterial, das ich gegen ihn habe?« Den stämmigen Phlegmatiker quälte seine eigene Unschlüssigkeit.

»Ziehen Sie doch einmal alle Lücken Ihres Falles in Betracht«, erwiderte ich. »Sicher kann er ein Alibi für den Morgen des Verbrechens nachweisen. Er war bis zum letzten Augenblick bei seinen Schülern. Und erst einige Minuten nach McPhersons Auftauchen kam er aus der entgegengesetzten Richtung uns nach. Vergegenwärtigen Sie sich auch, daß er unmöglich diesen Gewaltakt allein an einem Menschen verüben konnte, der genauso stark wie er selbst war. Schließlich wirft sich noch die Frage auf, mit welchem Instrument diese Verletzungen hervorgerufen wurden.«

»Was kann es sonst gewesen sein als eine Geißel oder eine Art biegsamer Peitsche?«

»Haben Sie die Striemen untersucht?«

»Ja, ich war dabei, als der Arzt sie angesehen hat.«

»Nun, ich habe sie sorgfältig unter meine Lupe genommen. Sie sind von besonderer Beschaffenheit.«

»Von welcher denn, Mr. Holmes?«

Ich ging zu meinem Schreibtisch und holte eine vergrößerte Fotografie hervor.

»Das ist meine Methode in solchem Fall«, erklärte ich.

»Sie machen wirklich alles sehr gründlich, Mr. Holmes!«

»Ich wäre kaum, was ich bin, wenn ich das nicht täte. Wir wollen uns jetzt diesen Striemen ansehen, der sich um die rechte Schulter zieht. Fällt Ihnen nichts daran auf?«

»Das könnte ich nicht behaupten.«

»Offenkundig ist er doch ungleich in der Stärke. Hier erkennen Sie einen Flecken ausgetretenen Blutes — und hier wieder — und hier. Was hat das zu bedeuten?«

»Ich habe keine Ahnung, Sir, wissen Sie's?«

»Vielleicht — vielleicht auch nicht. Möglicherweise werde ich bald mehr darüber sagen können. Wenn wir erst genauer wissen, was diese Spuren hinterließ, sind wir ein gutes Stück weiter.«

»Natürlich ist es ein abwegiger Einfall«, meinte der Polizist, »aber wenn man ein rotglühendes Drahtnetz über den Rücken gelegt hätte, dann wären diese deutlicher hervortretenden Stellen die Punkte, wo die Maschen sich gekreuzt haben.«

»Ein ausgezeichneter Vergleich! Und was meinen Sie zu einer neunschwänzigen Katze mit kleinen harten Knoten dran[1]?«

»Donnerwetter, Mr. Holmes, Sie haben den Nagel auf den Kopf getroffen.«

»Aber vielleicht gibt's auch eine ganz andere Ursache, Mr. Bardle. Jedenfalls reicht, was Sie gegen Murdoch vorzubringen haben, für eine Verhaftung nicht aus. Dann sind da ja auch noch die letzten Silben des Sterbenden: ›. . . Löwenmähne‹.«

»Ich habe mir schon überlegt, ob Levin . . .«

»Gewiß; auch ich zog das in Erwägung. Wenn der zweite Teil irgendwelche Ähnlichkeit mit ›Murdoch‹ gehabt hätte — aber das hat er nicht. Er stieß es fast wie einen Schrei hervor, und ich bin ganz sicher, es lautete ›Mähne‹.«

»Haben Sie keine Alternative, Mr. Holmes?«

»Vielleicht schon. Aber ich möchte nicht darüber sprechen, ehe ich auf festem Grund bauen kann.«

»Und wann wird das sein?«

[1] Eine neunschwänzige Peitsche, die u. a. im Gefängnis verwandt wurde.

»In einer Stunde – womöglich noch früher.«

Der Inspektor rieb sich das Kinn und sandte mir einen zweifelnden Blick zu.

»Ich wollte, ich könnte sehen, was Sie da im Kopf haben, Mr. Holmes. Vielleicht sind's jene Fischerboote?«

»Nein, nein; die waren zu weit draußen.«

»Oder – etwa dieser Bellamy und sein dicker Sohn? Die waren doch Mr. McPherson nicht sehr gewogen. Ob sie ihm einen Streich gespielt haben?«

»Nichts da! Sie holen nichts aus mir heraus, bevor ich nicht fertig bin«, versetzte ich lächelnd. »Nun, aber bis dahin, Inspektor, hat jeder von uns seine eigene Aufgabe. Vielleicht wären Sie so nett, mich hier mittags wieder zu treffen?«

So weit waren wir gediehen, als sich etwas Verblüffendes ereignete, das uns der Lösung förmlich entgegenstieß.

Meine Haustür flog auf, und ich hörte polternde Schritte auf dem Gang. Gleich darauf stolperte bleich, zerzaust, die Kleider in wilder Unordnung, Levin Murdoch ins Zimmer. Mit seinen mageren Händen klammerte er sich an die Möbel, um sich aufrecht zu halten. »Branntwein, Branntwein!« keuchte er und fiel stöhnend aufs Sofa.

Er war nicht allein. Hinter ihm kam Stackhurst, schweratmend, ohne Hut und fast ebenso aufgelöst wie sein Gefährte.

»Jaja, einen Cognac oder etwas dergleichen!« rief er. »Der arme Mensch ist in den letzten Zügen. Ich konnte nicht mehr für ihn tun, als ihn herbringen. Unterwegs wurde er zweimal ohnmächtig.«

Ein halbes Glas starken Branntweins tat erstaunliche Wirkung. Der Kranke stützte sich auf einen Arm und schleuderte die Jacke von seinen Schultern. »Um Gottes willen. Öl, Opium, Morphium!« schrie er. »Irgendwas, um diese Höllenpein zu lindern!«

Der Anblick des nackten Rückens hatte bei dem Inspektor und mir den gleichen bestürzten Ausruf zur Folge. Über die Schulter des Mannes breitete sich netzartig dasselbe unheimliche Muster aus, dessen hochrote entzündete Striemen das Todesmerkmal Fitzroy McPhersons gewesen waren.

Murdoch hatte offensichtlich – und nicht nur an diesen wunden Stellen – furchtbare Schmerzen. Zeitweise setzte sein Atem aus, und sein Gesicht wurde schwarz. Dann griff er laut keuchend nach seinem Herzen, während ihm der Schweiß von der Stirn rann. Immer wieder rang er mit dem Tod. Mehr und mehr Cognac schütteten wir dem Gepeinigten die Kehle hinunter. Jedes frische Glas erweckte ihn nochmals zum Leben. In Salatöl getränkte Wattebäusche schienen die schlimmsten Schmerzen zu lindern. Schließlich fiel sein Kopf schwer auf das Kissen nieder. Die erschöpfte Natur suchte eine letzte Zuflucht: Es war halb Schlaf, halb Ohnmacht. Von dem Leidenden etwas zu erfragen, war unmöglich gewesen. Aber im Augenblick, wo wir seinetwegen etwas beunruhigter sein durften, wandte Stackhurst sich mir zu.

»Mein Gott!« rief er, »Holmes, was ist es nur?«

»Wo haben Sie ihn gefunden?« fragte ich.

»Drunten am Strand. Genau da, wo es mit dem armen McPherson zu Ende ging. Wenn dieser hier ein schwaches Herz wie Fitzroy gehabt hätte, wäre er jetzt nicht hier. Öfter als einmal habe ich gedacht, es sei um ihn geschehen, als ich ihn heraufbrachte. Bis ›The Gables‹ war es zu weit. Deshalb sind wir zu Ihnen gekommen.«

»Haben Sie gesehen, was er am Strand getan hat?«

»Ich wanderte über die Klippen, als ich seinen Schrei hörte. Wie ein Betrunkener torkelte er am Rand des Teiches entlang. Ich lief hinunter, warf ihm ein paar Kleidungsstücke über und brachte ihn herauf. Um Himmels willen, Holmes, setzen Sie alle verfügbaren Kräfte ein, den Fluch von diesem Ort zu nehmen, denn das Leben ist hier ja unerträglich geworden. Können nicht einmal Sie etwas für uns tun?«

»Doch, ich glaube schon, daß ich es kann, Stackhurst. Kommen Sie mit mir – und Sie auch, Inspektor! Ich will schauen, ob es mir gelingt, Ihnen den Mörder auszuliefern.«

Wir überließen den Bewußtlosen der Obhut meiner Haushälterin und gingen alle drei zu der verhängnisvollen Lagune hinunter. Auf dem Kies lag ein Häufchen aus Kleidungsstücken und Handtüchern, die der Überfallene zurückgelassen hatte. Langsam wanderte ich um den Tümpel herum; meine Kameraden kamen hinter mir her. Der Teich war großenteils ziemlich seicht. Aber unter der Klippe, wo das Ufer sich buchtete, mochte er etwa fünf Fuß tief sein. An diese Stelle würde ein Schwimmer sich natürlich begeben, denn hier war das Wasser durchsichtig grün und klar wie ein Kristall. Unmittelbar an dem felsigen Ufer unter der

Klippe entlang führte ich meine Gefährten und starrte mit beharrlicher Aufmerksamkeit in die Tiefe unter mir. Wir hatten eben den tiefsten und stillsten Teil erreicht, als mein Auge erspähte, was es so emsig gesucht, und ich einen Schrei des Triumphes ausstieß. »Cyanea!« rief ich und noch einmal »Cyanea! Sehen Sie sie dort, die Löwenmähne?«

Die seltsame Masse, auf die ich deutete, glich in der Tat einem Haargewirr, das man aus der Mähne eines Löwen gerissen haben konnte. Sie lag auf einer Felsenplatte, etwa drei Fuß unter der Wasserfläche; ein merkwürdig wedelndes, vibrierendes, haariges Lebewesen mit Silberstreifen zwischen den gelben Zotteln. Es pulsierte, indem es sich langsam, schwerfällig ausdehnte und wieder zusammenzog.

»Die Brut hat Unheil genug angerichtet. Ihre Zeit ist um!« rief ich. »Helfen Sie mir, Stackhurst! Wir wollen den Mörder für immer unschädlich machen!«

Unmittelbar an der Kante über dem Felsvorsprung lag ein mächtiger Gesteinsbrocken. Den schoben wir vorwärts, bis er mit ungeheurem Getöse ins Wasser klatschte. Als das Wellengekräusel sich geklärt hatte, sahen wir: Er war auf die Felsenplatte gefallen. Das zuckende Ende eines herausragenden Nesselfadens zeigte an, daß sich unser Opfer darunter befand. Dicker, öliger Schaum trat unter dem Stein hervor und verfärbte das Wasser, während er langsam an die Oberfläche stieg.

»Also, da schlag doch einer lang hin!« rief der Inspektor staunend. »Was war denn das nun, Mr. Holmes? Ich bin hierzulande geboren und aufgewachsen, aber so ein Ding hab' ich noch nie gesehen! Das gehört bestimmt nicht nach Sussex.«

»Ein Glück für Sussex«, bemerkte ich ernst. »Gut möglich, daß es der Südweststurm angeschwemmt hat. Kommen Sie nun beide mit mir nach Hause! Ich will Ihnen die schreckliche Erfahrung eines Menschen weitergeben, dessen Begegnung mit diesem unheimlichen Meeresbewohner für uns so aufschlußreich geworden ist.«

Als wir in meinem Zimmer anlangten, fanden wir Murdoch so weit erholt, daß er sich aufsetzen konnte. Er war aber noch sehr benommen und wurde alle paar Sekunden von krampfartigen Schmerzen geschüttelt. In abgehackten Sätzen erklärte er, keine Erinnerung an das Geschehene zu haben, außer, daß ihm plötzlich qualvolle Stiche durch den ganzen Körper gejagt seien und er nur mit Mühe und Not das Ufer wieder erreicht habe.

»Hier ist das Buch«, sagte ich und nahm den kleinen braunen Band zur Hand, »das uns zum erstenmal Einsicht in eine Domäne verschafft, die andernfalls vielleicht heute noch in Dunkel gehüllt wäre. Es heißt ›Draußen‹[1], und der große Forscher, der es verfaßte, Wood, wäre beinahe selbst an der Berührung mit dieser niederträchtigen Kreatur zugrunde gegangen. So schreibt er aus eigenster Kenntnis heraus. *Cyanea Capillata* ist der vollständige Name dieses Bösewichts, der so lebensgefährlich werden kann wie die Kobra und weit größere Qualen verursacht. Lassen Sie mich diesen kurzen Auszug hier vorlesen:

›Erblickt der Badende eine lose, rundliche Masse aus lohfarbenen Gliedmaßen und Fibern, etwa einem großen Stück Löwenmähne, mit Silberpapier vermischt, gleichend, so sei er sehr auf der Hut. Es handelt sich nämlich um die furchtbare, giftige Cyanea Capillata!‹ Könnte unsere ekle Bekanntschaft von vorhin zutreffender beschrieben sein? — Er fährt fort, indem er seine eigene Begegnung mit der Meduse schildert, wie er einmal von der Kenter Küste weiter hinausschwamm. Dabei fand er heraus, daß sie fast unsichtbar über eine Entfernung von fünfzehn Metern hinweg Fangfäden aussendet und daß jeder in diesem Umkreis in Todesgefahr schwebt. Sogar in größerer Entfernung wäre die Wirkung für Wood fast tödlich geworden. Hören Sie weiter:

›Die zahlreichen Fäden verursachen dünne scharlachrote Linien auf der Haut, die, wie ich bei genauer Betrachtung feststellte, sich in winzige Pusteln auflösten. Jeder dieser schwärenden Tupfen verursacht einen bohrenden Schmerz, als würden die Nerven von glühenden Nadeln durchstochen.‹

Der örtliche Schmerz war, wie er erklärt, noch das wenigste bei dieser ausgesuchten Folterqual. ›Beklemmungen schossen durch die Brust, die bewirkten, daß ich hinstürzte, als sei ich von einer Kugel getroffen. Der Pulsschlag setzte aus — und dann hüpfte das Herz sechs- oder siebenmal, als wollte es die Kammer sprengen und sich den Weg nach außen erzwingen.‹

Der Vorgang hat ihn beinahe getötet, obwohl er der giftigen Strahlung doch nur im bewegten Ozean und nicht in einem en-

[1] *Out of Doors* by J. G. Wood.

gen stillen Gewässer, wie es unser Badetümpel ist, ausgesetzt war. Er sagt, daß er sich hinterher kaum wiedererkannte, so leichenblaß, runzlig und zerknittert war sein Gesicht. Er goß eine ganze Flasche voll Branntwein hinunter, das scheint ihm das Leben gerettet zu haben. Hier, nehmen Sie das Buch, Inspektor. Ich überlasse es Ihnen. Sie werden zweifellos erkennen, daß es die vollständige Erklärung der Tragödie des unglücklichen McPherson enthält.«

»Und beiläufig mich entlastet«, bemerkte Levin Murdoch mit verzerrtem Lächeln. »Ich tadle weder Sie, Inspektor, noch Sie, Mr. Holmes; Ihr Verdacht war nur zu natürlich. Anscheinend habe ich mich am Vorabend meiner Verhaftung nur dadurch rehabilitiert, daß ich das Schicksal meines armen Freundes teilte.«

»Nein, Mr. Murdoch. Ich war bereits auf der richtigen Spur. Und wäre ich so früh unten am Strand gewesen, wie ich ursprünglich beabsichtigte, hätte ich Sie vor diesem schrecklichen Abenteuer bewahren können.«

»Aber wie sind Sie nur auf den Mörder gekommen, Mr. Holmes?«

»Ich bin ein allesverschlingender Leser mit einem sonderbar aufmerksamen Gedächtnis für scheinbare Nebensächlichkeiten. Der Ausdruck ›Löwenmähne‹ spukte mir im Kopf herum. Ich wußte, daß ich ihm schon irgendwo begegnet war. Sie haben gesehen, wie richtig er diese Medusenart beschreibt. Zweifellos schwamm sie auf dem Wasser, als McPherson sie erblickte. Und nur durch diese Bezeichnung konnte er die Warnung an uns weitergeben.«

»Dann bin ich wenigstens freigesprochen«, bemerkte Murdoch seufzend und stand langsam auf. »Ich möchte noch zwei, drei erklärende Worte hinzufügen, denn ich weiß ja, in welcher Richtung Ihre Nachforschungen gelaufen sind. Daß ich jene junge Dame geliebt habe, ist die reine Wahrheit. Aber vom Tage an, wo sie sich für meinen Freund McPherson entschied, war in mir nur der Wunsch, ihr zu ihrem Glück zu verhelfen. Ich begnügte mich gern damit, Vermittler zu sein. Oft trug ich ihre Briefe hin und her, denn sie hatten mich ins Vertrauen gezogen. Und da mir Maudie so teuer war, eilte ich, ihr meines Freundes Tod mitzuteilen, ehe ein anderer mir zuvorkäme und dieses in vielleicht harter, herzloser Weise besorgte. Sie wollte Ihnen von unseren Beziehungen nichts sagen, Sir, damit ich nicht unter Ihrer Mißbilligung zu leiden hätte ... Aber mit Ihrer Erlaubnis möchte ich jetzt versuchen, nach ›The Gables‹ zu gelangen, denn mein Bett wird mir jetzt sehr willkommen sein.«

Stackhurst streckte ihm die Hand entgegen. »Unsere Nerven wurden bis zum äußersten angespannt«, sagte er. »Bitte, vergeben Sie mir, was hinter uns liegt. In Zukunft werden wir einander besser verstehen.« Freundschaftlich untergehakt, gingen sie zusammen hinaus. Der Inspektor blieb und starrte mich schweigend mit seinen Ochsenaugen an.

»Na, da hätten Sie's ja wieder mal geschafft!« rief er schließlich anerkennend aus. »Sicher, man hört ja viel von Ihnen, aber ich habe immer nur das wenigste davon geglaubt ... Fabelhaft war das!«

Natürlich mußte ich den Kopf schütteln. Derlei Lobpreisungen anzunehmen, heißt, sich unter sein eigenes Niveau zu begeben.

»Ich war zu langsam beim Start«, entgegnete ich. »Kaum entschuldbar langsam. Hätte man die Leiche im Wasser gefunden, wäre für mich kaum ein Irrtum möglich gewesen. Das unbenutzte Handtuch brachte mich durcheinander. Der arme Teufel hat überhaupt nicht daran gedacht, sich abzutrocknen. Ich aber verfiel auf den Gedanken, er sei gar nicht im Wasser gewesen. Wie sollte ich also den Angreifer *im Wasser* suchen? Das war's, weshalb ich zunächst fehlging. Lassen wir's gut sein, Inspektor! Wie oft hab' ich es gewagt, euch Herren von der Polizei ein Schnippchen zu schlagen. Nun hätte Cyanea Capillata Scotland Yard um ein Haar an mir gerächt.«

Der letzte Fall

Es war der zweite August – der verhängnisvollste zweite August in der Geschichte der Menschheit. Man hätte schon ahnen können, daß Gottes Urteil schwer über einer verkommenen Welt hing, denn eine quälende Stille, ein Gefühl unbestimmter Erwartung war in der schwül stagnierenden Luft. Die Sonne war längst untergegangen, aber noch lag ein blutroter Fleck wie eine offene Wunde tief am westlichen Horizont. Oben glänzten schon Sterne, unten glitzerten die Lichter der Schiffe in der Bucht. Die beiden Deutschen standen an der steinernen Brustwehr des Gartenwegs, hinter sich das Haus mit dem langen, tief herabhängenden Steildach, und blickten auf die breite Brandung zu Füßen des hohen Kalkfelsens, auf dem von Bork sich, wie ein streifender Adler, vor vier Jahren niedergelassen hatte. Die Köpfe dicht aneinandergerückt, sprachen sie in leisem, vertraulichem Ton. Von unten hätte man die glühenden Enden ihrer Zigarren für die Glutaugen eines bösen Feindes halten können, der ins Dunkel hinabblickt.

Ein bemerkenswerter Mensch, dieser von Bork – es gab kaum seinesgleichen unter allen ergebenen Spionen Kaiser Wilhelms II. Seine Fähigkeiten hatten ihn für England empfohlen, die wichtigste Aufgabe, die es gab; und seit er sie übernommen hatte, waren die paar Leute in der Welt – ein halbes Dutzend etwa –, die wirklich wußten, worum es ging, auf ihn und eben diese Fähigkeiten aufmerksam geworden. Einer davon war sein gegenwärtiger Gefährte, Freiherr von Herling, der Erste Legationssekretär, dessen riesiger 100-PS-Benz den Landweg so lange blockierte, bis sein Eigentümer mit ihm nach London zurückrasen würde.

»Soweit ich die Entwicklung der Ereignisse übersehen kann, kehren Sie vermutlich noch diese Woche nach Berlin zurück«, sagte der Legationssekretär gerade. »Sind Sie erst einmal da, lieber von Bork, wird Sie der Empfang, der auf Sie wartet, überraschen. Habe zufällig gehört, was man im Oberkommando von Ihrer Arbeit hier im Lande hält.« Er war ein Riese, hochgewachsen und breitschultrig, mit einer kehlig schleppenden Sprache, die ihm bei seiner diplomatischen Karriere nicht wenig geholfen hatte.

Von Bork lachte.

»Nicht schwer, diese Leute zu täuschen«, bemerkte er. »Ein freundlicheres, simpleres Volk können Sie sich nicht vorstellen.«

»Weiß nicht so recht«, sagte der andere nachdenklich. »Man stößt da leicht an merkwürdige Grenzen, wenn man nicht aufpaßt. Gerade diese Simpelei an der Oberfläche kann eine Falle sein, in die der Fremde hineintappt. Der erste Eindruck ist Gutmütigkeit von oben bis unten. Und dann, auf einmal, kommt etwas Hartes, wie Stein, eben die Grenze, nicht wahr, und damit muß man sich einrichten. Ihre Inselbräuche zum Beispiel – die muß man einfach einhalten.«

»Was heißen soll ›gute Formen‹ und so weiter?« Von Bork seufzte, als habe er schon beträchtlich darunter gelitten.

»Was heißen soll: britisches Vorurteil, wie sich's nun mal manifestiert. Kann Ihnen ein Beispiel nennen, wie ich selber 'reingefallen bin – schadet mir nichts, von einem Reinfall zu reden bei Ihnen. Sie kennen ja meine Arbeit gut genug und wissen von meinen Verdiensten. Das war bei meinem ersten Besuch hier auf der Insel. Ein Minister hatte mich zu einem Weekend in sein Landhaus eingeladen. Kleine Gruppe von Freunden. Die Konversation – einfach erstaunlich offenherzig.«

Von Bork nickte. »War selbst da«, sagte er trocken.

»Eben. Na ja, schickte natürlich ein Resümee der Informationen nach Berlin. Unseligerweise hat unser lieber Reichskanzler eine, sagen wir mal, bißchen plumpe Hand in solchen Sachen. Er übermittelte eine Bemerkung, die deutlich zeigte, daß er über die Unterhaltung Bescheid wußte. Na, die Spur führte natürlich direktemang zu mir. Können sich gar nicht vorstellen, was ich deswegen auszustehen hatte. Die Freundlichkeit meiner ehrenwerten Gastgeber – reineweg wie weggeblasen, dürfen Sie mir glauben. Hat mich zwei Jahre gekostet, die Scharte auszuwetzen. Und Sie, mit Ihrer sportlichen Pose?«

»Nein, bitte nennen Sie's nicht eine Pose. Das wäre ja gekünstelt. Ich benehme mich ganz natürlich. Bin ein geborener Sportsmann. Kann nichts dafür, es liegt mir nun mal.«

»Schön, das macht's nur wirkungsvoller. Sie machen Wettsegeln mit ihnen, Sie jagen mit ihnen. Sie spielen Polo, Sie stehen überall Ihren Mann, mit Ihrem Vierspänner sind Sie olympiareif. Habe sogar gehört, daß Sie mit den jungen Offizieren in den Ring steigen. Boxen, lieber Gott! Und das Ergebnis? Kein Mensch nimmt Sie ernst. Sie sind das, was die Leute hier einen ›good old sport‹ nennen, ›für einen Deutschen gar nicht übel‹; ein Kerl, der ordentlich einen hinter die Binde gießt, in Nachtklubs herumstreunt, die Stadt unsicher macht, ein rechter junger Teufelskerl. Und dabei geht von Ihrem friedlichen Landhaus die Hälfte von allem Unheil aus, das über England kommen wird, und der edle Sportler ist der schneidigste Geheimagent, den's in ganz Europa gibt. Sind ein Genie, lieber von Bork – jawoll, ein Genie!«

»Sie schmeicheln, Baron. Immerhin darf ich wohl behaupten, daß meine vier Jahre hier nicht ganz unproduktiv waren. Ich habe Ihnen nie meinen kleinen Vorrat an Schätzen gezeigt. Wie wär's, treten wir einen Moment ein?«

Unmittelbar von der Terrasse aus gelangte man in das Arbeitszimmer. Von Bork stieß die Tür auf und knipste, während er den Weg zeigte, das elektrische Licht an. Dann schloß er die Tür wieder hinter der mächtigen Gestalt, die ihm gefolgt war, und zog sorgsam die schweren Vorhänge vor dem vergitterten Fenster zurecht. Erst nachdem all diese Vorsichtsmaßnahmen und Prüfungen beendet waren, wandte er dem Gast sein sonnengebräuntes Gesicht mit der Adlernase zu.

»Einige meiner Papiere sind schon weg«, sagte er. »Als meine Frau und die Hausangestellten gestern nach Flushing abreisten, nahmen sie die weniger wichtigen mit sich. Für die anderen muß ich natürlich den Schutz der Gesandtschaft anfordern.«

»Ihr Name steht schon auf der Liste der persönlichen Suite. Keine Schwierigkeiten für Sie oder Ihre Sachen. Diplomatengepäck. Kann natürlich auch sein, daß wir gar nicht reisen müssen. Vielleicht läßt England Frankreich allein im Schlamassel, kann ja sein. Wir sind ganz sicher, daß es da keinen absolut bindenden Vertrag zwischen ihnen gibt.«

»Und Belgien?«

»Belgien desgleichen.«

Von Bork schüttelte den Kopf. »Das will mir nicht einleuchten. Es gibt einen festen Vertrag. England könnte sich von einer solchen Demütigung nie wieder erholen.«

»Wenigstens hätte es für den Augenblick Frieden.«

»Und seine Ehre?«

»Gott, lieber Herr, wir leben in einem utilitaristischen Zeitalter. Ehre ist eine mittelalterliche Vorstellung, diese wenigstens. Außerdem, England ist nicht kriegsbereit. Kaum zu glauben, nicht wahr, aber selbst unsere Sondersteuer für das Heer, fünfzig Millionen Goldmark, hat diese Leute hier nicht aus dem Schlummer geweckt; dabei könnten wir ebenso auf der ersten Seite der *Times* annoncieren, was wir vorhaben. Ja, hier und da hört man mal 'ne Frage. Meine Sache, gut darauf zu antworten. Hier und da gibt's auch irgendeine Aufregung. Meine Sache, sie zu glätten. Aber da können Sie Gift drauf nehmen: Was die wesentlichen Schritte betrifft – Schaffung von Munitionsdepots, Vorbereitung auf den U-Boot-Krieg, technische Verbesserung der Geschosse und so weiter –, alles gleich Null. Wie soll England denn eigentlich loslegen, sagen Sie mal, wo wir ihnen auch noch diesen höllischen Bürgerkrieg mit Irland zusammengebraut haben, unter anderem wohlbemerkt? Haben ganz unbedingt im eignen Land genug zu tun.«

»Englands Zukunft steht immerhin auf dem Spiel.«

»Ach, das ist etwas anderes. Ich glaube, wir haben da unsere sehr bestimmten Pläne mit Englands Zukunft, und dabei werden Ihre Informationen uns zustatten kommen. Heute oder morgen, heißt's für Mr. John Bull. Wenn ihm heute lieber ist, bitte, wir sind gerüstet. Zieht er morgen vor, um so besser. Könnte mir denken, daß es klüger für die Leute wäre, zusammen mit Verbündeten loszuschlagen als ohne, aber das ist ihre eigene Sache. Jedenfalls, jetzt haben sie ihre Schicksalswoche. Doch Sie sprachen gerade von Ihren Aufzeichnungen.« Und er setzte sich in den Lehnsessel, das Licht schimmerte auf seinem breiten kahlen Schädel, ruhig zog er an seiner Zigarre.

Am Ende des großen, holzgetäfelten Raums mit den zahllosen Bücherreihen an den Wänden hing ein Vorhang herab, der, jetzt beiseite geschoben, einen stark gesicherten Safe enthüllte. Von Bork löste einen kleinen Schlüssel von seiner Uhrkette, und nachdem er sich eine Weile mit dem Schloß beschäftigt hatte, schwang die schwere Tür auf.

»Sehen Sie!« sagte er und trat mit einer deutenden Armbewegung beiseite.

Das Licht fiel voll in den geöffneten Panzerschrank, und mit intensivem Interesse blickte der Legationssekretär auf die Reihen von Fächern, die darin angebracht waren. Über jedem klebte ein Schild, und als seine Augen daran entlangglitten, las er Titel wie diese: ›Untiefen‹, ›Hafenverteidigungen‹, ›Luftstreitkräfte‹, ›Irland‹, ›Ägypten‹, ›Portsmouth‹, ›Befestigungsanlagen‹, ›Ärmelkanal‹ und so weiter. Jedes Fach war vollgestopft mit Karten und Schriftstücken.

»Kolossal!« sagte der Diplomat. Er legte sogar die Zigarre ab und klatschte leise Beifall mit seinen weichgepolsterten Händen.

»Das Ergebnis von vier Jahren, Baron. Nicht ganz schlecht für einen Landjunker, der scheinbar nichts im Sinn hat als Trinken und Reiten, wie? Aber das Juwel der Sammlung steht noch aus. Hier soll es hinein!« Und er wies auf ein Fach, über dem ›Schiffssignale‹ stand.

»Aber da steht doch schon allerhand.«

»Überholt, reif für den Papierkorb. Irgendwie hat die Admiralität Wind bekommen, jeder Code ist geändert. Ein harter Schlag, Baron – der größte Rückschlag in meiner Kampagne. Doch dank meinem Scheckbuch und meinem guten Altamont wird die Scharte noch heute nacht ausgewetzt.«

Der Freiherr sah auf seine Uhr und stieß einen Laut der Enttäuschung aus. »Ich kann wahrhaftig nicht länger warten. Können sich ja vorstellen, daß die Dinge in Carlton Terrace jetzt in Bewegung sind und wir alle auf unserem Posten sein müssen. Ich hatte doch sehr gehofft, die Neuigkeit von Ihrem großen Coup mitbringen zu können. Hat Altamont keine genaue Zeit genannt?«

Von Bork schob ihm ein Telegramm zu: EINTREFFE UNBEDINGT HEUTE ABEND MIT NEUEN ZÜNDKERZEN STOP ALTAMONT.

»Zündkerzen, wie?«

»Sehen Sie, er gibt sich gern als Motorexperte, und ich habe auch eine volle Garage. In unserem Code wird alles, was uns interessieren könnte, mit einem Ersatzteil bezeichnet. Wenn er von der Kühlerhaube spricht, meint er ein Linienschiff, die Ölpumpe ist ein Panzerkreuzer und so weiter. Zündkerzen sind geheime Schiffssignale.«

»Das Telegramm wurde mittags in Portsmouth aufgegeben«, sagte der Legationssekretär mit einem Blick auf das Papier. »Was ich Sie übrigens noch fragen wollte: Wieviel zahlen Sie ihm?«

»Fünfhundert Pfund für diese spezielle Aufgabe. Davon abgesehen hat er natürlich ein Fixum.«

»Der gierige Gauner. Sind ja brauchbar, diese Vaterlandsverräter, aber ich gönne ihnen ihr Blutgeld nicht so recht.«

»Ich gönne ihm alles, was er will. Altamont ist ein wunderbarer Mitarbeiter. Wenn ich ihn auch gut bezahle, er liefert wenigstens die Waren ab, um seine eigenen Worte zu benutzen. Außerdem ist er im Grunde kein Verräter. Ich kann Ihnen versichern, unser alldeutschester Junker ist ein gurrendes Täubchen in seinen Gefühlen England gegenüber verglichen mit einem verbitterten irischen Amerikaner.«

»Oh, Halbire, Halbamerikaner?«

»Wenn Sie ihn reden hören, zweifeln Sie nicht daran. Manchmal, tatsächlich, kann ich ihn kaum verstehen. Scheint dem Englisch des Königs ebenso den Krieg erklärt zu haben wie dem englischen König. Müssen Sie wirklich schon gehen. Er dürfte jeden Augenblick hier sein?«

»Nein, bedaure sehr. Habe mich schon erheblich verspätet. Wir erwarten Sie morgen früh, und wenn Sie dann die Codeschlüssel über die Gangway an Bord des Duke of York gebracht haben, können Sie einen triumphalen Schlußpunkt unter Ihre englische Tätigkeit setzen. Was? Tokayer?« Und er wies auf eine dick versiegelte, staubige Flasche, die mit zwei Gläsern auf einem Präsentierteller stand.

»Darf ich Ihnen ein Glas anbieten, auf den Weg sozusagen?«

»Danke ergebenst. Aber sieht ja wie reine Zauberei aus.«

»Altamont ist ein beachtlicher Weinkenner, für meinen Tokayer hat er besonders viel übrig. Ist ein empfindlicher Bursche, man muß ihn manchmal mit solch kleinen Annehmlichkeiten bei Laune erhalten. Will studiert sein, der Herr.«

Unterdem waren sie wieder auf die Terrasse hinausgetreten und an ihr entlang bis dorthin geschritten, wo der große Wagen des Freiherrn, vom Chauffeur in Gang gebracht, zitterte und brummte. »Das da hinten sind wohl die Lichter von Harwich, wie?« fragte der Diplomat, während er seinen Staubmantel überwarf. »Wie ruhig und friedlich das alles scheint. Wird möglicherweise andere Lichter geben, im Lauf der Woche, und aus der englischen Küste nicht gerade ein Ruhekissen machen. Nicht mal der Himmel wird so freundlich bleiben, wenn sich die Dinge entwickeln, wie unser guter Graf Zeppelin sie voraussagt. Übrigens, wer ist denn das?«

Nur ein Zimmer hinter ihnen war erleuchtet; man sah eine

Lampe, und daneben, an einem Tisch, das liebe, rotbäckige Gesicht einer alten Frau unter einer Bäuerinnenhaube. Sie saß über eine Häkelarbeit gebeugt und unterbrach sich nur ab und an, um eine große schwarze Katze zu streicheln, die neben ihr auf einem Schemel kauerte.

»Das ist Martha, die einzige Magd, die ich noch behalten habe.«

Der Legationssekretär kicherte. »Geradezu eine Verkörperung von Old Britannia selbst«, sagte er, »wie sie da in sich versunken hockt, auf dem Gesicht schon den Ausdruck behaglichen Schlummers. Na ja, au revoir, von Bork!« Mit einem letzten Winken sprang er in den Wagen, und einen Augenblick später durchbrachen seine beiden goldenen Scheinwerfer die Dunkelheit. Der Legationssekretär lehnte sich in das Polster der Luxuslimousine zurück, und seine Gedanken waren während der Fahrt so fest in die Tragödie verstrickt, die über Europa hing, daß er vermutlich übersah, wie ein kleiner Ford ihnen entgegenkam und beinahe unter die Räder des großen Wagens geraten wäre.

Als die Rücklichter seines Gastes in der Ferne verschwunden waren, schlenderte von Bork zum Arbeitszimmer zurück. Seine alte Haushälterin, so bemerkte er im Vorübergehen, hatte ihr Licht ebenfalls gelöscht und sich zurückgezogen. Eine neue Erfahrung war das für ihn, die Stille und Dunkelheit des weitläufigen Hauses, denn er war an eine große Familie und einen geräuschvollen Haushalt gewöhnt. Doch der Gedanke beruhigte ihn, daß sie alle sich in Sicherheit befanden. Bis auf die alte Frau war er allein unter diesem Dach. Im Arbeitszimmer gab es allerlei aufzuräumen und zu beseitigen; er tat es am besten selbst, und es dauerte nicht lange, bis sein hübsches Gesicht von den Flammen glühte, als er diese und jene Papiere verbrannte. Neben dem Tisch stand ein Lederkoffer, in den er nun sorgfältig und systematisch den kostbaren Inhalt seines Safes verstaute. Doch er hatte noch kaum mit dieser Tätigkeit begonnen, als seine scharfen Ohren das Geräusch eines sich nähernden Wagens auffingen. Mit einem Ausruf der Befriedigung klappte er den Koffer wieder zu, schloß die Tür des Panzerschranks und sicherte sie, dann lief er hinaus auf die Terrasse. Er kam gerade rechtzeitig und sah, wie das kleine Auto am Gitter hielt. Ein Reisender sprang heraus und schritt rasch auf ihn zu, während der Chauffeur, ein breitschultriger älterer Mann mit grauem

Schnurrbart, es sich bequem machte, offenbar gefaßt auf eine längere Wartezeit.

»Nun?« fragte von Bork begierig, indem er seinem Besucher entgegenging.

Als Antwort schwenkte der Mann ein bräunliches Päckchen triumphierend über seinem Kopf.

»Sie können mir gratulieren, Mister«, rief er. »Ich habe endlich den Vogel abgeschossen.«

»Der Codeschlüssel?«

»Genau wie ich Ihnen telegrafierte. Alle miteinander, die letzten, frischesten Flaggensignale, Blinkzeichen, Morsecode – eine Kopie natürlich, verstehen Sie, nicht etwa das Original. Das wäre denn doch zu gefährlich, selbst für kürzeste Zeit. Aber es ist die richtige Ware, da können Sie darauf schwören.« Er schlug dem Deutschen kräftig auf die Schulter, eine Familiarität, vor der dieser zurückwich.

»Kommen Sie herein«, sagte von Bork knapp. »Ich bin allein im Haus. Habe nur noch besser auf dies hier gewartet. Selbstverständlich ist eine Kopie besser als das Original. Wenn das fehlte, würde man's schnell entdecken – und alles wäre umsonst. Und bei der Kopie – Sie sind sicher, daß keine Gefahr besteht?«

Der irische Amerikaner hatte seine langen Glieder im Lehnstuhl ausgestreckt. Es war ein großer, hagerer Mann von sechzig Jahren mit klargeschnittenen Zügen und einem Ziegenbärtchen, das ihm eine gewisse Ähnlichkeit mit den Karikaturen von Onkel Sam gab. Eine halbgerauchte, aufgeweichte Zigarre hing ihm aus dem Mundwinkel; jetzt strich er ein Streichholz an und brachte sie wieder zum Glühen. »Kleiner Umzug, wie?« bemerkte er, während er sich im Zimmer umsah. Und als seine Augen auf den Panzerschrank fielen, von dem der Vorhang noch immer weggezogen war, fügte er hinzu: »Sagen Sie, Mister, wollen Sie mir erzählen, daß Sie Ihre Papiere da drin aufheben?«

»Warum nicht?«

»Himmelkreuz, in einem gähnend offenen Dings wie dem da! Und dabei riecht mancher an Ihnen den Spion. Na, ein Gauner aus den Staaten käme da mit einem Büchsenöffner 'rein. Hätte ich gewußt, daß meine Nachrichten offen in solch einem Schrank herumliegen, wäre ich nicht so dusselig gewesen, Ihnen überhaupt zu schreiben.«

»Würde jedem Gauner allerlei Kopfzerbrechen machen, das

›Dings‹ zu knacken«, erklärte von Bork. »Es gibt kein Werkzeug, mit dem Sie dieses Metall aufschneiden können.«

»Aber das Schloß?«

»Auch nicht: doppelte Kombination. Sie wissen, was das ist?«

»Schießen Sie los«, sagte der Amerikaner.

»Nun, man braucht ein bestimmtes Wort und dazu eine Zusammenstellung von Zahlen, ehe das Schloß sich öffnen läßt.« Er stand auf und zeigte dem Gast einen zweifachen drehbaren Ring um das Schlüsselloch. »Dieser äußere ist für die Buchstaben, der innere für die Ziffern.«

»Well, well, großartig.«

»Also doch nicht ganz so simpel, wie Sie dachten. Ich habe die Kombination vor vier Jahren machen lassen, und was meinen Sie, welches Wort und welche Zahl ich gewählt habe?«

»Keinen Schimmer.«

»Nun, das Wort ist August und die Zahl 1914. Genau da sind wir heute angekommen.«

Das Gesicht des Amerikaners spiegelte seine Verblüffung, ja Bewunderung.

»Smart, Donnerwetter, haarfein ausgedacht.«

»Ja, ein paar von uns hätten schon damals auf das Datum tippen können. Sehen Sie, es ist soweit, und morgen breche ich meine Zelte ab.«

»Schön, aber ich schätze, Sie müssen auch mich unterbringen. Ich möchte nicht gerade allein in diesem verflixten Land zurückbleiben. Wenn ich überhaupt noch Augen im Kopf habe, wird John Bull spätestens in einer Woche auf den Hinterpfoten hocken und ein Löwengebrüll anstimmen. Das seh' ich mir lieber übers Wasser hin an.«

»Aber Sie sind doch amerikanischer Staatsbürger?«

»Jack James war auch Amerikaner, trotzdem sitzt er in Portland seine Zeit ab. Das bringt einen britischen Bullen auch nicht aus der Ruhe, wenn Sie ihm erzählen, Sie seien amerikanischer Bürger. ›Hier herrscht britisches Gesetz und britische Ordnung‹, sagt er bloß. Bei der Gelegenheit, Mister, da wir gerade von Jack James reden, es sieht nicht so aus, als ob Sie sich etwas abbrechen, um Ihre Leute zu decken.«

»Was meinen Sie damit?« fragte von Bork scharf.

»Sie sind doch ihr Auftraggeber, oder? Ein Boß muß aufpassen, daß seine Männer nicht hereinfallen. Aber genau das tun

Sie nicht. Und wann haben Sie je einen wieder auf die Füße gebracht? Da ist mal James –«

»Es war James' eigene Schuld. Das wissen Sie selbst. Hatte einen zu eigenen Kopf für diesen Job.«

»James war ein Eisenschädel, gut, das geb' ich zu. Aber wie steht's mit Hollis?«

»Ein Irrer.«

»Schön, er wurde ein bißchen kribbelig gegen Ende. Kann einen Mann auch fertigmachen, wenn er von morgens bis abends seine Rolle spielen muß, und hundert Jungens brennen darauf, den Bullen seine Spur zu zeigen. Aber schließlich, da hätten wir noch Steiner ...«

Von Bork fuhr heftig auf, und sein rötliches Gesicht wurde um einen Schatten blasser.

»Was ist mit Steiner?«

»Sie haben ihn, das ist's. Seine Vorratskammer flog gestern nacht auf, er und seine Papiere sind hinter Gitter in Portsmouth, wenn ich mal so sagen darf. Sie hauen ab, und er, der arme Teufel, muß seine Sache allein durchstehen, kann noch von Glück sagen, wenn er den Kopf rettet. Darum liegt mir daran, übers Wasser zu dampfen, sobald Sie's auch tun.«

Von Bork war ein kräftiger Mann voll Selbstbeherrschung, doch jetzt ließ sich nicht übersehen, daß die Nachricht ihn getroffen hatte.

»Wie sind sie auf Steiner gekommen? Wie war das möglich?« murmelte er. »Das ist bis jetzt der schwerste Schlag.«

»Well, Sie hätten beinahe einen noch härteren einstecken müssen, denn ich glaube, auch mir ist man dicht auf der Pelle.«

»Das kann nicht Ihr Ernst sein!«

»Eisern. Meine Wirtin am Fratton Way mußte ein paar Fragen beantworten, und als ich das spitzkriegte, war's Zeit für mich, einzupacken. Aber was ich gern wüßte, Mister: woher wissen die Bobbys das? Steiner ist jetzt der fünfte, den Sie verloren haben, seit wir beide uns einig wurden. Und ich kann Ihnen den Namen des sechsten verraten, wenn ich mich nicht beeile. Wie erklären Sie das? Und schämen Sie sich nicht, wenn Ihre Männer auf den Leim gehen wie die Fliegen?«

Von Bork wurde puterrot. »Wie können Sie es wagen, so mit mir zu reden!«

»Wenn ich nicht dies und das wagte, Mister, wäre ich nicht in

Ihrem Dienst. Ich werde Ihnen genau erzählen, was in meinem Kopf vorgeht. Habe mal gehört, daß Ihr deutschen Politiker einem Agenten nicht gerade eine Träne nachweint, wenn er seine Arbeit erledigt hat und dann geschnappt wird.«

Von Bork sprang auf.

»Wollen Sie andeuten, ich hätte meine eigenen Agenten dem Feind in die Hände gespielt?«

»Nicht unbedingt, Mister, aber es gibt da Sachen, die einem nicht hasenrein vorkommen, und es ist Ihre Angelegenheit, da Licht hineinzubringen. Was mich betrifft, ich riskiere nichts mehr. Auf nach dem lieben kleinen Holland, heißt's für mich, und das je eher, desto besser.«

Von Bork hatte seinen Zorn bezwungen.

»Wir waren zu lange Verbündete, um jetzt in der Stunde des Sieges zu streiten«, sagte er. »Sie haben glänzende Arbeit geleistet und allerlei auf sich genommen, ich vergesse das nicht. Meinetwegen fahren Sie nach Holland, und dann können Sie einen Dampfer von Rotterdam nach New York nehmen. Keine andere Linie wird noch sicher sein — in ein paar Tagen. Geben Sie mir die Code-Entschlüsselung, und ich pack' sie mit dem übrigen ein.«

Der Amerikaner hielt das Päckchen in den Händen, rührte sich aber nicht.

»Und was ist mit den Mäusen?«

»Den was?«

»Den Piepen. Dem Honorar. Den fünfhundert Pfund. Der Unterleutnant wurde zum Schluß ziemlich ungemütlich, ich mußte ihn noch einmal mit hundert Dollar extra schmieren, sonst wär's nitschewo für Sie und mich. ›Nichts zu machen‹, sagte er, meinte es auch so, aber die letzten hundert kriegten ihn doch noch 'rum. Hat mich selbst im ganzen zweihundert Pfund gekostet, also ist nicht einzusehen, warum ich die Ware abliefern soll ohne Bezahlung.«

Von Bork lächelte etwas bitter. »Sie scheinen keine sehr hohe Meinung von meinem Ehrgefühl zu haben«, sagte er. »Sie wollen das Geld, ehe Sie noch die Aufzeichnungen überreichen.«

»Nun, Mister, ein rein geschäftlicher Vorschlag.«

»In Ordnung. Sie sollen Ihren Willen haben.« Er ließ sich am Tisch nieder und kritzelte etwas auf einen Scheck, den er dann aus dem Heftchen riß, seinem Besucher aber noch nicht übergab.

»Immerhin, da wir nun so miteinander stehen, Herr Altamont«, sagte er, »sehe ich nicht ein, warum ich Ihnen mehr trauen soll als Sie mir. Sie verstehen?« Und er blickte über seine Schulter zurück nach dem Amerikaner. »Da ist der Scheck, auf dem Tisch. Ich nehme mir das Recht, Ihr Päckchen zu prüfen, bevor Sie Ihr Geld bekommen.«

Der Amerikaner gab ihm wortlos das kleine Paket. Von Bork löste die Verschnürung und entfernte zwei Stück Packpapier. Dann saß er mit starrem, staunenden Blick vor einem kleinen blauen Buch. Auf dem Umschlag stand in Goldbuchstaben: *Praktisches Handbuch der Bienenzucht.* Doch nur einen einzigen Blick konnte der Meisterspion auf diesen merkwürdig unpassenden Titel werfen. Dann spürte er im Nacken einen eisernen Griff, und vor sein zuckendes Gesicht schob sich ein Schwamm, der durch und durch mit Chloroform getränkt war.

»Noch ein Glas, Watson!« sagte Sherlock Holmes und hob die Flasche mit dem kaiserlichen Tokayer.

Der untersetzte Chauffeur, der am Tisch Platz genommen hatte, schob ihm, nicht ohne Eilfertigkeit, sein Glas zu. »Ein guter Tropfen, Holmes«, sagte er.

»Ein bemerkenswerter Wein, Watson. Unser Freund dort auf dem Sofa hat mir versichert, daß er aus Franz Josephs Raritätenkabinett im Keller von Schönbrunn stammt. Würdest du die Güte haben, das Fenster zu öffnen? Chloroformgeruch kontaminiert die Blume.«

Der Panzerschrank stand weitgeöffnet im Raum, und Holmes mühte sich damit ab, ein Aktenstück nach dem anderen schnell zu prüfen und dann in von Borks Koffer zu verstauen. Der Deutsche lag auf dem Sofa in festem Schlaf, eine Fessel um die Oberarme und eine andere um die Beine.

»Es eilt nicht, Watson. Wir brauchen keine Störung zu fürchten. Würde es dir etwas ausmachen, zu klingeln? Niemand ist im Haus außer Martha, die ihre Rolle bewundernswert gespielt hat. Ich verschaffte ihr diese gute Stellung hier, als ich die ganze Angelegenheit seinerzeit aufgriff. Ah, Martha! Sie werden sich freuen zu hören, daß alles in Ordnung ist.«

Die freundliche alte Frau war auf der Türschwelle erschienen. Lächelnd begrüßte sie Holmes mit einem Knicks, die Gestalt auf dem Sofa jedoch betrachtete sie etwas ängstlich.

»Schon gut, Martha. Ihm ist kein Haar gekrümmt worden.«

»Das beruhigt mich, Mr. Holmes. Alles in allem war er ein sehr freundlicher Arbeitgeber. Er wollte mich gestern mit seiner Frau nach Deutschland schicken, aber das hätte wohl nicht gut mit Ihren Plänen übereingestimmt, nicht wahr, Sir?«

»Nein, wirklich nicht, Matha. Solange Sie hier waren, fühlte ich mich wohl in meiner Haut. Wir haben heute nacht eine ganze Weile auf Ihr Zeichen gewartet.«

»Es war der Herr Sekretär, Sir.«

»Weiß schon. Wir begegneten seinem Wagen.«

»Ich dacht' schon, er wollte nie mehr aufbrechen. Und das hätte Ihnen auch nicht gepaßt, Sir, nicht wahr, wenn Sie ihn hier noch angetroffen hätten.«

»Nein, gewiß nicht. Nun, mehr als eine halbe Stunde hat es schließlich nicht gedauert, bis wir sahen, wie Ihre Lampe ausging, und wußten, daß die Luft rein war. Kommen Sie doch bitte morgen in London zu mir, Martha, ins Claridge Hotel.«

»Sehr wohl, Sir.«

»Ich nehme an, Sie haben alles soweit vorbereitet und können sofort aufbrechen?«

»Ja, Sir. Heute hat er sieben Briefe zur Post gegeben. Ich habe mir wie gewöhnlich die Adressen aufgeschrieben.«

»Ausgezeichnet, Martha. Ich seh' sie mir morgen durch. Gute Nacht.« Und als die Alte verschwunden war, fuhr er fort: »Diese Papiere sind nicht so ungemein wichtig, natürlich nicht, denn die Informationen, die man daraus gewinnt, hat von Bork längst der deutschen Regierung übermittelt. Dies hier sind die Originalberichte der Agenten und ähnliche Dokumente. Man konnte sie nicht ohne Gefahr aus dem Lande bringen.«

»Dann sind sie doch jetzt ganz wertlos.«

»Soweit würde ich nicht gehen, Watson. Zumindest können sie unseren Leuten zeigen, was drüben bekannt ist und was nicht. Ich darf behaupten, daß ein großer Teil dieser Papiere durch meine Hände gegangen ist, und was man daraus entnommen hat, ist freilich höchst irreführend, das brauche ich dir nicht erst zu versichern. Es würde zur Verklärung meiner alten Tage beitragen, wenn ein deutscher Kanzler das Meer nach jenen Seekarten durchpflügen wollte, in die ich die von Minen verseuchten Gebiete eingetragen habe. Aber nun zu dir, Watson!« Damit unterbrach er sich in seiner Tätigkeit und packte den alten

Freund bei den Schultern: »Ich habe dich noch gar nicht richtig bei Licht betrachtet. Hat der Zahn der Zeit dich benagt? Nein, du bist derselbe rosig strahlende Knabe wie immer.«

»Ich fühle mich zwanzig Jahre jünger, Holmes. Selten hat mich etwas so erfreut wie dein Telegramm, das mich mit dem Wagen nach Harwich rief. Und du, Holmes – du hast dich auch wenig verändert – bis auf diesen gräßlichen Ziegenbart.«

»Ein Opfer, das ich dem Vaterland bringen mußte, Watson«, sagte Holmes und zupfte an dem kleinen Haarbüschel. »Morgen ist das nur noch ein Alptraum der Erinnerung. Hab' ich mir erst die Haare schneiden und ein paar andere oberflächliche Änderungen vornehmen lassen, halte ich im Claridge meinen Einzug in der Schale, die ich trug, ehe ich mich auf diesen amerikanischen Sch ... – entschuldige, Watson, mein Englisch scheint tatsächlich etwas angekränkelt –, ehe ich diese amerikanische Aufgabe übernahm.«

»Aber du hattest dich doch völlig zurückgezogen, Holmes. Wir hörten nur, du wärest ein Einsiedler geworden, umschwirrt von seinen Bienen, umgeben von seinen Büchern, in einem kleinen Landhaus Südenglands.«

»Ganz richtig. Und dies ist die Frucht meiner Mußestunden, das *magnum opus* meiner reifen Jahre!« Er nahm den kleinen Band vom Tisch und las den vollständigen Titel vor: *Praktisches Handbuch der Bienenzucht, mit zusätzlichen Anmerkungen über die Absonderung der Königin.* Von mir geschrieben. Bescheiden nah' ich dir, dies Buch zu bringen, und nenn' es in gewissem Sinne mein. Ich beobachtete die arbeitsamen kleinen Banden, wie ich einst die großen der Londoner Unterwelt zu beobachten pflegte. Das ist das Ergebnis.«

»Und wie kamst du auf deine alte Arbeit zurück?«

»Darüber wunderte ich mich selbst am meisten. Dem Außenminister allein hätte ich vielleicht widerstanden, als aber auch der Premierminister mein bescheidenes Haus mit seinem Besuch ehrte ...! Tatsache ist, Watson, daß jener Herr auf dem Sofa ein bißchen zu gut für unsere Leute war. Große Klasse, durchaus. Vieles ging schief, es wurde immer schlimmer, und niemand begriff, warum. Man verdächtigte Agenten, verhaftete sogar einige, aber hinter all dem stand offenbar eine unentdeckte, starke Zentrale. Die mußte aufgedeckt werden. Da hat man mich eben in die Zange genommen. Es hat mich zwei Jahre gekostet,

Watson. Immerhin waren sie nicht ganz uninteressant. Ich begann meine Pilgerschaft in Chicago, wurde in Buffalo Mitglied eines irischen Geheimbundes, machte der Polizei in Skibbareen ernsthafte Sorgen und lenkte so schließlich die Aufmerksamkeit eines Unteragenten des Herrn von Bork auf mich, wurde empfohlen, weitergeleitet und galt als annehmbarer Mann. Du siehst, alles in allem kein einfacher Spaziergang. Am Ende genoß ich von Borks volles Vertrauen, unbeschadet der Tatsache, daß seine meisten Pläne eine unvorhergesehene Wendung nahmen und fünf seiner besten Männer im Gefängnis landeten. Ich hatte sie beobachtet, Watson, und zugegriffen, als sie reif waren. Nun, Sir, ich hoffe, Sie selbst sind nicht der Schlechteste von ihnen.«

Diese letzte Bemerkung richtete sich an von Bork, der nach reichlichem Gähnen und Blinzeln schließlich ruhig lauschend dagelegen hatte. Jetzt hingegen brach plötzlich ein Strom deutscher Flüche aus seinem Mund, und das Gesicht verzerrte sich vor Zorn. Holmes nahm unterdessen seine Sichtung der Dokumente wieder auf.

»Das Deutsche ist nicht gerade melodiös, aber die ausdrucksvollste aller Sprachen«, warf er ein, als von Bork vor Erschöpfung innehielt. »Hallo, hallo!« fügte er hinzu, mit einem scharfen Blick auf die Ecke einer Fotokopie, »das hier bringt einen weiteren Vogel in den Käfig. Hatte ja keine Ahnung, daß der Zahlmeister ein Schuft ist, obwohl ich ihn lange unter die Lupe nahm. Herr von Bork, Sie haben eine ganze Menge auf dem Gewissen.«

Der Gefangene hatte sich mit Mühe etwas aufgerichtet und betrachtete mit einer seltsamen Mischung aus Haß und Bewunderung seinen Überwinder.

»Ich gleiche dieses Konto mit Ihnen noch aus, Altamont«, sagte er langsam und entschlossen. »Und wenn es mich das ganze Leben kostet.«

»Das gute alte Lied«, sagte Holmes. »Wie oft mußte ich das hören, früher. Es gehörte zu den Lieblingsweisen des verblichenen und betrauerten Professors Moriarty. Auch Oberst Sebastian Moran soll es hin und wieder gesummt haben. Und doch lebe ich und züchte Bienen in den South Downs.«

»Sie tragen auf beiden Schultern, das werden Sie bereuen!«

knirschte der Deutsche, während er versuchte, seine Fesseln zu sprengen.

»Nein, nein, so schlimm ist es gar nicht«, sagte Holmes lächelnd. »Wie Ihnen meine Aussprache deutlich zeigen dürfte, hat es nie einen Mr. Altamont aus Chicago gegeben. Ich versteckte mich in ihm, jetzt ist er auf und davon.«

»Wer sind Sie dann?«

»Es ist ohne Bedeutung, wer ich bin, aber da dieser Umstand Sie zu interessieren scheint, Herr von Bork, darf ich Sie darauf hinweisen, daß es sich hier nicht um meine erste Begegnung mit einem Mitglied Ihrer Familie handelt. Ich habe früher allerlei in Deutschland zu tun gehabt, wahrscheinlich ist Ihnen mein Name sogar schon ans Ohr geklungen.«

»Würde ihn gern noch einmal hören«, sagte der Deutsche grimmig.

»Mir ist die Trennung zwischen Irene Adler und dem verstorbenen König von Böhmen zu verdanken[1]. Das geschah zur Zeit, als Ihr Vetter Heinrich Kaiserlicher Botschafter war. Ferner habe ich den Nihilisten Klopmann daran gehindert, den Grafen von und zu Grafenstein zu ermorden, Sie wissen schon, den älteren Bruder Ihrer Frau Mutter. Ich war es, der ...«

Von Bork unterbrach ihn. »Das kann nur ein Mann sein«, rief er staunend.

»Eben«, antwortete Sherlock Holmes.

Von Bork sank mit einem tiefen Seufzer in sich zusammen. »Und die meisten meiner Nachrichten kamen von Ihnen!« rief er.

»Nutzloses Zeug! Was habe ich nur getan! Das ist mein Ruin, für immer.«

»Meine Nachrichten waren tatsächlich nicht immer ganz stichhaltig«, sagte Holmes. »Sie müßten nachgeprüft werden, und dazu bleibt Ihnen nicht viel Zeit. Ihr Admiral wird feststellen, daß unsere neuen Geschütze etwas größer sind, als er erwartet hat, und unsere Kreuzer eine Kleinigkeit schneller.«

Von Bork war außer sich.

»Dann gibt es noch allerlei andere Details, die zur rechten Zeit ans Licht kommen werden. Aber Sie haben eine Eigenschaft, die man selten bei einem Deutschen findet, Herr von Bork. Sie sind

[1] Siehe *Sherlock Holmes' Abenteuer: Skandal in Böhmen.*

ein Sportsmann, Sie kennen sportliche Fairneß und werden es mir nicht nachtragen, daß ich Sie überlistet habe, nachdem Sie selbst so viele andere überlisten konnten. Letztlich haben Sie Ihr Bestes für Ihr Vaterland getan, ich das meine für England, was könnte natürlicher sein?« Er legte dem gebeugten Mann auf dem Sofa die Hand auf die Schulter. »Besser so«, fügte er nicht unfreundlich hinzu, »als einem unehrenhaften Gegner zu unterliegen. Diese Papiere sind jetzt fertig gepackt, Watson. Wenn du mir mit unserem Gast helfen willst, können wir in Richtung London starten, was meinst du?«

Es war nicht leicht, von Bork zu transportieren, denn er war ein starker und dazu verzweifelter Mann. Schließlich wankte er, an jedem Arm von einem der Freunde gehalten und gestützt, den Gartenweg hinunter, den er noch vor kurzem so stolz in entgegengesetzter Richtung, beladen mit den Glückwünschen des berühmten Diplomaten, gegangen war. Immer noch an Händen und Füßen gebunden, wurde er schließlich, nach einem letzten Kampf, in das kleine Auto gezwungen. Neben ihm fand sein kostbarer Koffer Platz.

»Ich hoffe, Sie sitzen so bequem, wie es die Verhältnisse gestatten«, sagte Holmes. »Nehme ich mir zu viel heraus, wenn ich mir erlaube, eine Zigarre anzuzünden und Ihnen zwischen die Lippen zu stecken?«

Doch alle derartigen Höflichkeiten waren an den Deutschen verschwendet; sie konnten seinen Ärger nicht besänftigen.

»Ich hoffe, Sie sind sich darüber klar, Herr Sherlock Holmes«, sagte er, »daß Ihre Tat als militärische feindliche Handlung zu gelten hat, falls Ihre Regierung Sie deckt.«

»Und wie steht es mit Ihrer Regierung und all diesen Tätigkeiten?« fragte Holmes und klopfte auf den Koffer.

»Sie sind ein Privatmann. Sie haben keinen Haftbefehl auf meine Person. Der ganze Vorgang ist illegal.«

»Absolut«, erwiderte Holmes.

»Entführung eines deutschen Staatsbürgers.«

»Sowie Diebstahl seiner privaten Papiere.«

»Schön, Sie erkennen Ihre Lage, Sie und Ihr Komplice hier. Wenn ich bei der Fahrt durchs Dorf nach Hilfe rufe . . .«

»Sehr verehrter Herr, wenn Sie irgend etwas so Närrisches unternehmen sollten, erweitern Sie nur die Namen unserer Dorfwirtschaften um ein Schild, auf dem ›Zum baumelnden

Preußen‹ stehen könnte. Der Engländer ist ein geduldiges Geschöpf, eher friedlich, doch zur Zeit ist sein Temperament leicht gereizt, und man sollte möglichst vermeiden, es zu entzünden. Nein, Mr. von Bork, Sie werden mit uns sehr ruhig und verständig zu Scotland Yard fahren, von wo aus Sie dem Herrn von Herling eine Nachricht schicken. Vielleicht können Sie dann immer noch jenen Platz ausfüllen, den er Ihnen in der Suite der deutschen Gesandtschaft freigehalten hat. Was dich betrifft, Watson, so sehe ich, du hast deine alte Ausrüstung bei dir, also darf ich wohl kombinieren, daß London nicht weit von deinem Ziel liegt. Bleib noch einen Augenblick mit mir hier auf der Terrasse stehen. Kann sein, es sind die letzten ruhigen Worte, die wir miteinander wechseln.«

Ein paar Minuten lang unterhielten sich die beiden alten Freunde halblaut, so daß man ihr Gespräch nicht verstehen konnte, doch es ist anzunehmen, daß sie die gemeinsamen Tage der Vergangenheit heraufbeschworen, zum letztenmal. Als sie sich endgültig dem Auto zuwandten, in dem der Gefangene seine Bemühungen, sich frei zu machen, immer noch nicht aufgegeben hatte, deutete Holmes auf das mondbeleuchtete Meer und schüttelte gedankenvoll das Haupt.

»Ostwind kommt auf, Watson.«

»Ich glaube nicht, Holmes. Es ist sehr warm.«

»Guter alter Watson! Du bist der einzige ruhende Pol in einem Zeitalter großer Veränderungen. Und wenn's noch so warm scheint, der Wind weht von Osten, ein Wind, wie er bis jetzt noch nie auf England zugestürmt ist. Es wird kalt und bitter werden, Watson, und mancher von uns unter seinem Anhauch erstarren. Aber trotzdem ist's Gottes Wind, und wenn der Sturm sich verzogen hat, liegt das Land sauberer, besser, gekräftigt in der Sonne. Wirf den Motor an, es ist Zeit zum Aufbruch. Ich habe übrigens einen Scheck über fünfhundert Pfund bei mir, den will ich so bald wie möglich einlösen. Der Herr, der ihn ausgestellt hat, ist imstande, ihn zu sperren – sobald er die Arme dafür frei hat.«

Ed McBain

Schöne Bescherung

Roman
Deutsche Erstausgabe
284 Seiten, Paperback

Wer ist schon gern Weihnachten in New York? Michael Barnes, Orangenzüchter aus dem sonnigen Florida, jedenfalls nicht. New York City sollte auch nur eine Zwischenstation sein auf dem Weg nach Boston, wo er das Weihnachtsfest mit seiner Mutter verbringen will. Doch dann stiehlt ihm ein vermeintlicher Polizist die Brieftasche, und kurz darauf werden seine Papiere neben einer Leiche gefunden. Plötzlich ist Michael ein Fernsehstar wider Willen. Gesucht wegen Mordes am Heiligabend in New York. »Schöne Bescherung« – ein Super-Thriller für den Gabentisch '90!

Ullstein Buch 10664

Ullstein